KB137634

율리시스 함께 읽기

율리시스
함께 읽기

민태운 · 김은혜 · 박은숙 · 오세린 엮음

도서출판 동인

머리말

진리는 단순하고 진부하다. 정년을 맞이하거나 인생의 대장정 막바지에 다다른 많은 사람이 "일장춘몽"이라는 표현을 쓴다. 지겨울 정도로 뻔한 말이지만 한편으로는 고개가 끄덕여지는 말이기도 하다. 선뜻 수긍하는 걸 보면 어느새 그 언저리에 도달해 있나 보다. 대학원 수업 시간에 우연히 30년 이상을 한 대학에서 가르쳤다고 말했더니 학생들이 조금은 놀라는 표정을 지었다. 나이가 30이 되지 않은 학생은 자신의 인생보다 더 많은 세월에 압도되는 듯했다. 하지만 정작 말하는 당사자는 30년 전의 자신과 지금의 자신이 어떻게 다른지 알 수 없었다. 30년 전, 아니 그보다 더 일찍 읽고 있던 책을 지금도 읽고 있고 여전히 씨름 중이니.

한 책을 그렇게 오랫동안 읽을 계획을 세운 적은 없다. 읽다 보니 하루하루가 흘러 세월이 되었다. 마치 아침에 집어 든 책을 자기도 모르게 저녁에도 읽고 있는 걸 발견한 것처럼. 마치 휙 둘러보고 나올 생각으로 시작한 미로의 탐험이 길을 따라가다 보니 문 닫을 시간이 되어버린 것처럼. 아무튼 그 책을 놓지 않고 있으니 그 책에 대해서 할 말이 많은 건 당연했다. 아는 게 쌓여가는 만큼 모르는 것에 대한 호기심도 커졌다고 할 수 있다. 멀리 달려온 것도 아니고 높이 오른 것도 아니다. 그냥 동네 어귀를 휘적휘적 걸으며 배회하다 해가 저물어버린 느낌이다.

높은 탑을 쌓은 것도, 먼 땅에 깃발을 꽂은 것도 아니지만 같이 길을 잃고 같이 배회해준 사람들이 주위에 있어서 위로가 되고 재미있었다. 정확히 언제부터 시작했는지 모르지만 전남대 캠퍼스에서 같이 읽는 작업을 한 지 꽤 오래되었다. 아마 20여 년쯤 된 것 같은데 그동안 대통령도 몇 번 바뀌고 캠퍼스도 변하고 독회 구성원도 여러 번 바뀌었다. 이렇게 말하니 다큐를 찍을 만한 장거리 마라톤쯤이라도 될 것 같은데, 그래 보았자 겨우 한 바퀴 돌아서 이제 두 바퀴째 도는 중이다. 혼자였어도 의기소침하지 않고 미로를 헤맬 용기를 놓아버리지 않았을지, 이런 정도의 참을성을 자랑할 수 있었을지 확신할 수 없다.

중고교 시절 '무슨 완전정복'이라는 참고서가 인기 있었고, 유학 전 GRE 시험 준비를 위해 잠시 보았던 '쉽게 배우는 영어어휘' 같은 책도 있었다. 학원가에서는 '몇 주 완성'이라는 이름이 붙은 과목이 목표 지점에 가능하면 빨리 도달하려는 많은 한국인의 구미를 당겼다. 하지만『율리시스』는 완전히 정복될 수도, 완성될 수도 없고, 빨리 끝낼 수도 없으며, 쉽게 읽어 치울 수도 없으니, 애초에 대중을 끌어들일 꿈을 꿀 수조차 없는 책이다. 가장 많이 중도에 포기하는 책으로 악명 높은 이유일 것이다. 경험상 3장에서 탈락률이 제일 높았고 4, 5, 6장에서 꽉 찼던 자리가 점점 줄어들어 9장 말미에 이르러서는 참여자의 수가 거의 반 토막이 났다. 끝까지 가도 끝이 아닌 책, 풀 수 없는 수수께끼들이 도처에 잠복하여 수시로 기습하는 책, 역사・정치・철학・문학 등의 지식을 집요하게 요구하는 책을 읽겠다고 나선 제자들에게 경의를 표한다.

물론 그렇다고 몇십 년 동안 이 책 한 권에만 매료되어 있었다고 한다면 거짓말일 것이다. 조이스로 박사학위 논문을 쓰기로 결정하기 전 너무 많은 매력적인 작가와 작품 때문에 한시적으로 결정 장애를 겪은 적이 있다. 하나에만 일편단심으로 매진하는 성격과는 거리가 멀다는 뜻이다. 그동안 전남대에 재직하면서 영국 모더니즘 소설은 말할 것도 없고, 영국고딕소설, 영국 최근 소설, 영어권 문학 등의 유혹에 이끌려 닥치는 대로 이런저런 책을 읽었으며 대학원에서 꾸준히 작품을 바꾸어 가며 관련 과목들을 개설해왔다. 몇 년 전까지 2년마다 대학원에서 『율리시스』를 개설하는 건 강의계획의 상수였지만, 또 다른 한편으로 다른 영역의 새로운 작품들에 대한 강의도 꾸준히 해왔다. 『율리시스』의 구심력과 새로운 작품들의 원심력 사이에서 나름의 기준으로 균형을 잡으려 애쓰면서 여기에 이르렀다. 이처럼 다른 새로운 영역을 여행하고 싶은 욕망을 물리치기가 쉽지 않았지만, 조이스의 복잡 미묘한 물음표의 세계는 끊임없이 질문을 던지며 연구의 시선을 딴 곳으로 향할 틈을 거의 주지 않았다. 조이스 자신의 유명한 예언이 들어맞아 그가 자신의 책에 집어넣은 "너무 많은 수수께끼와 퍼즐"이 교수를 바쁘게 한 것이다. 읽기는 넓게 하되 연구는 좁게 (감히 '깊게'라는 말은 쓰지 못한다) 하지 않았나 생각해 본다.

이제는 동료가 된 제자들과 같이 책을 낸다. 이건 결코 제자가 스승에게 바치는 정년 기념 논문집 같은 것이 아님을 밝혀둔다. 미로를 같이 헤매다 잠시 쉬는 틈을 타 찍은 스냅사진 같은 거다. 제자들 한 명 한 명이 어떻게 이 지루하고 끝이 보이지 않는 탐험에 발을 내딛게 되었는지, 학위논문을 쓰는 동안 얼마나 확연하게 몸무게가 늘고 주는 것이 눈에 보였는지, 그리고 학위 후에 점점 열악해져 가는 인문학의 학문 세계에서 살아남기 위해 어떻게 몸부림쳤는지 가까이에서 응원하며 지켜보아 왔다. 1부에 실린 글들은 대부분 그동안 『율리시스』를 주제로 하여 학술지에 발표되었던 논문 중에서 10개의 각기 다른 에피소드를 중심으로 한 논문을 골라 수정하고 편집한 것이다. 2부에서는 그동안 독회에 열심히 참여해 온 분들, 혹은 학위과정에서 『율리시스』와 씨름한 적이 있던 분들의 몰입과 열정의 흔적을 보여준다. 책 읽기가 경험이고 추억이라는 것, 특히 공동체적 체험이 될 수 있다는 것을 여기에 글을 쓴 모든 분은 누구보다도 잘 이해할 것이라 믿는다.

2023년 2월 2일, 조이스 생일에

민태운

매우 간략한 『율리시스』

*

조이스는 『율리시스』를 1914년 트리에스테(Trieste)에서 시작하여 취리히(Zürich)와 파리(Paris)에 거주하면서도 계속 집필하였고, 1922년 2월 2일, 그의 40번째 생일에 파리에서 출판하였다. 한편, 그가 아직 집필 중일 때인 1918년 3월부터 뉴욕 법정이 출판을 금한 1920년 12월까지 이 작품은 파운드(Ezra Pound)의 『리틀 리뷰』(*Little Review*)지에 장(章)별로 연재되기도 했다(그리하여 연재가 금지되었을 때는 이미 13개의 장(章)이 출판되어 있었다). 조이스는 마침내 이 작품을 완성된 책으로 출판하게 되었지만, 그의 책은 출판되자마자 외설 시비로 법적 문제를 불러일으켰다. 영국에서는 1923년 책을 전부 압수하여 (이건 확인되지는 않았지만 추측건대) 불태워 버리기도 하였다. 어쨌든 10년 이상 동안이나 이 책은 북반구의 영어권에 합법적으로 반입될 수 없었고, 아일랜드만이 금지하지 않았는데 그것은 서점상들이 이 책을 진열해 놓지 않을 거라는 걸 당국이 믿었기 때문이었다.

*

이 책은 총 18장(혹은 에피소드)으로 구성되어 있는데, 조이스가 『리틀 리뷰』지에 한 장씩 연재할 때는 호머의 『오디세이』에 나오는 각 장의 제목을 사용했지만, 1922년 단행본으로 나왔을 때는 이러한 제목 대신에 아라비아 숫자를 사용하였다. 그럼에도 불구하고 현재 대부분의 독자는 각 장을 부를 때 호머의 작품에서 따온 제목을 이용하고 있다.

*

『오디세이』와 『율리시스』 두 작품은 서로 유사하면서도 많은 차이점을 보인다. 무엇보다도, 호머의 작품이 오디세우스가 트로이 원정을 위해 이타카(Ithaca)에 있는 집을 떠나 20년 만에 아내 페넬로페와 아들 텔레마코스에게 귀환하는 이야기라면, 조이스의 작품은 블룸(Bloom)이 아침에 집을 떠나 밤중에 (아들 격인 스티븐[Stephen]을 데리고) 아내인 몰리(Molly)에게로 되돌아오는 이야기라는 점에서 두 작품은 유사하다. 또한 텔레마코스나 스티븐이 둘 다 아버지의 부재(不在)를 느끼고 아버지를 찾고 있다는 점도 유사하다. 호머가 그의 주인공이 집으로 돌아오기 전 40일간 주로 바다에서 방황하는 모습을 그리고 있다면, 조이스는 1904년 6월 16일이라는 특정일에 블룸이 집으로 돌아오기까지 더블린을 배회하는 모습을 그리고 있다. 그러나 남편을 위해 20여 년 동안 정조를 지킨 페넬로페와 달리 블룸의 아내 몰리는 이날 집에서 보일런(Blazes Boylan)과 밀회를 즐긴다. 오디세우스는 집에 돌아온 후 아내의 청혼자들을 모두 죽이지만, 블룸은 보일런과 마주칠까 두려워할 뿐만 아니라 밀회의 장소에서 멀리 떨어져 있으려 한다.

*

작품의 배경일은 1904년 6월 16일이다. 6월 16일은 조이스와 그의 아내 노라(Nora Barnacle)의 첫 데이트 날이었다. 조이스의 전기를 쓴 엘만(Richard Ellmann)은 이것이 조이스가 아내에게 바친 선물이었다고 쓰고 있다. 그들의 데이트 날은 세계 고전이 된 작품의 배경을 통해서 영원히 기억되고 있는 것이다. 한편 주인공 이름을 따서 블룸스 데이(Bloomsday)라 불리는 이날에는 매년 세계 곳곳에서 많은 사람이 몰려와서 『율리시스』에 나오는 더블린의 각 장소를 순회하는 행사에 참여한다.

*

이야기가 시작되고 끝나는 곳은 오직 더블린이다. 비록 해외에 체류하는 중에 이 작품을 썼지만 작가는 이 도시에 관해 아주 세부적인 내용까지 정확하게 제시하려 하였다. 그래서 그는 조금이라도 미심쩍은 게 있으면 자주 더블린에 있는 친척에게 편지를 써서 물어보았다고 한다. 친구인 버전에게 더블린에 대한 그림을 완벽하게 그려 이 도시가 어느 날 지구상에서 사라진다고 하여도 이 책을 보고 재건할 수 있게 하겠다고 한 말은 유명하다.

*

『율리시스』에는 3명의 주요 인물이 등장한다. 22세의 스티븐은 예술가가 되기 위해 태어났다고 믿고 있으며 잠시 의학을 공부하러 파리에 유학을 갔으나 어머니가 위독하다는 아버지의 전보를 받고 다시 더블린에 돌아왔다. 그녀의 영혼을 위해서 기도해 달라는 어머니의 마지막 소원을 거절한 것에 대해 양심의 가책을 느끼며 어머니의 유령이 나타나는 악몽에 시달린다. 집을 나와 친구 두 명과 마텔로 탑에 거주하고 있으나 이제는 그곳으로 돌아갈 수 없다. 1~3장에서는 스티븐이 중심인물이 되어 그가 일어나서 학교에서 가르치며 해변을 산책하는 이야기를 다루고 있다. 7장과 9장에서도 스티븐이 중요한 역할을 한다.

*

블룸은 38세 광고 외판원으로 헝가리계 유대인인 아버지와 아일랜드인 어머니 사이에서 태어났다. 아일랜드에서 태어나고 자랐지만 유대인으로 취급받아 더블린에서 국외자가 된다. 몰리와 결혼하기 위해 가톨릭으로 개종하여 세례까지 받았지만 가톨릭 신자는 아니다. 딸인 밀리와 아들인 루디가 있지만 아들은 태어난 지 11일 만에 사망했다. 아들 사망 이후 아내와 부부관계를 갖지 않고 있다. 그는 아내와 그녀의 매니저인 보일런과의 밀회, 친구인 디그넘의 장례식, 아들 루디의 죽음, 아버지의 자살 등에 대해 생각한다. 아들에 대한 상실감은 작품 끝부분에서 아들 격인 스티븐을 도와주는 것으로 연결된다. 그는 4장에서 등장하여 17장까지 더블린 거리를 배회하고 독자는 그의 의식을 따라가게 된다.

*

몰리는 33세로 블룸의 아내이고 소프라노 가수이다. 본명은 매리언(Marion)이고 아일랜드 장교인 트위디와 스페인계 어머니 사이, 영국령 지브롤터에서 태어났다. 4장부터 17장까지 주로 다른 사람의 생각과 말을 통해 그녀를 알게 된다. 무엇보다도 블룸의 의식을 통해 몰리를 알아가게 된다. 사람들은 왜 매력적인 그녀가 블룸 같은 사람과 결혼했는지 의아해한다. 18장에서 그녀는 침대에 누워 문학상 가장 유명한 독백으로 알려진 그녀의 의식을 드러낸다. 그녀의 의식의 흐름으로 이루어져 있는 마지막 장은 8개의 긴 문장으로 되어 있다.

『율리시스』의 조망

	에피소드	장소	시간	주요 내용
1	텔레마코스	탑	오전 8시	스티븐이 의대생인 멀리건, 영국인인 헤인즈와 같이 살고 있는 마텔로 탑에서 함께 아침식사를 함. 스티븐이 죽은 어머니에게 양심의 가책을 느낌.
2	네스토르	학교	오전 10시	역사 시간 교사 스티븐의 모습. 디지 교장이 스티븐에게 월급을 주고 돈, 여자, 역사, 유대인 등에 관해 조언함.
3	프로테우스	해변	오전 11시	스티븐이 그의 과거, 어머니, 학교 경험, 가족, 외로움 등을 생각하며 해변을 걸음.
4	칼립소	(블룸의) 집	오전 8시	블룸이 아침식사를 위해 콩팥을 사오는 길에 딸 밀리가 보낸 편지를 읽음. 보일런이 아내에게 보낸 편지를 봄. 아내에게 식사를 가져다 준 후 화장실에 앉아서 생각하고 독서함.
5	로터스 먹는 종족	목욕탕	오전 10시	블룸이 우체국에서 비밀 펜팔인 마사 클리포드가 보낸 편지를 받음. 교회 미사에 참석함. 약국에서 스킨 로션을 주문하고 비누를 산 후 목욕탕으로 감.
6	하데스	묘지	오전 11시	블룸이 디그넘이 묻히는 묘지로 마차를 타고 가면서 스티븐과 보일런을 지나침. 블룸이 그의 아들과 아버지의 죽음에 대해서 생각함.
7	아이올로스	신문사	정오 12시	신문사의 광고 외판원인 블룸이 신문사에서 광고계약을 성사시키려 하지만 좌절됨. 스티븐이 디지 교장이 쓴 글을 들고 신문사에 찾아 온 후 "자두의 우화" 이야기를 함.
8	레스트리고니아 사람들	식당	오후 1시	블룸이 버튼 식당이 너무 소란하여 데이비 번 식당으로 가서 점심식사를 함. 나오다 아내와 간통하게 될 보일런의 모습을 보고 당황하여 박물관으로 피함.
9	스킬라와 카립디스	도서관	오후 2시	스티븐이 도서관에서 사서들 앞에서 셰익스피어에 관한 이론을 폄. 작가의 전기와 연관 지어 아버지와 아들의 관계, 아버지 됨과 예술 창조에 대한 이론을 펼침. 도서관을 나오다 블룸을 지나침.
10	떠도는 바위들	거리	오후 3시	19개의 짤막한 장면으로 이루어짐. 스티븐과 블룸을 포함해서 『율리시스』의 주요 등장인물이 거의 등장함.

11	사이렌	호텔의 바(Bar)	오후 4시	블룸이 보일런을 보고 따라 들어가 오몬드 바의 식당에서 리치 굴딩과 이른 저녁식사를 함. 노래와 음악이 반복됨. 블룸이 4시에 있을 아내와 보일런의 만남을 생각함.
12	키클롭스	술집	오후 5시	바니 커넌 술집에서 블룸이 국수주의자인 시민과 만나 정치적인 논쟁을 함. 블룸이 시민의 반유대주의적 발언에 공격적으로 대응함.
13	나우시카	해변	오후 8시	샌디마운트 해변에서 노처녀 거티는 짝사랑 상대인 레기 와일리에 대한 생각 등에 잠겨 있고 약간 떨어져서 있던 블룸과 그녀는 상대를 보며 순간적으로 서로에게 심취하고 블룸은 그녀를 보며 자위행위를 함.
14	태양신의 황소	병원	오후 10시	산부인과 병원에서 9번째 아이를 낳는 퓨어포이 부인의 출산을 기다리며 블룸, 스티븐이 의대생들과 피임, 유산, 태아 살해 등에 대해 토론함. 영문학사의 다양한 작가들 문체로 쓰인 장.
15	키르케	홍등가	자정	스티븐이 린치와 함께 홍등가에 가자 블룸이 따라가서 포주 벨라의 집에서 스티븐을 찾음. 술에 취한 스티븐이 샹들리에를 깨부순 후 영국 군인에게 맞음. 블룸이 스티븐을 아들처럼 부축함. 리얼리즘의 세계를 떠나 의식과 잠재의식을 엿볼 수 있는 에피소드.
16	에우마이오스	역마차의 오두막	오전 1시	블룸이 스티븐에게 음식을 먹이기 위해 역마차의 오두막에 들어감. 한 선원과 여행 등에 대해 대화함. 블룸이 스티븐과 정치 등 여러 주제로 대화한 후 그에게 자기 집으로 가자고 제의함.
17	이타카	(블룸의) 집	오전 2시	열쇠가 없는 블룸이 담을 넘어가 스티븐을 들어오게 한 후 그에게 코코아를 줌. 스티븐이 블룸의 집에 묵기를 거절하고 돌아감. 블룸이 침대에서 보일런이 머물다 간 흔적을 봄. 블룸이 잠이 듦. 309개의 질문에 대한 사실에 입각한 냉정한 답변들로 구성된 교리문답 형식의 에피소드.
18	페넬로페	침대	오전 2시 이후	구두점이 없이 8단락으로 되어 있는 몰리의 내적 독백. 그녀의 생각은 지브롤터에서의 소녀 시절, 그날 오후 있었던 보일런과의 성관계, 다가올 음악회 여행, 스티븐과의 관계 가능성, 그리고 무엇보다도 블룸에 대한 것으로 이루어짐. 책은 블룸이 하우쓰 언덕에서 한 프로포즈에 그녀가 "Yes"로 받아들였던 장면에 대한 기억으로 끝남. 그녀의 의식이 물 흐르듯이 쏟아져 나오는 장.

약어(Abbreviations) 설명

D	*Dubliners*. Eds. Robert Scholes and A. Walton Litz. New York: Viking P, 1969.
P	*A Portrait of the Artist as a Young Man*. Ed. Chester G. Anderson. New York: Viking P, 1968.
FW	*Finnegans Wake*. New York: Viking P, 1939. (약어와 함께 쪽수와 행수를 표시함)
L	*Letters of James Joyce*, Vol I. Ed. Stuart Gilbert. New York: Viking P, 1957. Vols II and III. Ed. Richard Ellmann. New York: Viking P, 1966.
CW	*The Critical Writings*. Ed. Ellsworth Mason and Richard Ellmann. New York: Viking P, 1959.

* 『율리시스』의 경우 약어는 생략하고 장[章]수와 행수만 표시함.
Ulysses. Eds. Hans Walter Gabler, Wolfhard Steppe & Claus Melchior. New York: Random House, 1986.

차례

제1부

제2부

제1부

1.

스티븐의 또 다른 자아로서의 멀리건 —「텔레마코스」장을 중심으로

민태운

I. 들어가며

『젊은 예술가의 초상』(*A Portrait of the Artist as a Young Man*)과 『율리시스』(*Ulysses*)의 스티븐(Stephen Dedalus)은 말할 필요도 없고, 『피네건스 웨이크』(*Finnegans Wake*)의 쉠(Shem)도 조이스(James Joyce)의 또 다른 자아(alter ego)라는 데 의문을 제기하는 사람은 거의 없을 것이다(O'Neill 126). 혹은 스티븐이 젊은 조이스의 또 다른 자아라면 블룸(Leopold Bloom)은 중년 조이스의 또 다른 자아라든지, 두 인물이 조이스의 상반되는 측면을 나타낸다는 주장도 더 이상 새롭지 않다. 블룸은 여러 면에서 스티븐과 대조된다. 예컨대, 물에 대한 공포가 있는 스티븐과 달리 블룸은 "물을 사랑하는 사람"(17.183)이고, "짐승과 가금의 내장을 맛있게 먹는"(4.1-2) 것으로 하루를 시작하는 육체적인 블룸과 대조적으로 스티븐은 하루 종일 거의 먹지 않을 뿐만 아니라 편향적으로 지적이다. 이 두 사람보다 더 상이한 사람은 찾기 어렵다고 말할 수 있을 정도로 둘은 다르다

(McBride 59). 하지만 『율리시스』의 또 다른 인물로서 작품을 여는 멀리건 (Malachi Buck Mulligan)과 스티븐의 차이도 이에 못지않게 크다고 할 수 있다. 언뜻 보면 이들이야말로 같은 또래라는 것 외에는 공통점을 가지고 있지 않은 듯이 보인다. 그러나 조이스 작품의 복잡성의 미로는 이러한 단순한 해석을 허용하지 않는다. 철저한 상이함 가운데에 둘을 하나로 묶는 요소가 발견되는 건 쉘리(Mary Shelley)의 『프랑켄슈타인』(*Frankenstein*)에서 괴물이 증오의 대상이 되는 프랑켄슈타인의 도플갱어(Doppelgänger)가 되는 것과 다르지 않다. 혹은 브론테(Charlotte Brontë)의 『제인 에어』(*Jane Eyre*)에서 제인이 다락에 갇힌 버싸(Bertha)의 더블(double)로 해석될 수 있는 것과 유사하다(Gilbert 360). 이들은 피상적으로 보았을 때 서로 닮은 구석이라고는 없고 상대방의 파멸을 간절히 원할 정도로 적의를 품고 있기도 하다. 하지만 프랑켄슈타인과 제인의 내면 심층에 각각 괴물과 버싸와 동일시될 수 있는 요소가 잠재해 있는 건 부인할 수 없는 사실이다.

마찬가지로 멀리건은 스티븐과 정반대이고 심지어 그의 적이라 할 수 있으며, 둘은 공유하는 게 전혀 없는 것처럼 보인다. 전자가 가학적인 경향이 있고 매우 외향적이며 실용적이라면, 후자는 피학적인 경향이 있고 매우 내성적이며 미학적이라는 데에 대부분 수긍할 것이다. 스티븐이 우선적으로 지적인 측면과 관련되어 있다면 의학도인 멀리건은 육체적인 측면과 관련되어 있고, 전자가 자신의 욕망으로 인해 좌절한다면 후자는 물질적 열망을 충족시키기 위해 서슴없이 행동에 옮긴다(Kelly 138). 전자는 거의 항상 장난하고 조롱하는 경향이 있지만 후자는 대부분 진지한 편이다. 둘의 이러한 차이점은 계속 열거될 수 있다. 그럼에도 불구하고 둘은 미묘하게 각각 서로의 또 다른 자아가 될 가능성이 있는 듯이 보인다.

II. 대조의 관계

『율리시스』는 둘의 대조로 시작된다. 맨 먼저 등장하는 두 형용사 "오만한(혹은 당당한)"(stately)과 "통통한"(plump)은 멀리건이 신부 흉내를 내며 미사를 패러디하고 있는 상황에서 나온 것이므로 멀리건을 가리킬 뿐만 아니라 신부들을 암시한다고 할 수 있다. 스티븐은 나중에 자신이 섬기고 있는 두 주인이 가톨릭과 영국제국이라고 선언하는데 신부로서의 멀리건과 영국계로서의 멀리건은 지배자의 풍모를 잘 드러내고 있다고 하겠다. 특히 스티븐은 대영제국을 "The imperial British state"(1.643)라고 표현하는데 여기서 "state"(정부, 국가)는 "stately"와 연결된다. 아일랜드인이면서 영국 편을 드는 멀리건은 스티븐이 관찰하다시피 "유쾌한 배신자"(gay betrayer, 1.405)가 되는 것이다. 또한 "plump"는 "영양이 좋은 목소리"(wellfed voice, 1.107)에서 다시 강조되며 잘 먹고 사는 신부를 암시하기도 한다(8.38-39). 좋은 음식을 마음껏 먹고 사는 신부를 과장해서 표현하면 옆구리가 터질 정도로 뚱뚱한 코피 신부(Father Coffey)가 되고 그는 보스처럼 행세하며(boss) "약자를 괴롭히는 자"(bully)가 된다(6.596). 이는 멀리건이 교육받은 적이 있는 옥스퍼드대 학생들의 "부유한 목소리"(moneyed voices, 1.165)를 상기시킨다. 한편 「네스토르」("Nestor")장에서 스티븐은 자신이 가르치는 부유한 영국계 아일랜드인 학생들에게서 "달콤한 숨결"을 느끼며 이들이 자신과 다르게 "부유한 사람들"(welloff people, 2.24)임을 새삼 깨닫는다. 따라서 "부유한 목소리"란 "상위계층의 영국 억양"과 밀접한 관련이 있고, 비록 멀리건이 아일랜드 태생이지만 그의 목소리에 "영국 억양 같은 것 혹은 최소한 덜 현저한 아일랜드어 억양"이 있다고 추론할 수 있을 것이다(Hogan 14). 호간은 멀리건이 마치 조롱하듯 런던 노동자의 억양을 모방하고(1.299) 문법에 맞지 않는 아일랜드어를 흉내 낸다는 점에서(1.357-62), 그가 평소에 최소한 영국의 노동자나 아일랜드 하위계층이 사용했을 법한 억양은 사용하지 않을 것으로 보고 있다(14).

물론 조이스 시대에 영국 억양을 사용하는 가톨릭 신자가 존재했을 가능성을 배제할 수는 없다. 하지만 일반적으로 영국 억양을 가졌다는 건 그가 개신교도이고 영국계라는 걸 의미했다(Potts 3). 예컨대, 「애러비」(“Araby”)에서 영국 억양을 쓰는 가게 여주인이나 「대응」(“Counterparts”)에서 북아일랜드 억양을 쓰는 알레인 사장(Mr Alleyne)은 개신교도이자 영국계로 추측할 수 있으며, 이들은 당시 아일랜드를 경제적으로 지배하고 있던 대영제국을 대변하고 있다. 다시 말해서, 억양 혹은 목소리가 아일랜드에 거주하고 있는 사람을 둘로 구분해주는 역할을 하고 있고, 멀리건은 부유한 쪽에, 스티븐은 가난한 쪽에 위치해 있다고 할 수 있을 것이다. 참고로 스티븐은 『젊은 예술가의 초상』에서 영국 출신의 학감(dean of studies)과 자신의 억양이 다를 수밖에 없음을 깨닫는다.

> ― 우리가 사용하고 있는 언어는 나의 것이기 이전에 그의 것이다. *집, 그리스도, 맥주, 주인* 같은 단어들이 그의 입에서 발음될 때와 나의 입에서 나왔을 때 서로 얼마나 다른가! 나는 영혼의 동요 없이는 이 낱말들을 말하거나 쓸 수 없다.
>
> ― The language in which we are speaking is his before it is mine. How different are the words *home, Christ, ale, master*, on his lips and on mine! I cannot speak or write these words without unrest of spirit. (*P* 189)

조이스는 손자 스티븐에게 보낸 편지에서 자신이 “강한 더블린 억양”을 쓰는 사람이라는 걸 암시하고 있는데(*L* I 388), 아마 스티븐도 크게 다르지 않았을 것이다. 그리고 이것은 두드러진 아일랜드 억양을 기피하는 멀리건과 대조를 이루는 대목이다.

멀리건은 게일어로 "날카로운 칼날"이라는 뜻을 지닌 "Kinch"라는 별명으로 스티븐을 올라오라고 부르고 스티븐은 헤인즈(Haines)의 잠꼬대로 인해 잠을 잘 자지 못해 푸석푸석한, "불쾌하고 졸린"(1.13) 얼굴로 등장한다. 스티븐이 층계에 나타나자 멀리건은 무언극을 이어간다. 그때 스티븐은 그의 "가지런한 하얀 금니"(1.25)를 보면서 "Chrysostomos"(1.26)라는 한 단어를 떠올리는데, 이는 그리스어로 "능변의"(golden mouthed)라는 뜻으로 말을 너무 잘하여 금처럼 귀한 입을 가졌다는 것을 나타낸다. 스티븐이 염두에 두고 있는 능변가는 수사학적 능력이 뛰어난 성 요한 크리소스토모스(St John Chrysostomos)이지만 이는 또한 금으로 메운 멀리건의 부유한 치아를 부각시키는 것으로 충치로 가득 찬 스티븐의 치아와 대조를 이룬다. 멀리건은 스티븐을 "이가 없는 녀석"(Toothless Kinch, 1.708)으로 부르고, 스티븐은 「프로테우스」("Proteus")장에서 이 표현을 다시 생각하며 "내 치아는 매우 나빠"(3.494)라고 이를 자인하게 된다.

이와 같이 작품의 시작은 부유한 멀리건과 빈곤한 스티븐의 차이를 부각하고 있다. 스티븐의 집에는 식량이 없어서 그의 누이동생들이 영양실조에 걸릴 정도라는 게 「레스트리고니아 사람들」("Lestrygonians")장에 나온다. 또한 멀리건이 스티븐을 "jejune jesuit"(1.45)이라 부르는데, 물론 여기서 그는 예수회 교육을 받은 융통성 없어 보이는 스티븐을 경멸하듯이 부르고 있지만, "jejune"이 "미숙한"이라는 뜻 외에 초기에는 "배고픈"의 의미로 사용되었다는 것에 주목할 필요가 있다. 그날 그는 교장으로부터 돈을 받았음에도 불구하고 점심과 저녁을 모두 먹지 않았음을 독자는 소설 끝부분에서 알게 된다(16.1572-77). 그의 소맷자락 끝은 닳고 낡았으며(1.101, 106), 멀리건으로부터 "세 켤레의 양말, 한 켤레의 구두, 넥타이"(2.255)를 빌려야 했고, 현재 머무르고 있는 거처가 아니면 돌아갈 곳도 없다. 그의 집안의 가난은 『젊은 예술가의 초상』에서 아버지의 재정적 몰락과 함께 계속 이어진 것이었다. 한편 아버지의 재정적 몰락이 아일랜드의 독립을 목표로 세웠던 정치인 파넬(Charles Parnell)의 추락과 거의 같은 시기에 일어난 것은 아일랜드의 경제와 정치가 밀접하게 연결되어 있음을 상징적으로 보여준다. 또한 영국계 아일랜드인(멀리건)의 부와 식민지인 아일랜드인(스티븐)의 빈곤은 영국과 아일랜드의 경제적 상황을 어느 정도 조명해 준다고 할 수 있다.

이러한 대조에서 더 나아가 둘은 상극 관계를 이루고 있다고 할 수 있다. 이들은 성향이 다를 뿐만 아니라 심지어 서로에게 적대적이기까지 하기 때문이다. 「텔레마코스」장의 배경이 아예 전쟁 이미지로 장식되어 있는 것도 흥미롭다. 마텔로 탑은 나폴레옹 전쟁 기간에 프랑스의 침입을 막기 위해 세워진 방어용 성채이다(Gifford 23). 따라서 "총포"(gunrest), "병사"(barrack), "흉벽"(parapet) 등의 군사 용어가 반복해서 등장하는 건 당연하다고 하겠다. 스푸(Robert Spoo)가 이 둘이 대화하는 장면을 두고 이들이 "치밀하게 계획된 전쟁"을 수행하는 듯이 보인다고 말하는 건 그런 맥락에서 주목할 만하다(120). 그들의 동작을 살펴보면, 멀리건은 "앞으로 나아가 원형의 총포에 올라갔다가"(1.9), "총포에서 깡충 뛰어 내려왔다"(1.30). 스티븐은 "총포의 끝자락에 걸터앉았다"(1.37). 그 후 멀리건이 흉벽에 다시 올라간 후(1.75), 스티븐이 일어나서 흉벽으로 건너갔다(1.82). 이러한 묘사를 보면 전쟁을 수행하기 위해 구축된 장소에서 이들이 서로에 대해 "감정적이고 지적인 전쟁"을 수행하고 있는 듯이 보인다고 해도 무리는 아니다(Spoo 120).

III. 모친살해

스티븐은 멀리건의 중고 바지(1.113)를 빌려 입어야 하는 처지이지만 결코 멀리건에 대해 좋은 감정을 가지고 있지 않다. 스티븐은 이미 멀리건이 1여 년 전에 한 말로 인해 그에게 적의를 품고 있다. 멀리건은 스티븐의 어머니가 비참하게 죽었다고 할 뿐만 아니라 친척의 말이라면서 스티븐을 모친 살인자로 몰아간다(1.88). 멀리건이 계속 스티븐을 "칼날"(Kinch)라고 부르는 것도 살인자로서의 스티븐의 이미지를 강화한다. 중요한 건 스티븐이 "누군가가 어머니를 죽였지"(1.90)라면서 조이스가 편지에서 언급한 살인 주체를 상기시킨다는 점이다.

> 나의 어머니는 아버지의 학대, 오랜 세월에 걸친 불행, 그리고 나의 냉소적인 솔직한 행동으로 천천히 살해되었다고 생각한다. 관 속에 누워 계신 그녀의 얼굴 – 암으로 쇠약해진 잿빛의 얼굴 – 을 바라보면서 나는 희생자의 얼굴을 바라보고 있다고 생각했고 그녀를 희생자로 만든 제도를 저주했다.

> My mother was slowly killed, I think, by my father's ill-treatment, by years of trouble, and by my cynical frankness of conduct. When I looked on her face as she lay in her coffin – a face grey and wasted with cancer – I understood that I was looking on the face of a victim and I cursed the system which had made her a victim. (*L* II 48)

여기서 조이스는 우선적으로 가부장 제도가 어머니의 죽음에 책임이 있다고 보고 있지만 자신도 죄에서 벗어날 수 없음을 인식하고 있다. 그는 많은 시련을 통해, 그리고 무엇보다도 "그녀의 신앙에 대한 노골적인 반항"을 통해 자신이 어머니를 살해했다고 느꼈고, 이 생각을 아내 노라(Nora)에게 털어놓았을 때 그녀는 비난조로 그를 "여자 살인자"(woman-killer)라고 불렀다(Ellmann 294). 조이스가 자신이 어머니 죽음에 책임이 있다고 느꼈듯이, 스티븐도 이와 관련하여 양심의 가책(Agenbite of inwit)에서 벗어나지 못할 뿐만 아니라 꿈속에서 어머니의 유령까지 보게 된다(1.270-72). 그렇다면 어떤 의미에서 멀리건은 스티븐이 억압하려고 애쓰면서도 인정하지 않을 수 없는 사실을 노정함으로써 스티븐의 또 다른 자아 역할을 한 셈이다. 한 자아가 숨기고 싶은 걸 또 다른 자아가 폭로한 것이라 볼 수 있다. 스티븐에 대한 멀리건의 비난은 스티븐이 자신에게 돌리고 싶은 바로 그것이기 때문이다.

다른 관점에서 보면 스티븐은 자유롭게 창조하기 위해서 어머니가 상징하는 것, 즉 나라, 교회 등을 살해하지 않으면 안 되었다고 볼 수 있다. 멀리건은 스티븐이 어머니의 임종 때 무릎을 꿇고 그녀의 영혼을 위해서 기도해 달라는 어머니의 마지막 요청을 거절한 걸 비난한다(1.91-94). 하지만 스티븐이 어머니의 요청을 수용한다는 건 그가 "믿지 않는 것은 더 이상 섬기지 않겠다"(*P* 246-47)라고 선언한 걸 뒤집어엎는 일이다. 그건 그가 거부한 교회에 일시적이나마 돌아오는 것을 의미하고 자신의 신념을 배신하는 일일 것이다. 광대처럼 아무 역할이나 떠맡을 수 있는 "배신자" 멀리건이야 쉽게 할 수 있는 일이지만 스티븐에게는 불가능한 일이다. 한편 스티븐의 모친살해는 신화 중 오레스테스(Orestes)의 모친살해를 상기시킨다. 그는 아버지 아가멤논을 죽인 어머니에게 복수한다. 왜냐하면 아버지의 살해는 곧 아버지의 이름, 자신의 정체성을 파괴하는 것이었기 때문이다. 마찬가지로 스티븐이 어머니의 요청을 받아들이는 것, 즉 교회를 받아들이는 건 예술가로서의 그의 정체성을 무너뜨리는 일이다. 다시 말해서 예술가로서의 그의 정체성을 보존하기 위해 그가 어머니를 살해한 셈이 된다.

이러한 모친살해에 대해 멀리건은 대담하게 내뱉은 것이고 스티븐은 두려움 속에 숨긴 것이라고 할 수 있다. 이런 맥락에서 「프로테우스」장에서 스티븐이 자신의 불가해한 두려움과 익사자를 구해내는 멀리건의 용감함을 대조하는 건 유의미하다.

> 개 짖는 소리가 그를 향해 달려왔고, 멈춰 섰고, 뒤돌아 달려갔다. 나의 적의 개. 나는 단지 창백하게, 입도 벙긋 못 한 채, 궁지에 몰려 서 있었다. 끔찍한 일들에

대해서 생각하며. 담황색 조끼를 입은 운명의 악당이 내 두려움을 보고 비웃었다. . . . 그는 사람들을 익사로부터 구해내었지만 넌 잡종 개 짖어대는 소리에도 부들부들 떨고 있구나.

The dog's bark ran toward him, stopped, ran back. Dog of my enemy. I just simply stood pale, silent, bayed about. *Terribilia meditans*. A primrose doublet, fortune's knave, smiled on my fear. . . . He saved men from drowning and you shake at a cur's yelping. (3.310-18, 필자의 생략)

그는 그가 두려워하는 개를 그의 "적"의 개일 것이라고 생각하면서 그의 "담황색 조끼"를 입은 악당이 그의 두려움을 보고 비웃고 있다고 느낀다. 한편 "담황색 조끼"는 멀리건을 가리키므로(1.550; 10.1065) 결국 그는 자신의 두려움을 수치스럽게 여기며 자신도 모르게 겁이 없는 멀리건을 떠올린다고 할 수 있다. 여기서 스티븐은 「우연한 만남」("An Encounter")의 서술자 소년과 유사하고, 멀리건은 그 소년과 함께 모험을 감행한 마흐니(Mahony)와 닮아 있다. 그 이야기에서 서술자는 자신이 마지못해 인디언 놀이를 하는 용기 없는 자임을 자백할 뿐만 아니라 학교 밖에서 괴상하고 무서운 노인과 마주쳤을 때 두려움에 떨며 "억지 용기"(*D* 28)를 내어 용감하게 뛰어다니는 마흐니의 도움을 요청한다. 이 이야기는 서술자 소년의 내면 의식을 보여주는 반면, 외향적인 마흐니의 경우에는 단지 토끼를 쫓아 다니는 등 그의 동작만을 제시한다. 멀리건도 마흐니와 마찬가지로 『율리시스』에서 자신의 내면 의식을 드러내지 않고, 아담스(Robert Martin Adams)의 표현을 빌리자면, 단지 "까불며 뛰어다닐 뿐이다"(47). 하지만 소년과 마흐니가 정반대의 인물이어도 같은 목적지를 향해 가고 있는 같은 편이라는 데 주목할 필요가 있다. 같은 작품의 시작 부분에서 조 딜런(Joe Dillon)은 버틀러 신부(Father Butler)로 대변되는 억압적인 학교로부터의 탈출구로서 인디언 전쟁

놀이를 소개하고 항상 승리를 이끎으로써 로마의 역사로 대변되는 문명을 가르치는 신부에 맞서 야만의 서부를 나타내는 인물로 그려진다. 어느 날 그가 신부의 소명을 받았다고 알려지고 모두 믿을 수 없었지만 그건 사실로 판명된다. 이처럼 조이스 소설에서는 양극단에 서 있는 인물이 하나로 결합되는 걸 볼 수 있는데 멀리건과 스티븐도 예외가 아니다. 위의 인용문에서 멀리건은 마치 스티븐의 두려움을 조롱하는 스티븐 안의 또 다른 자아처럼 보인다. 스티븐은 자기 내면의 멀리건을 통해 초자아(superego)의 책망을 듣고 있다고 할 수 있다(Cotter 88). 더욱이 이 장에서 개가 프로테우스 여신처럼 토끼, 수사슴, 이리, 송아지 등 다양한 동물로 바뀐다는 점에서 멀리건이 스티븐의 의식에서 스티븐의 또 다른 자아로 변신하는 건 부자연스럽지 않다고 하겠다.

스티븐의 두려움과 멀리건의 용기는 물과 연관되어 나타난다. 스티븐이 물에 뛰어들 용기가 없는 건 단순히 물에 대한 공포에서 기인했을지 모른다. 그건 『젊은 예술가의 초상』에서 클롱고우즈 우드(Clongowes Wood) 시절 시궁창에 떠밀려 물에 빠진 나쁜 기억에서, 혹은 세례, 잠수, 재생에 대한 그의 두려움에서 나왔을 수 있다(Bowen 425, 426). 그러나 데블린(Kimberly J. Devlin)이 주장하듯이, 그건 스티븐의 경계선 위기(border crisis) 의식, 즉 물로 인해 자아의 경계선이 붕괴되는 데 대한 그의 두려움에서 나온 것으로 볼 수도 있다(29).

> 그가[멀리건이] 했던 행동을 [너도] 할 거야? 보트가 근처에 부표처럼 있긴 할 건데. 당연히 널 위해 있는 거지. 할 거야 안 할 거야? 9일 전에 메이든의 바위에서 떨어져 익사한 남자. 다들 익사체를 기다리고 있지. 진실을 실토해 봐. 해보고 싶어. 시도해 보고 싶긴 한데. 난 수영을 잘하는 사람이 아니잖아. 차갑고 부드러운 물. 클롱고우즈에서 내가 내 얼굴을 대야의 물속에 담갔을 때. 볼 수가 없어! 내 뒤에 누가 있지? 재빨리 재빨리 나가자! 조수가 조개코코아 빛으로 모랫바닥을 훑으면서 사방에서 재빨리 흘러 들어오는 게 보이지 않아? 내가 땅을 딛고 있다면.

난 그의 삶은 그의 것이고 나의 삶은 나의 것이길 바라. 익사한 남자. 그의 인간의 눈이 죽음에 대한 공포에서 나를 향해 비명을 지른다. 나는 . . . 그와 함께 같이 밑으로 . . . 난 그녀를 구할 수 없었어. 바다: 비통한 죽음: 상실된.

Would you do what he did? A boat would be near, a lifebuoy. Natürlich, put there for you. Would you or would you not? The man that was drowned nine days ago off Maiden's rock. They are waiting for him now. The truth, spit it out. I would want to. I would try. I am not a strong swimmer. Water cold soft. When I put my face into it in the basin at Clongowes. Can't see! Who's behind me? Out quickly, quickly! Do you see the ride flowing quickly in on all sides, sheeting the lows of sand quickly, shellcocoacoloured? If I had land under my feet. I want his life still to be his, mine to be mine. A drowning man. His human eyes scream to me out of horror of his death. I . . . With him together down . . . . I could not save her. Waters: bitter death: lost. (3.320-30)

스티븐은 물에 빠진 남자를 구한 멀리건의 영웅적 행위를 생각하고 유사한 상황에 처하면 자신도 동일한 행동을 할 수 있을지 멀리건의 위치에 자신을 중첩해 본다. 또한 멀리건과 달리 "그녀를 구할 수 없었고" 죽게 내버려 두었다고 자신을 비난하는 부분에서 다시 어머니 살해에 대한 그의 자학이 엿보인다. 한편 그도 멀리건처럼 익사자를 구하고 싶은 욕망을 지니고 있지만 "수영을 잘하는 사람"이 아니기에 할 수 없다는 결론을 내린다. 그리고 "그의 삶은 그의 것이고 나의 삶은 나의 것"이라며 멀리건과의 경계를 분명히 하고 싶어 한다. 여기서 데블린은 스티븐이 잠수함으로써 그의 몸으로 물이 침투해 들어오고 이것이 자아 경계선의 해체 의식에 대한 공포를 불러일으킬 수 있었을 것으로 본다. 그래서 "그"의 존재와 "나"의 존재를 구분하고 싶어 한다는 것이다(29). 이는 그의 모친살해를 들먹이고 있는 그 안의 멀리건을 축출하고 싶은 욕망과 무관하지 않다. "내

뒤에 누가 있지?"라며 그가 볼 수 없는 곳에서 누군가가 그를 감시하고 있다는 느낌을 지울 수 없는 건 당연하다. 이와 관련하여 멀리건의 신발을 빌려 신은 오늘 그가 자아의 경계선이 사라진 것처럼 느끼는 데 주목할 필요가 있다(Devlin 29). "그의 구두를 신은 나의 두 발은 그의 다리 끝에 위치해 있다"(3.16-17). 멀리건은 스티븐에게 적과 같은 존재이면서도 마치 한 존재처럼 감지되는 걸 알 수 있다. 그런 점에서 멀리건이 스티븐에게 "나는 네가 어떤 사람인지 알고 있는 유일한 사람"이라고 하는 말(1.160-61)을 단지 장난이나 조롱만으로 돌릴 수는 없을 것이다. 마찬가지로, 멀리건은 조롱하듯이 헤인즈에게 스티븐이 "10년이 지나면 뭔가를 쓸 것"(10.1089-90)이라고 웃으며 말하는데, 1914년에 조이스가 그를 모델로 한 『젊은 예술가의 초상』을 출판하고 『율리시스』 집필을 시작한다는 점에서 그것은 정확한 예언이었음을 알 수 있다.

IV. 숀 형제들과 쉠 형제들

조이스의 작품에는 항상 적수 혹은 경쟁 관계에 있는 쌍이 있고 한 명이 원하는 걸 다른 한 명도 욕망한다. 위에서 보았듯이 스티븐은 심지어 본인이 두려워하는 것, 즉 수영까지도 일시적이나마 욕망한다. 그것은 「우연한 만남」의 서술자와 마호니, 「죽은 사람들」("The Dead")의 마이클(Michael)과 게이브리엘(Gabriel), 『율리시스』의 블룸과 보일런(Boylan), 스티븐과 멀리건, 『피네간스 웨이크』의 쉠(Shem)과 숀(Shaun) 등 끝없이 이어진다. 코터(David Cotter)는 이 두 쌍의 집단을 다음과 같이 분류하여 요약한다.

아버지와 겨루는 “숀 형제들”(Shaun brothers)은 “쉠 형제들”(Shem brothers)을 여성이나 유아의 위치로 몰아넣는다. “숀 형제들”은 외향적인 사람이고 가학성애자이다. 반면에 “쉠 형제들”은 내성적인 사람이고 피학성애자이다. “숀 형제들”은 외향적이고 외모에 몰두해 있기에 멋을 부리고 욕망의 대상을 얻기 위해 세상으로 나아간다.

> “Shaun brothers”, who emulate the fathers, push “Shem brothers” into the positions of the female or the child. “Shaun brothers” are extroverts, and sadists, while “Shem brothers” are introverts and masochists. Being extrovert, and therefore preoccupied with their appearances, the “Shaun” brothers preen themselves, and reach out into the world, to capture the desired object. (73)

이날 “쉠 형제들”에 속하는 스티븐이나 블룸이 검은 상복을 입고 있는 반면, “숀 형제들”에 속하는 멀리건은 화려한 담황색 조끼를 입고 있고, 보일런도 “황갈색 구두”에 “하늘색 타이” 그리고 “챙이 넓은 밀짚모자”를 쓰고 한껏 멋을 내고 있다(*U* 10.1241-44). 이러한 패턴과 관련하여 틴달(Tindall)은 『젊은 예술가의 초상』에서 스티븐이 쉠이고 크랜리가 숀이라면, 『율리시스』에서는 스티븐과 멀리건, 블룸과 보일런이 각각 쉠-숀이라고 말한다(122). 캠벨(Joseph Cambell)도 쉠과 숀은 아버지가 그들을 낳을 때 꾼 꿈이 구체화 혹은 현실화된 것인데 그들은 각각 스티븐과 멀리건과 다름 없음을 확인시킨다(197). 따라서 『율리시스』에서 일어나는 스티븐과 멀리건의 갈등은 『피네간스 웨이크』에서 쉠과 숀의 경쟁으로 재연된다고 할 수 있다(Strathman 110). 스티븐과 멀리건은 “쉠-숀 경쟁 구도의 바탕이 되는” 관계이기 때문이다(Bowen 425). 여기서 주목할 점은 쉠-숀이 서로에게 적이지만, 키엘(Kiell)이 주장하듯이, 또한 분리하기 어려운 서로의 “분신”(Doppelgängers)이라는 것이다(Cahalan 97 재인용). 틴달도 이 둘은 마침내 결합하여 완전한 인간(complete man)이 된다고 말함으로써 둘의 불가분성을 강조한다(122). 이는 솀이 숀을 "정반대의 사람"(his polar andthisishis, *FW* 177.33) 이라고 부르지만 "andthisishis"가 "antithesis"뿐만 아니라 "and this is his"(이 사람은 그의 사람)를 함축한다는 점에서 반대편에 있지만 아주 가까이 있는 존재를 가리킨다고 할 수 있다.

V. 잠재적인 동성애적 감정

스티븐은 "다른 사람의[자신의] 발이 따뜻하게 둥지를 틀었던"(3.446) 멀리건의 신발에서 온기를 느끼며 비록 "사랑하지 않는 발"(3.449)이라고 애써 부인하지만 둘 사이에 미묘한 감정이 흐르고 있을 가능성을 암시한다. 이 둘의 친밀성은 동성애적 감정을 의심하게 한다. 이것은 "멀리건의 전신"(precursor)이라 할 수 있는 『젊은 예술가의 초상』의 크랜리(Kimball 88)와의 관계로부터 예고된 것이었다. 스티븐이 크랜리와의 마지막 장면에서 친구가 없어도 된다고 하자 크랜리는 "친구 이상의 친구, 심지어는 한 남자가 가질 수 있는 가장 고귀하고 진실한 친구 이상의 친구"라 할지라도 그 친구를 버리겠느냐며 은근히 자신을 그런 사람으로 빗대어 묻는다(*P* 247). 또한 크랜리가 스티븐의 팔을 붙잡자 그러한 접촉으로 스티븐은 전율을 느낀다(*P* 247). 그뿐만 아니라 스티븐이 크랜리를 생각할 때마다 떠올리는 그의 팔과 미소(9.21)는 "성적인 의미를 포함하는 그의 몸에 대한 육체적인 환유"라고 할 수 있을 것이다(Lamos 149). 『율리시스』에서도 유사한 장면이 펼쳐진다. 「텔레마코스」장에서 멀리건이 스티븐에게 같이 아일랜드를 위해서 일해보자며 그의 팔짱을 낄 때 스티븐은 "크랜리의 팔, 그의[멀리건의] 팔"(1.159)을 생각한다. 멀리건이 연이어 말했던 "헬레니즘화 하자"(1.158)는 말에도 동성애의 암시가 숨어있지만, 「프로테우스」장에서 스티븐이 이 관계를 다시 생각할 때 그러한 암시는 더욱 확실해진다. "충실한 친구, 형제의 영혼: 감히 그 이름을 말할 수 없는 와일드의 사랑. 그의 팔: 크랜리의 팔"(3.450-51)에서 "그 이름을 말할 수 없는 와일드의 사랑"은 명백히 동성애를 가리키기 때문이다.

「스킬라와 카립디스」("Scylla and Charybdis")장에서 멀리건이 당시의 유명한 셰익스피어 학자에게 이 대문호가 남색을 했다고 하는데 이에 대해서 어떻게 생각하느냐고 질문했다고 말할 때 스티븐은 "미동(남색의 대상)"을 생각한다(9.734). 이 단어는 셰익스피어의 남색 대상을 가리킬 수도 있지만, 스티븐이 거부하고 있는 멀리건과의 관계에서 스티븐 자신의 잠재적인 역할을 가리킬 수 있다(Streit 120). 이 에피소드의 끝부분에서 멀리건은 스티븐에게 그를 바라보는 블룸의 시선을 "그의 눈빛을 보았어? 욕정에 찬 눈으로 너를 보더라"(9.1210)라고 말하며 동성애자의 예민한 시선으로 속삭이기도 한다. 이는 마치 자신이 그 시선의 대상이 되어 자신에게 혼잣말하기라도 하는 듯이 보인다. 이와 관련하여 스티븐이 크랜리를 남편을 배신한 후 쫓겨난 아내로 비교한 것은 주목할 만한 가치가 있다. "그에게 내[스티븐의] 영혼의 젊음을 밤이면 밤마다 주었건만"(9.39), 그는 사랑을 배신했다. 그리고 스티븐은 크랜리가 배신했듯이 멀리건도 그를 배신하리라는 생각을 지워버릴 수가 없다. 그렇기에 스티븐은 앞 작품에서 크랜리가 팔짱을 낀 후 떠나갔듯이 이제 멀리건이 떠나갈 것이라고 생각한다(3.452). 이처럼 멀리건과 스티븐 사이에는 동일 젠더에 대한 사랑의 미묘한 감정이 흐르고 있고, 이것은 스티븐이 멀리건에 대해 적대감을 느끼기도 하지만 또한 잠재적인 애정을 품고 있다는 것, 그렇기 때문에 후자가 전자의 분신이 될 수 있다는 걸 암시한다. 아리스토텔레스가 『니코마쿠스 윤리학』(*Nicomachean Ethics*)에서 동등한 남성 간의 상호적인 우정, 혹은 동성애를 옹호하면서 주장하듯이, "가장 좋은 종류의 친구는 또 다른 자아"라고 볼 수도 있기 때문이다(Halperin 118 재인용).

VI. 조롱과 그 내면화

멀리건도 스티븐과 자신의 동질성을 언급한 적이 있다. 그는 스티븐이 어머니의 임종 때 그녀의 마지막 소원을 거부한 것을 비난하면서 사실은 자신도 스티븐과 마찬가지로 "hyperborean"이라고 말한다(1.92). 이 단어는 니체가 "초인"(superman)을 가리키기 위해 사용한 용어로 "전통적인 기독교 도덕률에 순응함으로써" 그것에 종속되는 일반 대중과 다른 사람이라는 뜻이다(Gifford 15). 여기서 그는 자신이 스티븐처럼 종교적 계율 밖에 있어서 스티븐을 잘 이해할 수 있는 사람이라고 말하면서 둘의 유사성을 강조한다. 그렇지만 자신은 임종 시 어머니의 요청을 거절할 정도로 냉혈적인 인간이 아니라는 것을 말하기 위해 "스티븐에게는 무언가 사악한 데가 있다"(1.94)라고 비난한다. 하지만 벨(Robert H. Bell)이 적절하게 말하듯이, 멀리건이 이 대목에서 들고 있는 거울은 스티븐뿐만 아니라 자신을 향해 있다고 볼 수 있다. 왜냐하면 그의 악담 혹은 조롱은 "어떤 때는 우스꽝스럽고 유쾌하지만 어떤 때는 거칠고 잔인하기" 때문이다(17). 결국 상대방의 이미지에서 자기 이미지를 보는 것이고 두 이미지는 오버랩된다.

조롱이나 흉내 내기(mockery)는 멀리건을 정의하는 특징이다. 『율리시스』는 그의 미사 흉내 내기 혹은 조롱으로 시작하고 도서관 장면에서 그는 싱(J. M. Synge)과 예이츠(W. B. Yeats)를 흉내 내기도 한다. 「대응」의 패링튼(Farrington)이 증오하는 상사 알레인을 흉내 낸다든지, 사이몬 데덜러스가 싫어하는 처남 가족을 흉내 내며 조롱한다든지, 「키클롭스」("Cyclops")장에서 시민이 적대시하는 블룸을 모방하는 데서 볼 수 있듯이, 조이스의 작품에 조롱과 흉내 내기는 도처에 산재해 있다. 특히 멀리건은 "강박적 조롱자"라고 할 수 있고, 마치 시민에게 "조롱은 그의 증오 대상에 대한 속박"이듯이, 그는 조롱의 대상에 묶여있다고 할 수 있다(Maddox 144). 멀리건이 스티븐을 공격적으로 조롱하는 건 아마 그가 능가할 수 없는 스티븐의 예술적 능력을 부러워했거나(Maddox 144), 혹은 멀리건의 모델인 고가티(Oliver St. John Gogarty)가 조이스에 대해서 느꼈던 "완고함과 우월함의 태도" 때문이었는지 모른다(Stanislaus Joyce 245). 따라서 멀리건은 스티븐에게 가까이 다가갔다가 도망쳐 와야 하는 스킬라(Scylla)에 해당된다고 할 수 있다(Maddox 143). 가까운 것 같으면서도 피해야 하는 상대라는 말이다. 한편 멀리건의 조롱 언어는 내재화되어 하루 종일 스티븐의 의식에서 사라지지 않고 자신의 언어와 뒤섞인다.

> — 여기 네 코딱지 손수건이 있어, 그는 말했다.
> 빳빳한 칼라를 넣고 반항적인 타이를 매면서, 그들은 나무라면서, 그리고 흔들흔들 매달려 있는 시곗줄에게 말했다. 깨끗한 손수건을 찾느라 그의 손을 트렁크에 집어넣고 샅샅이 뒤졌다. 이런, 우린 단지 인물에 맞는 의상을 입어야 하는 거야. 난 암갈색 장갑과 녹색 구두가 필요해. 모순. 나는 모순되는가? 그렇다면 좋아, 나는 모순되는 거야. 변덕스러운 말라기. 유연한 검은 미사일[스티븐의 모자]이 말하고 있는 그의 손으로부터 날라왔다.
> — 여기 라틴 거리의 모자가 있어, 그가 말했다.

> — There's your snotrag, he said.
> And putting on his stiff collar and rebellious tie he spoke to them, chiding them, and to his dangling watchchain. His hands plunged and rummaged in his trunk while he called for a clean handkerchief. God, we'll simply have to dress the character. I want puce gloves and green boots. Contradiction. Do I contradict myself? Very well then, I contradict myself. Mercurial Malachi. A limp black missile flew out of his talking hands.
> — And there's your Latin quarter hat, he said. (1.512-19)

이 장면에서 멀리건은 옷을 입으며 손으로 무언극을 하고 있다. 인용 부분은 멀리건이 스티븐에게 하는 말로 시작하고 끝나지만 그 사이에 있는 내용 중 멀리건의 말과 스티븐의 생각을 구분해내기가 쉽지 않다. 특히 "변덕스러운 말라기"(Mercurial Malachi)는 실제로 멀리건이 한 말인지 알 수 없을 정도이다(Senn 48). 이 부분과 관련하여 헤이만(David Hayman)은 정확히 누구의 말인지 구분할 수 없을 정도로 멀리건과 스티븐이 결합되어 있다고 말한다(92). 그것은 마치 「키르케」장에서 블룸과 스티븐의 얼굴이 거울에서 하나로 겹쳐 보이듯이 이 둘은 하나가 되어 있다는 것이다(92, 15.3821-24).

「프로테우스」장에서 스티븐은 파리의 예술가들이 다니던 거리에서 흔히 쓰고 다니는 그의 모자를 생각하자마자, 옷을 무대의상이라고 말했던 멀리건의 목소리를 듣는다. 그러고 나서 마음속으로 파리 유학 생활을 생각하며 혼자서 주고받는 대화를 한다.

> 나의 라틴 거리의 모자. 이런, 우린 단지 인물에 맞는 의상을 입어야 하는 거야. 난 암갈색 장갑이 필요해. 넌 학생이었지, 그렇지 않아? 도대체 무얼 공부하는? 뻬이 쎄이 엔. P. C. N. 물리학, 화학, 그리고 생물학. 아하. 트림하는 마부들에 떠밀린 채 나에게 이집트의 미식이라 할 수 있는 무앙 씨베를 한 입 먹으면서.
>
> My Latin quarter hat. God, we simply dress the character. I want puce gloves. You were a student, weren't you? Of what in the other devil's name? Paysayenn. P.C.N., you know: *physiques, chimiques et naturelles*. Aha. Eating your groatsworth of *mou en civet*, fleshpots of Egypt, elbowed by belching cabmen. (3.174-78)

"라틴 거리의 모자", "우린 단지 등장인물에 맞는 의상을 입어야 하는 거야", "난 암갈색 장갑이 필요해"(1.515-19)는 앞에서 보았듯이 멀리건이 「텔레마코스」장에서 이미 했던 표현이다. "내재화된 멀리건"(Maddox 144)의 목소리가 그의 안에서 들리고 있는 것이다. 사실 옷을 무대의상이라고 하는 건 멀리건의 특징을 잘 보여주는 것으로 스티븐과는 전혀 맞지 않는 말이다. 본질적인 정체성을 가지고 있다기보다는 "일련의 가면들"로 이루어져 있는 멀리건은 "순간적으로 취하는 포즈, 태도 가면"에 불과할 뿐이기 때문이다(Bell 18). 무대에서 공연하는 배우 혹은 "주인의 궁전에 있는 어릿광대"(2.44)처럼 행동하는 멀리건이 이 말을 한 것은 아마 그와는 정반대인 스티븐을 조롱한 것일 수 있다. 『젊은 예술가의 초상』에서 예술가를 자신의 소명으로 받아들였던 스티븐은 라틴 거리의 모자를 쓰고 있는 자신이 본질적으로 예술가라고 생각하지만, 멀리건은 그런 모자를 쓰는 건 단지 예술가 배역을 맡아 예술가인 체할 뿐이라는 조롱을 함축하고 있는 것이다. 그런데 이제 파리에서의 유학 생활을 회상하고 있고 아직까지 이렇다 할 만한 예술작품도 창작하지 못하고 있는 지금의 스티븐에게도, 오래전 그가 자기 본질이라 믿었던 정체성이 단지 모자를 쓰는 배역에 불과한 것처럼 보이는 건 부인할 수 없는 사실이다. 이처럼 멀리건의 언어는 스티븐의 의식에 내재화되어 자기 목소리처럼 그 자신을 조롱한다. 여기에서도 멀리건의 언어는 스티븐이 억눌렀지만 사실은 좀 더 솔직한 자아가 스스로에게 표현하고 싶은 언어라고 할 수 있다. 마찬가지로 「텔레마코스」장에서 들었던, 스티븐이 어머니를 죽였다고 하는 멀리건의 목소리는, 「프로테우스」장에서 그의 내면에서 다시 들리고 이제 어떤 의미에서는 스티븐이 계속 자신에게 하는 말이 된다(3.200). 이처럼 멀리건의 언어는 스티븐의 의식과 그 너머에까지 계속 메아리치면서 그의 내면의 목소리가 되고 둘의 언어는 떼어놓을 수 없을 정도로 뒤섞인다.

VII. 또 다른 자아 간의 대화

스티븐의 내면에서 진행되는 두 자아 간의 대화는 「키르케」 장에서 가시화되어 제시된다. 그의 또 다른 두 자아라 할 수 있는 취한 필립(Philip Drunk)과 절제 필립(Philop Sober)은 쌍둥이로서 둘 다 아놀드(Matthew Arnold)의 가면을 쓰고 나타난다(15.2512-14). 아놀드는 도덕을 강조하는 헤브라이즘과 지성을 강조하는 헬레니즘의 두 상반되는 축의 상호작용에 토대를 둔 문화이론을 제시한 바 있다. 스티븐의 낭비벽을 꾸짖고 있는 절제 필립은 헤브라이즘을 대변하고, 반면에 도덕을 무시하고 미학적 이해를 선호하는 취한 필립은 헬레니즘을 나타낸다고 할 수 있다(Weir 124). 처음에 "바보의 충고"라고 자신을 낮추며 시작한 절제 필립은 스티븐이 다닌 술집을 열거하며 그를 "지켜보고 있다"(15.2520)라고 끝맺는다. 그는 여러 가지 면에서 「키르케」 장에서 스티븐을 지켜보고 「에우마이오스」("Eumaeus")장에서 그에게 충고하는 블룸과 닮았다. 무엇보다도 두 장면에서 공통으로 반복되는 "sober"라는 단어가 절제 필립과 블룸을 하나로 묶어준다. 블룸은 "정나미가 떨어질 정도로 술을 절제하는"(disgustingly sober, 16.62) 신중한 사람이기 때문이다. 그는 스티븐에게 홍등가와 알코올이 왜 좋지 않은지, 그리고 돈 낭비에 대해서 장황하게 충고한다(16.61-95). 흥미로운 건 그가 멀리건을 "친구, 철학자, 친구로서" 신뢰할 수 없다며, 스티븐에게 그를 경계하라고 말하는 것인데(16.279-81), 이 멀리건은 절제 필립과 맞서고 있는 취한 필립과 또한 매우 유사하다. 그는 스티븐에게 아일랜드를 헬레니즘화하자고(1.158) 제안했던 당사자이었기에 헬레니즘을 나타내는 취한 필립과 들어맞는다. 또한 절제 필립이 술집에 쏟아부은 돈을 들먹이며 그를 비난한 것에 맞서 취한 필립은 빚지지 않고 "돈을 다 지불했다"라고 자랑스럽게 말한다(15.2522). 그런데 이 말은 「네스토르」 장에서 친영파인 디지 교장(Mr Deasy)이 스티븐에게 충고하면서 돈에 밝은 실용적인 영국인에 대하여 자부심을 가지고 한 말이다 (2.251). 영국인 헤인즈에게 알랑거리는 "유쾌한 배신자" 그리고 실용주의자 멀리건 역시 친영파라 할 수 있고, 또한 그는 디지 교장의 주장 "돈이 힘이다"(2.238)를 누구보다도 잘 실천하여 스티븐에게 9파운드의 돈을 빌려준 대신 (2.255) 그에게 영향력을 행사한다고 볼 수 있다(Osteen 39). 더 중요한 건 멀리건이 오늘 학교에서 급료를 받는 스티븐에게 "근사하게 술 취할 것"(a glorious drunk)을 제안한 것이다(1.297). 또한 그는 스티븐에게 빨리 학교에 가서 돈을 받아와 "마시고 흥청거리며 놀자"(1.467)고 부추김으로써 절제 필립과 정반대의 입장에 선 취한 필립에 근접한 인물임을 암시한다. 참고로 멀리건의 모델 고가티는 자제하지 못하는 술꾼이었고, 조이스의 동생 스태니스로스(Stanislaus Joyce)에 의하면, 조이스의 방종한 음주는 주로 고가티의 영향 때문이었다고 한다(245).

VIII. 나가며

조이스와 스티븐이 동일시될 수는 없지만 그들의 유사성에 대해서는 더 이상 언급할 필요가 없을 정도로 많이 알려져 있다. 조이스와 멀리건 사이에도 많은 유사성이 발견된다면 멀리건이 스티븐의 또 다른 자아라는 게 결코 이상하지 않다. 왜냐하면 둘은 각각 한 작가의 다른 측면이 될 수 있을 것이고 서로는 많이 다르다 할지라도 그들을 연결해주는 존재가 있기 때문이다. 흥미롭게도 조이스와 멀리건은 많은 점을 공유하고 있다. 예컨대, 모방이 멀리건의 특징이라면 조이스도 뛰어난 모방자였고, 둘 다 모순어법적(oxymoronic) 태도를 보일 뿐 아니라 그러한 표현에도 능하다(Bell 23). 그러나 무엇보다도 중요한 유사점은 둘 다 악마 같은 광대로서의 재능을 가지고 있으며 그것을 즐긴다는 점이다. 조이스에 대한 스태니스로스의 첫 기억은 둘둘 만 종이 혹은 타월로 만들어진 긴 꼬리를 한 채 악마처럼 몸을 뒤틀며 나아가던 모습이다(1). 마치 멀리건이 『율리시스』에 등장하여 무대를 장악했던 것처럼 조이스가 이런 모습으로 『형 지킴이』(*My Brother's Keeper*)에 등장한 것이다(Bell 22). 『피네간스 웨이크』 제1권 제6장에서 아버지 HCE가 꿈결에 계속 거울을 보고 있는 장면이 나온다(*FW* 143.24-27). 그는 거울을 통해 자신(seemself)을 응시하고 있지만 사실상 그는 서로를 응시하고 있는 숀과 솀을 보고 있다(Gordon 151). 숀과 솀을 멀리건과 스티븐으로 보았을 때, 조이스는 거울에서 자신의 두 측면인 이들을 보고 있는 셈이고 이 둘은 경쟁자이자 적으로서 서로를 노려보고 있다고 할 수 있다.*

---

* 『근대영미소설』 26권 3호 (2019) 5-27에 실린 논문을 수정하고 편집함.

인용문헌

Adams, Robert Martin. *Surface and Symbol: The Consistency of James Joyce's* Ulysses. New York: Oxford UP, 1962.

Bell, Robert H. *Jocoserious Joyce: The Fate of Folly in* Ulysses. Ithaca: Cornell UP, 1991.

Bowen, Zack. "Ulysses." *A Companion to Joyce Studies*. Ed. Zack Bowen and James F. Carens. Westport: Greenwood P, 1984. 421-557.

Cahalan, James M. *Double Visions: Women and Men in Modern and Contemporary Irish Fiction*. Syracuse: Syracuse UP, 1999.

Campbell, Joseph. *Mythic Worlds, Modern Words*. San Francisco: New World Library, 1993.

Cotter, David. *James Joyce & the Perverse Ideal*. New York: Routledge, 2003.

Devlin, Kimberly J. *James Joyce's "Fraudstuff."* Gainesville: UP of Florida, 2002.

Ellmann, Richard. *James Joyce*. Rev. Ed. New York: Oxford UP, 1982.

Gifford, Don & Robert J. Seidman. Ulysses *Annotated: Notes for James Joyce's* Ulysses. Berkeley: U of California P, 1988.

Gilbert, Sandra M. & Gubar, Susan. *The Madwoman in the Attic*. New Haven: Yale UP, 1984.

Gordon, John. Finnegans Wake: *A Plot Summary*. Syracuse: Syracuse UP, 1986.

Halperin David M. *How to do the History of Homosexuality*. Chicago: The U of Chicago P, 2002.

Hayman, David. Ulysses: *The Mechanics of Meaning*. New Ed. Madison: U of Wisconsin P, 1982.

Hogan, Patrick Colm. Ulysses *and the Poetics of Cognition*. New York: Routledge, 2014.

Joyce, James. *A Portrait of the Artist as a Young Man*. Ed. Chester G. Anderson. New York: Viking P, 1968.

---. *Dubliners*. Ed. Robert Scholes and A. Walton Litz. New York: Viking P, 1969.

---. *Letters of James Joyce*, Vol I. Ed. Stuart Gilbert. New York: Viking P, 1957. Vols II and III. Ed. Richard Ellmann. New York: Viking P, 1966.

---. *Finnegans Wake*. New York: The Viking P, 1939.

---. *Ulysses: The Corrected Text*. Ed. Hans Walter Gabler, Wolfhard Steppe & Claus Melchior. New York: Random House, 1986.

Joyce, Stanislaus. *My Brother's Keeper: James Joyce's Early Years*. Ed. Richard Ellmann. New York: Viking P, 1969.

Kearney, Richard. *Anatheism: Returning to God after God*. New York: Columbia UP, 2010.

Kelly, Michelle McSwiggan. "Oceanic Longings: An Ecocritical Approach to Joyce." *Joyce in Progress*. Ed. Franca Ruggieri, John McCourt and Enrico Terrinoni. Newcastle upon Tyne: Cambridge Scholars Publishing, 2009. 135-47.

Kimball, Jean. *Odyssey of the Psyche: Jungian Patterns in Joyce's* Ulysses. Carbondale: Southern Illinois UP, 1997.

Maddox, James. "Mockery in *Ulysses*." *Joyce's* Ulysses: *The Larger Perspective*. Ed. Robert D Newman and Weldon Thornton. Newark: U of Delaware P, 1987. 141-56.

McBride, Margaret. Ulysses *and Metamorphosis of Stephen Dedalus*. Lewisburg: Bucknell UP, 2001.

O'Neill, Patrick. *Impossible Joyce*: Finnegans Wake. Toronto: U of Toronto P, 2013.

Osteen, Mark. *The Economy of Ulysses: Making Both Ends Meet*. Syracuse: Syracuse UP, 1995.

Potts. *Joyce and the Two Irelands*. Austin: U of Texas P, 2000.

Senn, Fritz. "Book of Many Turns." *James Joyce's* Ulysses: *A Casebook*. Ed. Derek Attridge. Oxford: Oxford UP, 2004. 33-54.

Spoo, Robert. "'Nestor' and the Nightmare: The Presence of the Great War in *Ulysses*." *Joyce and the Subject of History*. Ed. Mark A. Wollaeger, Victor Luftig, and Robert Spoo. Ann Arbor: The U of Michigan P, 1996. 105-24.

Strathman, Christopher A. *Romantic Poetry and the Fragmentary Imperative: Schlegel, Byron, Joyce, Blanchot*. Buffalo: SUNY P, 2006.

Streit, Wolfgang. *Joyce / Foucault: Sexual Confessions*. Ann Arbor: The U of Michigan P, 2004.

Tindall, William York. *A Reader's Guide to James Joyce*. Syracuse: Syracuse UP, 1995.

Weir, David. Ulysses *Explained: How Homer, Dante, and Shakespeare Inform Joyce's Modernist Vision*. New York: Palgrave Macmillan, 2015.

2.

환대의 예술가, 스티븐
—「네스토르」장을 중심으로

박은숙

I. 서론

이 장은 『율리시스』(*Ulysses*)의 제2장 「네스토르」(“Nestor”)를 중심으로 마치 동전의 양면처럼 환대와 배신의 뿌리 깊은 전통과 역사가 공존하는 나라, 아일랜드와 그에 대한 한 청년의 예술가적 비전을 살피고자 한다. 조이스(James Joyce)의 모국이자 작품의 배경인 아일랜드는 유럽 어느 나라보다 환대의 미덕을 자부하지만, 역설적으로 그 미덕이 동족 배신을 낳아 결국 식민사의 도화선이 되었다. 이들은 수백 년이 지나도록 그 불명예스러운 역사를 끊지 못한 채 제 민족을 환대의 피해자이자 “배신의 희생자”(Fraser 95)라 한탄해왔다. 비록 조이스는 망명했지만, 유년기부터 조국의 현실을 누구보다 첨예하게 의식해왔다. 그 결과 조이스에게 환대와 배신의 문제는 단순한 개인적 차원을 넘어 민족적 차원으로 확대되어 작품세계에서도 중요한 주제로써 일관되었다.

조이스의 분신으로도 일컬어지는 스티븐 데덜러스(Stephen Dedalus)는 스무 살이 조금 넘은 예술가 지망생이다. 첫 등장에서 그는 잔뜩 의기소침한 모습이다. 아일랜드를 벗어나 자유로운 유럽에서 예술가로서의 비상을 시도했지만, 집안 사정으로 다시 돌아올 수밖에 없었기 때문이다. 국가와 친구들 그리고 가족마저도 절연할 결연한 각오로 떠났건만 이내 제자리라니 복잡한 심경이 아닐 수 없다. 이후 스티븐은 본집 대신 더블린 외곽의 마텔로 탑(Martello Tower)에서 멀리건(Buck Mulligan)이라는 친구와 동거한다. 마텔로 탑은 원래 과거 영국인들이 지어놓은 해안요새인데, 1904년 현재에는 주택처럼 임대가 되는 것이다. 하지만 스티븐은 어느 날 멀리건이 데려온 영국인 손님을 끝내 받아들일 수 없어 결국 탑의 열쇠를 넘겨주고 자신이 거기서 나온다. 스티븐으로서는 유일한 거처를 잃은 것이다. 이 일화는 다분히 아일랜드 식민사를 빗대어 응축하고 있다. 달리 말해 스티븐은 동족이자 친구에게 배신당한 것이다. 이 일은 멀리건이 부유한 영국인을 환대하는 대신 자신의 동족이자 친구를 배신한 것과 진배없고 스티븐은 종일 이 문제에 골몰한다. 종래의 연구들은 대개 스티븐을 이처럼 배신당한 희생자로만 인식해 왔다.

하지만 유심히 보면 「네스토르」를 기점으로 스티븐에게는 점차 종전과 다른 모습이 엿보인다. 더 이상 스티븐의 의식과 행동은 과거처럼 단지 배신의 희생자라는 자기연민이나 피해의식에만 묶여있지 않다. 에드먼슨(Melissa Edmunson)도 이와 비슷한 시각을 견지한다. 그에 따르면 『율리시스』의 주요 인물들은 어떤 특정한 운명에 고정되어 있지 않다. 때문에 그들에게는 더 좋거나 나쁜 상태로 바뀔 수 있는 가능성이 다분하다(555-56). 특히 소설 초반부의 스티븐은 "극복할 수 없는 감정적 마비"(556) 상태에 있는 것처럼 보였다면, 후반의 그는 점차 "예술가로서 [주변] 세계에 적극적인 참여자"(555)가 되어가면서 "더 좋은 방향으로 변화"(556)한다. 이렇게 볼 때 스티븐을 오직 배신의 희생자로만 바라보는 기존의 고정된 해석은 보다 유연화하고 다각화할 필요성이 크다. 다만,

처음 스티븐이 내처 감정이 마비된 듯 보인 것은 타고난 냉철함과 변함없이 날선 강박증, 예술적 신념, 확고한 반영주의 탓이 컸음 직하다. 그럼에도 그 이면에는 일련의 긍정적 변화가 움트고 있다는 게 이 글의 논점이다.

「네스토르」는 스티븐이 좌절 속에서 오히려 의식의 성장에 이름으로써 보이는 변화를 은연중 알려주는 첫 신호탄과 같은 에피소드라는 점에서 주목할 만하다. 이 에피소드의 배경은 스티븐이 파리에서 귀국해 교사로 있는 한 학교이다. 특히 여기서는 교장 디지(Mr. Deasy)와의 면담이 주된 플롯을 이룬다. 말하자면 원전에서 애타게 아버지 오디세우스(Odysseus)를 찾는 아들 텔레마코스(Telemachus)가 스티븐, 그렇게 찾아온 텔레마코스에게 충정 어린 격려와 충고를 해준 네스토르왕이 디지 교장인 셈이다. 단, 스티븐이 애타게 찾는 아버지는 그에게 예술적 영감을 줄 정신적 아버지이며, 디지 교장이 스티븐에게 건넨 조언도 네스토르왕의 그것과는 짐짓 다르다는 점을 기억할 필요가 있다. 이 장에서는 「네스토르」 중에서도 당시 아일랜드 경제의 화두가 된 소 수족구병에 대한 디지 교장과 스티븐의 상반된 태도를 주요하게 살펴본 후, 이를 거점으로 스티븐의 의식 확장에 따른 변화에 초점을 맞추어 그 행로를 폭넓게 추적한다. 이로써 이 장은 스티븐, 더 나아가 스티븐의 동료 아일랜드인들이 배신의 희생자에서 환대의 주체로서 거듭날 수 있는 비전을 조망한다.

II. 본론

스티븐은 부유한 영국계 아일랜드인 자녀들이 다니는 학교에서 아이들을 가르치는데, 마침 급여일이 되어 아침부터 교장실을 찾는다. 디지 교장은 면담을 마친 후 스티븐에게 신문사에 "편지 한 통"(2.291)을 전달해 달라고 부탁한다. 그것은 그 무렵 아일랜드에 창궐한 "소 수족구병"(2.321-22)에 관한 것이다. "아일랜드의 전통적인 별칭"(Gifford & Seidman 21)이 "가장 아름다운 소"(Silk of Kine)(1.403)인 데서도 짐작할 수 있듯이 아일랜드인에게 있어 소는 매우 상징적인 가축이다. 라스젠(Friedhelm Rathjen)의 말처럼 소는 환대의 동물인데(172), 특히 이 점이 고유한 환대의 전통을 가진 아일랜드와 연결된다. 여기서 관건은 "친영파 얼스터 사람"(Cheng 208)인 디지 교장이 이처럼 아일랜드 소의 수족구병을 우려하고 있다는 점이다.

— 나는 그 편지가 신문에 인쇄되어서 사람들에게 읽히기를 바라네, 디지가 말했다. 수족구병이 다음번에도 발생하면 영국인들은 아일랜드 소에 수출입 금지령을 내릴 걸세. 그 병은 치료될 수 있네. 치료되었지. 나의 사촌인 블랙우드 프라이스가 오스트리아에서는 그곳의 소 의사들이 그 병을 정기적으로 진찰해서 치료했다고 편지를 보내왔네. 그들[오스트리아의 수의사들]이 우리나라에 오겠다고 했네. 나는 관계 부처에 영향력을 행사해 보려고 하는 중이네. 이제 나는 광고를 시도해 볼 참이야. 나는 . . . 모략과 . . . 부정한 세력으로, 난관에 둘러싸여 있네.

— I want that[the letter] to be printed and read, Mr Deasy said. You will see at the next outbreak they[England] will put an embargo on Irish Cattle. And it can be cured. It is cured. My cousin, Blackwood Price, writes to me it is regularly treated and cured in Austria by cattledoctors there. They offer to come over here. I am trying to work up influence with the department. Now I'm going to try publicity. I'm surrounded by difficulties, by . . . intrigues . . . by backstairs influences. (2.338-44)

디지는 그로 하여금 아일랜드 소의 수족구병 치료라는 "애국주의적 의무"(Law 199)를 수행하지 못하도록 하는 방해 세력이 있다고 토로한다. 디지가 편지를 신문에 직접 싣고자 하는 이유도 그 때문이다. 한편 디지는 수족구병 치료의 위급성에 대해서도 설명하는데, 그는 만일 그 병이 다시 발병할 경우 영국인들이 아일랜드 소 무역에 제재를 가할 것이라고 한다. 이 말에도 일리는 있으나, 디지가 아일랜드에서 수족구병을 몰아내고자 하는 데는 또 다른 이유가 있다. 로의 주장처럼 디지는 그 병을 하나의 "기생자"로 여겨 그처럼 "외래적이고 이상한" 것을 축출함으로써 국내의 환경을 순수하게 지키고자 한다(199). 그가 영국인을 제외한 외국인에게 극도로 배타적인 것도 같은 데서 기인한다.

하지만 사실상 "친합병주의자인 동시에 반합병주의자"인 디지야말로 "주인"이자 "기생자"라는 이중의 정체성을 가진 "배신의 화신"이다(Law 199-200). 디지가 스티븐에게 "내 안에도 저항의 피가 흐르고 있네. . . . 어머니 쪽의. 그렇지만 나는 합병에 찬성한 존 블랙우드 경(sir John Blackwood)의 후손이기도 하지"(2.278-79)라고 한 말이 그의 이러한 실체를 드러낸다. 디지는 친영파인 그가 아일랜드 소의 수족구병 치료에 앞장서는 이유를 한편으로는 그 안에도 모계(母系)에서 물려받은 영국에 대한 "저항의 피"가 흐르고 있기 때문이라고 한다. 그러면서 디지는 그가 "존 블랙우드"라는 친영주의자의 후손이라고도 덧붙인다. 디지가 블랙우드의 혈통인 것은 그가 사촌지간으로 언급한 "블랙우드 프라이스"를 통해서도 알 수 있다. 이처럼 디지는 선조들이 제각각 고수한 친합병주의와 반합병주의라는 상반된 성향을 동시에 가지고 있는데, 이를 증명하듯 그가 영국의 기생자이면서도 조국에 애국 자연한 태도는 그 모순을 극대화한다.

스티븐도 디지의 모순성을 날카롭게 간파하고 있다. 그럼에도 스티븐은 "그래도 나는 싸우고 있는 그[디지]를 도울 거야. 멀리건은 나에게 또 다른 이름을 지어주겠지. 소를 돌보는 바드 시인(bullockbefriending bard)이라고 말이야" (2.430-31)라고 생각한다. 앞서 멀리건은 스티븐의 예리함을 가리켜 아일랜드어로 "칼날"(knifeblade)을 뜻하는 "킨치"(Kinch)라는 별명을 지어줬는데(1.55), 이번에는 스티븐이 소의 수족구병 치료를 위한 심부름을 했으니 소와 관련된 별칭으로 부를지도 모른다는 것이다. 그럼에도 스티븐은 아일랜드 소의 수족구병 치료를 모색하는 디지를 도움으로써 기꺼이 "소를 돌보는 바드 시인"이 되기로 한다.

라스젠은 디지의 이 편지를 스티븐이 역사에 대해 "깨어나고자 하는 악몽"(night-mare, 2.377)이라고 한 사실과 관련하여 해석한다. 라스젠은 "악몽"이라는 단어에서 동물 "말(馬)"을 뜻하는 "mare"에 착안하여 디지의 편지가 스티븐에게 그 말을 이길 수 있는 소와 같은 힘을 불어넣어 주는 도구가 된다고 본다. 이때 말의 전진하는 이미지는 제국주의자들의 선형적인 역사관과도 연결된다. 이에 맞서는 소와 환대는 말과 인종주의를 제압할 수 있는 강력한 무기가 되는 것이다(172). 이 논의에서 라스젠은 소와 말의 이미지를 대비시키는데, 소가 아일랜드를 상징한다면 말은 영국을 상징한다. 유사한 맥락에서 야누스코(Robert Janusko)도 이날 스티븐이 이룬 단 한 가지의 문학적 성공은 "디지의 이 편지를 신문에 게재한 일"이라고 평하기도 한다(31).

그러나 디지와 스티븐이 아일랜드 소의 수족구병을 치료하고자 하는 의도는 근본적으로 다르다. 로의 말처럼 디지가 수족구병을 퇴치하려는 게 그의 "편집증적인 고립주의"에 따른 것이라면, 스티븐이 수족구병을 퇴치하려는 건 반대로 "세계주의의 이상"을 위한 것이다(202). 디지의 고립주의는 "병"이라는 이질적이고 이상한 요인들을 아일랜드에서 몰아내려는 의도로 수족구병 퇴치를 원한다. 반면 스티븐의 세계주의는 그 이질적이고 이상한 것들에 직접 가담하고 외부의 세계로 나가보고자 하는 의중을 띤다. 이처럼 스티븐의 입장에서 수족구병은 아일랜드를 외부로부터 봉쇄하는 요인이 되므로 그 병을 고치는 일이 급선무이다. 다시 말해, 스티븐은 아일랜드가 무역을 통해 외부의 세계와 연결되어 있기를 바란다.

수족구병 퇴치를 원하는 디지의 "편집증적 고립주의"에는 또 다른 모순이 있는데, 이는 아일랜드인들 전반의 외국인 혐오주의적 태도와 관련된다. 민족주의자 시민(Citizen)은 과거 그들의 무역이 번성하던 시절 "스페인, 프랑스, 벨기에"(12.1297) 등 유럽 각국과 왕래가 있었다며 머지않아 "지금은 텅 빈 무역항들이 다시 상선들로 가득할 것"(12.1331)이라고 전망한다. 피어슨(Nels Pearson)은 시민의 이러한 감상주의적 태도를 "현재의 문제들이 먼 과거와 먼 미래에 대한 이상적인 이미지들로 가려졌다"라고 분석한다. 또한 피어슨은 시민 등 아일랜드인들이 이처럼 "복원된 국제적 아일랜드에 대한 과장된 열망으로 단합되어 있으면서도 정작 유대계인 블룸(Leopold Bloom)에게는 외국인 혐오주의적인 시선을 던진다"고 지적한다(635-36). 아일랜드인들은 각국의 무역선이 그들의 항구를 출입하며 경제적으로 번영하던 국제적 위상의 아일랜드를 그리워하면서도 블룸을 적대시하는 모순을 보이는 것이다. 따라서 스티븐이 "소를 돌보는"(혹은 "소와 친근한") 것과 디지가 "소를 돌보는" 건 확연히 다른 의미이다.

디지는 스티븐과의 면담에서 친합병주의자이자 반합병주의자인 자신의 정체를 거론한 뒤, "우리는 모두 아일랜드인이네. 모두 [고대] 왕들의 아들[후손]들이지"(2.279)라고 말을 맺는다. 이로써 디지는 은연중 자신의 모순을 무마할 뿐만 아니라 아일랜드 내 영국인들도 아일랜드인으로 포용하는 관대함을 베푼다. 하지만 디지는 "유대인"(2.438)만은 제외한다. 그는 "아일랜드는 결코 그들[유대인들]을 받아준 적이 없다"(2.442)라고 굳게 믿으며 그들을 배척한다. 심지어 그는 이 말을 돌아가다 말고 뛰어와서까지 전하고 되돌아간다. 디지는 "유대인의 존재"도 아일랜드를 위태롭게 할 "기생자"로 여긴다(Law 199).

하지만 디지의 위와 같은 단편적인 시각은 스티븐의 공감을 얻지 못한다. 스티븐은 아일랜드 영토 내의 "우리는 모두 아일랜드인이고 고왕의 후손들"이라는 디지의 발언을 떠올리며 실상 아일랜드는 "그때나 지금이나 왕위를 노리는 자들(pretenders)의 천국"(3.317)이라고 바로잡는다. 여기서 "왕위를 노리는 자들"은 영국에서 억울하게 폐위당하여 왕위를 되찾고자 하는 왕들을 뜻한다. 직접적으로는 명예혁명 당시 윌리엄 3세에게 쫓겨난 뒤 아일랜드에서 복권을 꾀했던 제임스 2세와 그의 아들들을 가리킨다. 풀어 말해, 스티븐은 디지가 아일랜드 안의 모든 사람이 아일랜드인이라고 통칭함으로써 무너뜨린 진짜 아일랜드인의 범주에서 영국 식민주의자들의 존재를 분명히 가려내고 있다.

스티븐은 디지와 대화를 마친 뒤 식민주의자들로 인해 조국을 떠난 아일랜드 망명객들을 떠올린다. 그가 파리에서 만난 "케빈 이간"(Kevin Egan, 3.164)도 그중 한 명이다. 스티븐은 "사랑도 없고, 나라도 없고, 아내도 없이"(3.253) 타국에 홀로 떨어져 있는 이간의 망명 생활을 애석해한다. 말하자면, 이간은 아내도 없고 자식도 없는 "더블린의 메넬로스"(Kenner, *Dublin's Joyce* 184)라 할 수 있다. 스티븐이 이처럼 망명자 이간을 각별히 여기는 것은 스티븐 자신의 경험에서 우러나오는 공감일 수 있다. 스티븐도 잠시나마 이간처럼 조국을 떠나본 경험이 있다. 더구나 현재 스티븐은 영국인 손님에게 밀려 살던 집에서도 쫓겨난 신세이다. 스티븐은 이간에게서 "자기 자신의 모습을 발견"(Tindall 148)하고 있다고 볼 수 있다.

하지만 스티븐은 이간이 조국에서 "쫓겨났지만 절망하지는 않고 있다"(3.255)라며 사뭇 희망적으로 생각을 전환한다. 스티븐의 이러한 자세에는 "몰락했지만 당당했던"(Morrison 110) 파넬(Charles Stewart Parnell)과 같은 구국의 영웅을 꿈꾸는 그의 감정이입이 두드러진다. 비록 고난당했지만 좌절하지는 않는 영웅들처럼 스티븐에게도 "변형의 힘"(Spoo 47)이 있다고 믿어온 글로써 민족의 양심을 새롭게 창출하겠다는 예술가로서의 포부가 있다. 그래서 스티븐은 "자치"(home rule)라는 대의명분을 위해 외로운 망명을 이겨내고 있는 이간에게 더욱 동질감을 느끼는 것이다. 요컨대, 스티븐은 망명에 성공하지 못했지만, 그 실패의 경험이 도리어 그의 인식의 폭을 넓히는 기폭제가 된다.

카웰티(John G. Cawelti)는 망명의 주제와 관련해 하나의 특정한 문화는 개인에게 함정이자 한계가 될 수도 있다고 말한다. 왜냐하면 진정한 인간적 정체성은 누군가에 의해 주어지는 게 아닌 스스로 추구하는 것이기 때문이다. 마찬가지로 조이스에게도 망명은 개인이 속한 문화의 제약성으로부터의 탈출과 그러한 경계를 초월함으로써 보다 원숙한 인간적 자아를 확립할 수 있는 기회이다. 즉 그가 다양한 문화와의 접촉을 바탕으로 더욱 충만한 개인적 정체성을 정립해 나갈 수 있는 건 바로 "망명"을 통해서이다(41). 망명에 대한 카웰티의 관점은 망명을 통해 구국의 예술가를 꿈꾸는 스티븐의 생각과도 상통한다. 뿐만 아니라 이는 스티븐이 망명 후에 보이는 변화에 대한 이해의 폭을 넓혀주기도 한다. 궁극적으로 카웰티가 본 망명의 긍정성은 스티븐이 기꺼이 "소를 돌보는 바드 시인" 혹은 "소와 친근한 바드 시인"이 되기를 자청한 일에서 더욱 분명해진 그의 세계주의적 태도와도 연관된다.

한편 스티븐의 세계주의적 이상과 관련해서는 아일랜드의 "도서성"(Joyce, *Selected Letters* 110)도 숙고해 볼 문제이다. 로일(Stephen A. Royle)에 따르면 근본적으로 섬은 "물에 둘러싸여 있는 땅"이므로 거기에 발을 딛기 위해서는 "어떤 식으로든 그 물을 건너야만" 한다. 바로 이 점이 "도서성의 가장 분명하면서도 근원적인 제약"이다(43). 섬을 방문하고자 하는 사람은 "바다를 건너는 헌신적이고 평범하지 않은 여행"을 감수해야만 하는 것이다(11). 물론 그 역도 같다. 그 결과 섬은 오랜 세월 고립의 장소가 되어왔다. 라이언스(F.S.L. Lyons)의 말처럼 그러한 고립성은 자칫 "무감각과 자아도취"로 이어질 수 있다(81). 스티븐이 영국계 아일랜드 문인들이 주축이 된 문예부흥운동에 회의적인 이유도 섬의 그러한 특성을 반영한다. 스티븐은 그들의 활동이 기실 "배타성과 고립성"(Schwarze 256)으로 오히려 진정한 예술을 해한다고 본다. 이는 스티븐도 아일랜드의 도서성에 수반되는 필연적인 제약을 부단히 의식하고 있음을 방증한다. 스티븐이 바다를 집요하게 익사와 추락의 장소로 인식해 온 점, 그가 학생들에게 암송시킨 밀턴(John Milton)의 「리시다스」("Lycidas")(2.63-66), 즉 아일랜드해에서 익사한 한 촉망받던 영국인 선교사를 기린 추도시도 이와 무관하지 않다. 요컨대, 스티븐에게 아일랜드의 도서성은 그의 포부를 가로막는 중대한 장애요인이다.

아일랜드의 도서성이 스티븐에게 큰 걸림돌이 되는 또 다른 이유는 그의 극심한 물 공포증 때문이다. 물 공포증의 원인 또한 어릴 때 겪은 끔찍한 배신의 경험으로 거슬러 올라간다. 스티븐은 해변에서 한 익사자를 떠올리며 "그[타인]의 인생은 그의 인생이고 내 인생은 내 인생이기를 바랄 뿐"(3.327-28)이라고 생각한다. 중요한 건 이 말을 액면 그대로만 받아들여선 안 된다는 사실이다. 실상 이 말은 스티븐의 물에 대한 공포심의 크기를 말해준다. 사실 스티븐도 대범한 멀리건처럼 익사자를 "구하고 싶고 구해보려고도 하겠지만, 수영을 못 한 다"(3.323-24). 따라서 이 대목은 이 정도로 물을 두려워하는 스티븐이 얼마 전 배를 타고 바다를 건넌 일이 얼마나 큰 결단이었는지를 새삼 돌아보게 한다. 더불어 여기서는 익사자를 돕고 싶지만 차마 도울 수 없는 스티븐의 절박한 심경이 오롯이 전해져 모종의 인간애 또한 새삼 공감을 모은다.

스티븐이 익사자에 느끼는 안타까움이나 디지 교장과의 일화만 보아도 스티븐의 생각과 행동은 전과 다르다. 더욱 극적인 것은 스티븐이 전에 없이 더블린에서 "비열한 배신자"로 악명 높은 콜리(Corley)까지도 진심으로 격려하고 도우려 안간힘을 쓰는 모습이다. 배신을 가장 큰 악덕으로 여겨 과거 자신을 배신한 친구와 연인에게 더없이 냉정하게 절연을 선언한 장본인이 스티븐이기 때문이다.

비록 이런 종류의 일이야 거의 매일 밤 혹은 거의 그 정도 간격으로 있는 일이었지만 어떤 의미에서는 그의 감정이 그를 이겼다 비록 스티븐은 콜리의 새로운 시시콜콜한 이야기들이 다른 사람들의 것과 마찬가지로 좀처럼 크게 믿을 만한 것이 못 된다는 것을 알면서도. 하지만 라틴 시인[버질]이 말하듯 [나는] 불행에 전혀 무지하지 않아요 나는 비참한 사람들을 구하라고 배웠어요. . . . 그[스티븐]는 음식이 있으리라는 기대는 하지 않았지만 그래도 어찌 되었든 주머니에 손을 넣어 보았다 하지만 그 대신 1실링 정도라도 있으면 그것을 그[콜리]에게 빌려주어서 어떻게든 그가 분발하고 충분한 음식을 먹을 수 있도록 해 줄 수 있게 해 주리라 생각했다 하지만 애석하게도 결과는 부정적이었다, 돈이 없었다. 약간의 부서진 비스킷이 그가 찾아낸 전부였다. 그는 잠시 동안 그 돈을 잃어버린 것인지 [어디에] 두고 온 것인지 기억해 보려 최선을 다했다. . . . 하지만 다른 쪽 주머니에서 암중 속에 페니로 추정되는 것이 손에 잡혔다, 하지만 판명된 것처럼, 틀린 추정이었다.

— 이봐, 그것들은 하프크라운이잖아, 콜리가 바로잡았다.

. . . 스티븐은 어쨌든 그것들 중 한 개를 빌려주었다.

— 고마워. 콜리가 답했다. . . .

Though this sort of thing went on every other night or very near it still Stephen's feeling got the better of him in a sense though he knew that Corley's brandnew rigmarole on a par with the others was hardly deserving of much credence. However haud ignarus malorum miseris succurrere disco etcetera (not at all ignorant of misfortune, I have learned to succor the miserable) as the Latin poet remarks. . . . He put his hand in a pocket anyhow not with the idea of finding any food there but thinking he might lend him anything up to a bob or so in lieu so that he might endeavor at all events and get sufficient to eat but the result was in the negative for, to his chagrin, he found his cash missing. A few broken biscuits were all the result of his investigation. He tried his hardest to recollect for the moment whether he had lost as well he might have or left. . . . However in another pocket he came across what he surmised in the dark were pennies, erroneously however, as it turned out.

— Those are halfcrowns, man, Corley corrected him.

. . . Stephen anyhow lent him one of them.

— Thanks, Corley answered. . . . (16.172-97)

자정까지도 묵을 곳을 찾지 못한 스티븐은 길에서 비슷한 신세의 콜리를 우연히 만난다. 콜리는 스티븐을 만나자 처량함이 극에 달한다. 물론 스티븐도 콜리의 이러한 수법이 "좀처럼 믿을 만한 것이 못 된다"라는 것을 익히 알고 있다. 하지만 스티븐은 막상 자신도 "잘 곳이 없고"(16.163) "배가 고팠으면서도"(16.170), 그 자리에서 콜리를 위해 주머니에서 없는 돈을 찾아보려 애쓴다. 아무쪼록 콜리가 그 돈으로 "분발"하고 "충분한 음식"을 먹을 수 있었으면 해서이다. 어쨌든 스티븐은 반대쪽 주머니에서 나온 동전 중 한 개를 콜리에게 준다. 에임스(Christopher Ames)의 말처럼 어떤 면에서 환대가 "음식의 공유가 인간 공동체에서 갖는 중요성"(40)을 환기한다고 보면, 스티븐의 처사도 환대의 의의에 적잖이 부합한다.

스티븐이 콜리를 도우면서 "나는 불행을 전혀 모르지 않아요. 나는 지친 사람들을 구하라고 배웠어요"라는 버질(Virgil)의 『이니이드』(*Aeneid*)에 나온 구절을 떠올리는 것도 환대와 관련해 간과할 수 없는 부분이다. 당장 두 방랑객의 신세가 이 구절과 흡사하다. 스티븐은 어찌 보면 고난에 지친 로마의 영웅 이니어스(Aeneas)를 환대하는 카르타고섬의 디도(Dido) 여왕을 방불케도 한다.

나도 당신과 같은 운이 있었어요. 수많은 고난을 이겨내고 마침내 이 땅에서 안식을 찾아서 기뻐할 수 있었지요. 나 자신도 슬픔을 모르지 않아요. 나도 불행한 사람을 구하는 것을 배우고 있어요. 이 말들과 함께, 동시에 그녀는 이니어스를 그녀의 궁전으로 안내했다. . . . 한편 그녀는 해안에 있는 그의 동료들에게도 스무 마리의 황소와 등이 아주 윤이 나는 큰 돼지 백 마리와 토실토실한 양 백 마리와 그 어미들, 그리고 신의 선물 와인을 보냈다.

I, too, have had a fortune like yours, which, after the buffeting countless sufferings, has been pleased that I should find the rest in this land at last. Myself no stranger to sorrow. I am learning to succor the unhappy. With these words, at the same moment she ushers Aeneas into her queenly palace. . . . Meantime she sends to his comrades at the shore twenty bulls, a hundred huge swine with backs all bristling, a hundred fat lambs with their mothers, and the wine god's jovial bounty. (*Aeneid* 18)

이 장면은 『이니이드』에서 여왕이 자신이 겪은 역경을 회고하면서 이니어스를 위로하고 궁전으로 맞아들여 그의 일행까지 극진히 대접하는 부분이다. 요점은 스티븐이 그 긴 이야기 중에서도 유독 이 환대 장면을 떠올렸다는 것이다. 이 점에 있어서도 스티븐의 망명 경험을 배제하기 어렵다. 낯선 곳에서 이방인으로서 체득한 새로운 경험이 배신자 콜리마저 관대히 바라보게 하는 변화를 불러온 것이다. 결정적으로 친구들에게도 버림받았다는 콜리의 말은 당장 멀리건에게 배신당한 스티븐으로 하여금 이 불운한 친구를 결코 외면할 수 없게 하기 충분하다.

스티븐이 "비열한 배신자"인 콜리를 돕는다고 해서 그가 좌절된 망명 계획을 "실패의 상징"(Hayman 48)으로 여기며 자포자기의 삶을 사는 건 아니다. 단적으로 스티븐은 콜리를 위해 애써 돈을 찾으면서 콜리가 "어떤 경우에라도 분발할 수 있도록"이라는 단서를 붙인다. 콜리의 처지와 별반 다를 바 없는 처지의 스티븐이 한 이 생각은, 흡사 스티븐 자신의 다짐처럼 보이기도 한다. 7장 「아이올로스」에서도 이와 유사한 면을 발견할 수 있다. 마침내 스티븐은 수족구병에 관한 디지의 편지를 전달할 신문사에 도착한다. 희망찬 소식이 넘쳐나야 할 신문사는 과거의 영광에 대한 향수, 패배주의, "이루지 못한 [민족적] 대의명분"(7.551)에 대한 탄식으로 가득 차 있다. 이에 스티븐은 "여러분, 제가 다음 의제로 잠시 휴정을 제안해도 될까요?"(7.885)라며 분위기를 환기한다. 이제 과거에 대한 푸념은 그만두고 술이나 마시러 가자는 것이다. 이때 스티븐의 제언은 부질없는 향수에 잠긴 아일랜드인들만이 아니라, 더 내밀하게는 어쩔 수 없이 실패한 망명에 어쩔 수 없이 침통함을 느끼기도 하는 스스로를 향한 우회적인 질책일 수도 있다. 그는 실패의 경험에만 침잠하지 않으려 내심 분투 중이다.

스티븐은 슈바르츠의 말처럼 애초에 자기 민족이 제 손으로 이방인들에게 주권을 팔아넘겨 버린 데 그치지 않고 내부적으로도 "도덕적 불관용"을 자행해 온 사실을 누구보다 통렬히 의식한다. 아일랜드인들은 그 잘못을 서로의 탓으로 돌리며 좀처럼 내분에서 벗어나지 못한다. 그에 따라 스티븐 자신도 제 민족의 환대를 환대로만 받아들일 수 없는 모순을 겪는다. 결과적으로 그는 영국의 폭정을 탓하는 것도, 자기 민족을 탓하는 것도 결국은 "공허한 사치"임을 깨닫는다(257-58). 그럴수록 스티븐의 예술가로서의 사명감은 더욱 확고해진다. 그런 와중에 스티븐은 종전과 달리 아무 의심 없이 반사적으로 환대에 고마움을 느끼는 우연한 경험을 한다. 더욱이 그 고마운 경험이 다름 아닌 디지 교장의 편지에 연유하는 것은 특히 주목할 부분이다.

> 종이[가 필요해]. 돈, 됐어[필요 없어]. 늙은 디지의 편지. 여기야. 환대 고맙습니다 [편지의] 끝의 여백을 찢어내자. [스티븐은] 태양에 등을 돌린 채 바위 탁자 위로 길게 몸을 굽혀서 단어들을 휘갈겨 썼다. 도서관 카운터에서 종이[메모지]들을 가지고 오는 걸 잊어버린 것이 이번이 두 번째군.
>
> Paper. The banknotes, blast them. Old Deasy's letter. Here. Thanking you for the hospitality tear the blank end off. Turning his back to the sun he bent over

far to a table of rock and scribbled words. That's twice I forgot to take slips from the library counter. (3.404-07)

여기서 스티븐은 마음이 급해 말이 생각을 앞서간다. 불현듯 찾아온 영감을 놓칠까 얼마나 다급한지 알 수 있다. 스티븐은 탑을 영영 나온 뒤 해변에 앉아있던 중 우연히 「바다 위의 나의 슬픔」("My Grief on the Sea")이라는 아일랜드어로 된 시를 생각해 낸다. 이어 스티븐은 그것을 자기 방식대로 개작해 잊어버리기 전에 기록해 두기 위해 몹시 조급하다. 주머니 안에 메모지는 없고 지폐와 디지 교장의 편지뿐이다. 그제서야 스티븐은 도서관에서 메모지를 챙겨오지 못한 걸 상기한다. 동시에 스티븐은 디지 교장의 편지에서 간신히 여백을 찾아 순간적으로 "환대 고맙습니다"라고 한다. 무엇보다 디지의 편지는 환대의 동물인 소의 수족구병 치료를 도모하는데, 절묘하게도 이 편지의 귀퉁이 여백이 스티븐을 환대해준 것이다. 이때만큼은 디지의 이중적인 의도도 스티븐의 의구심과 막상 멀리건에게 당한 배신의 씁쓸함도 순수한 환대 자체로 수렴되는 매우 고무적인 순간이다. 달리 말해, 이 장면은 라스젠의 말처럼 소가 말을 이기는, 즉 환대가 악몽(nightmare)을 이기는 찰나라 할 수 있다.

반면 케너는 스티븐의 응용시를 창작시가 아니라는 근거로 그의 "시적인 패배"(*Ulysses* 57)로 평가한다. 또한 케너는 스티븐이 "더 이상 그의 아버지를 찾지 않는다"라고 하면서 스티븐은 이제 "『더블린 사람들』(*Dubliners*)의 여타 젊은이들과 같이 뻔한 미래를 향해 가고 있다"라고 단정한다(*Ulysses* 17). 하지만 스티븐이 케너의 주장처럼 일찍이 예술가로서의 꿈을 단념했다면, 그토록 절실하게 메모할 종이를 찾지 않았을 것이다. 또한 스티븐은 지폐를 그렇게 팽개치지도 않았을 것이며, 종이 한 조각에 그처럼 고무되지도 않았을 것이다.

현재 스티븐은 아직 안정적으로 자리 잡은 예술가가 아니라 이제 막 기반을 다져가는 단계에 있다. 즉, 그는 아직도 "『아버지를 찾고 있는 자펫』"(*Japhet in Search of a Father*, 1.561)[1]이다. 그가 파리에서 돌아온 뒤로도 계속 "라틴 지구 모자"(1.519)를 고집하는 모습도 이를 뒷받침한다. 파리의 라틴 지구는 예술가들의 집결지로 유명하다. 오스틴(Mark Osteen)은 스티븐이 이렇게 대중과 다른 모자를 고집하는 걸 그가 파리를 택한 동기이기도 한 "지성적이고 예술적 힘에 대한 추구"라고 본다(260). 맥도웰(Colin McDowell)의 설명처럼 모자가 착용자의 개성과 지위를 나타내는 데 있어 복장과 관계된 다른 품목이 능가할 수 없는 장점을 가졌다고 볼 때(7), 오스틴의 분석은 설득력이 있다.

스티븐은 모순적인 디지 교장에게 반감을 느끼면서도 아일랜드 소를 살리기 위한 그의 편지만큼은 신문에 실리도록 돕기로 하는데, 스티븐은 바로 이 일을 통해 이제껏 동료 아일랜드인들로부터 받지 못한 환대의 순간을 맞이한다. 결과적으로 이때 스티븐은 환대의 공여자인 동시에 수혜자가 된다. 아일랜드의 소를 살리려는 디지를 도운 게 상징적으로 환대의 공여라면, 그 과정에서 떠오른 영감을 기록할 종이를 얻은 건 환대의 수혜인 격이다. 어느새 스티븐은 이전까지 불신으로 가득했던 조국의 환대 전통에 암암리 동참하고 있는 것이다. 연장선상에서 스티븐이 언젠가 꾸었던 누군가로부터 "환대받는 꿈"도 상징성이 크다.

> 지난밤에 그 녀석[헤인즈] 때문에 깼을 때와 같은 꿈인가, 아니면 그랬나? 잠깐. 홀의 입구가 열렸어. 사창가. 기억해. 하룬 알 라스치드. 거의 기억이 나. 그 남자가 나를 인도하면서 말했어. 두렵지 않았어. 그 사람이 내 얼굴에 멜론을 내밀었어. 나는 미소를 지었지. 크림 같은 과일의 향기가 났어. 그것이 규칙입니다, [그 남자가] 말했어. 들어오십시오. 들어와요. 붉은 융단이 펼쳐졌어. 누구인지 알게 되실 겁니다.

---

1) 영국작가 프레데릭 매리어트(Frederick Marryat)의 소설로, 예술가 지망생 스티븐이 정신적 아버지를 찾고 있는 것을 멀리건이 빗대어 언급한 작품이다.

> After he[Haines] woke me last night same dream or was it? Wait. Open the hallway. Streets of harlots. Remember. Harun al Raschid. I am almosting it. That man led me, spoke. I was not afraid. The melon he had held against my face. Smiled: Creamfruit smell. That was the rule, said. In. Come. Red Carpet spread. You will see who. (3.365-69)

꿈에서 미지의 남자는 스티븐에게 향기로운 멜론을 내밀며 그를 붉은 융단 위로 안내한다. 여기서는 망명 전까지 환대에 회의적이기만 했던 그가 디지의 편지에서처럼 그것을 받는 행위 자체부터 중요하다. 먼저 이 꿈은 누군가의 환대가 절실한 스티븐의 절박함을 투사한다. 스티븐이 이 꿈을 떠올린 시점이 정처 없이 탑을 나와 졸지에 다시 돌아갈 집이 없어진 신세가 된 직후인 게 이를 뒷받침한다. 이러한 궁지에 처해 스티븐이 먼저 생각한 건 어떤 구체적인 장소나 사람이 아니라 그 환대의 꿈이다. 이 말은 곧 스티븐이 이러한 상황에서 무엇보다 이 꿈으로부터 마음의 위로를 받는다는 의미이다. 또한 이 말은 이제 스티븐이 환대를 망명 전과 다른 관점에서 바라보고 있다는 뜻도 된다.

한 가지 더 희망적인 건 이 꿈에서 스티븐의 진짜 꿈도 은연중 이루어진다는 것이다. 꿈에서 남자가 내민 멜론에 그러한 가능성이 담겨 있다. 기포드와 자이드만에 따르면 유대(Hebraic) 세계에서는 그 땅에서 첫 수확한 과일을 신이 선택한 신성한 장소로 가져가 그곳에서 사제에게 바치는 전통이 있는데, 멜론도 그 한 가지 과일이다(61). 그래서 남자가 "그것이 규칙"이라 한 것임을 유추할 수 있다. 따라서 꿈에서 남자는 스티븐을 단순히 환대하기보다 사제로서 맞아들이고 있다는 해석도 가능하다. 이 점이 스티븐의 소원성취와 맞물린다. 다만, 스티븐은 교회 사제들에 대한 믿음을 거둔 지 오래되어 여기서의 사제는 종교와는 거리가 멀다. 스티븐은 "영원한 상상력의 사제"(*P* 221), 즉 예술가가 되고자 열망한다. 과거에 스티븐은 동족의 환대를 줄기차게 경계해왔다. 하지만 마치 못미더웠던 디지의 편지처럼, 절박한 그에게 막상 힘을 주는 건 결국 환대이다. 프로이트(Sigmund Freud)는 꿈 해석의 첫 단계로 "꿈은 소원의 실현이다"라고 전제한다. 왜냐하면 근본적으로 모든 꿈은 "소원(혹은 희망)에 근거"하기 때문이다. 프로이트에 따르면 꿈이란 그러한 "소원"을 "아무런 꾸밈없이" 드러내는 "전적으로 유효한 정신적 현상"이다(122-23). 이렇게 볼 때 스티븐이 꾼 환대의 꿈도 그의 "간절한 바람"이 무의식중에 "아무 꾸밈없이" 자연스럽게 투영된 것이라 할 수 있다.

망명의 실패는 스티븐에게 더 없이 침통한 경험이었지만, 그 짧은 기간 동안 낯선 땅에서의 따뜻한 환대 경험은 오히려 스티븐의 의식을 한층 성장시킨다. 「네스토르」는 그 첫 궤적을 그리는 만큼 재고의 가치가 크다. 조국의 환대를 불신과 회의에 차서 바라보던 과거와 달리 이제 스티븐은 그것을 새로운 눈으로 바라본다. 디지 교장의 편지 심부름, 편지의 환대, 콜리와의 조우, 그리고 환대의 꿈은 스티븐의 변화를 보여주는 중요한 단서들이다. 이로써 스티븐은 원래 민족의 가장 큰 자랑이었던 미덕의 본질을 다시금 체화하고 있는 것이다.

III. 결론

유년기에 촉망받던 한 정치가를 나락으로 끌어내린 신부와 의원들의 표리부동함을 목도한 뒤 스티븐은 결국 조국을 떠나 예술가가 되기로 한다. 비록 스티븐은 망명에 성공하지 못한 채 귀국하지만, 전과 비교해 상당히 고무적인 변화를 보인다. 과거에 스티븐이 아일랜드를 향해 "제 자식을 잡아먹는 늙은 어미돼지"(*P* 203)라고 부르며 조국에 대한 불신과 경멸에 차 있었다면, 현재의 스티븐은 "소와 친근한 바드 시인"이 되기를 자처하는 모습에서 그 변화를 확인할 수 있다. 즉 망명 전의 스티븐이 배신의 불모성에 사로잡혀 있었다면 그 후의 스티븐은 그것을 점차 환대의 충만함으로 상쇄해 나간다. 그 과정에서 스티븐은 단적으로 마텔로 탑(Martello Tower)의 일화처럼 스스로를 배신의 희생자화하는 모순을 겪기도 한다. 하지만 스티븐의 자기배신은 스스로를 희생함으로써 타인을 보호하는 자기희생을 기반으로 한다는 점에서 타인의 희생을 요구하는 아일랜드 민족의 자기배신과 구별되고, 오히려 그것은 파넬과 예수와 같은 구국 영웅으로서의 배신의 희생자 이미지에 더 부합한다. 이는 모든 아일랜드인이 배신의 희생자이자 환대의 피해자라고 주장함으로써 스스로 그처럼 무력하고 수동적인 민족으로 규정하고 합리화하는 것과도 다르다. 궁극적으로 스티븐은 이러한 오랜 역사적 한계를 답습하지 않고자 한다. 이제 스티븐은 그러한 수동성에서 탈피하여 보다 능동적인 환대의 주체로서 변모해 가고 있는 것이다.*

* 『영어영문학21』 32권 1호 (2019) 131-49에 실린 논문을 수정하고 편집함.

인용문헌

민태운, 홍덕선 공편. *A Portrait of the Artist as a Young Man* by James Joyce. 서울: 신아사, 2010.

Ames, Christopher. *The Life of the Party: Festive Vision in Modern Fiction*. Athens: U of Georgia P, 1991.

Beebe, Maurice. "James Joyce: Barnacle Goose and Lapwing." *PMLA* 71.3 (1956): 302-20.

Bruns, Gerald L. "Eumaeus." *James Joyce's Ulysses: Critical Essays*. Ed. Clive Hart and David Hayman. Berkeley: U of California P, 1974. 363-83.

Cairns, David and Shaun Richards. *Writing Ireland: Colonialism, Nationalism and Culture*. Manchester: Manchester UP, 1988.

Cawelti, John G. "Eliot, Joyce and Exile." *ANQ* 14.4 (2001): 38-45.

Cheng, Vincent J. *Joyce, Race, and Empire*. Cambridge: Cambridge UP, 1996.

Edmunson, Melissa. " "Love's Bitter Mystery": Stephen Dedalus, Drowning, and the Burden of Guilt in *Ulysses*." *English Studies* 90.5 (2009): 545-56.

Fraser, James Alexander. *Joyce and Betrayal*. London: Palgrave MacMillan, 2016.

Frazer, James George. *The Golden Bough: A Study of Magic and Religion*. New York: The MacMillan, 1963.

Freud, Sigmund. *The Interpretation of Dreams*. Ed. and Trans. James Strachey. London: Hogarth, 1900.

Gifford, Don and Robert Seidman. Ulysses *Annotated: Notes for James Joyce's* Ulysses. 2nd ed. Berkley: U of California P, 1988.

Joyce, James. *Ulysses*. Eds. Hans Walter Gabler, Wolfhard Steppe and Claus Melchior. New York: Vintage-Random House, 1984.

---. *A Portrait of the Artist as a Young Man*. Ed. Chester G. Anderson. New York: Viking P, 1968.

---. *Selected James Joyce Letters*. Ed. Richard Ellmann. New York: Viking P, 1966.

Janusko, Robert. *The Sources and Structures of James Joyce's "Oxen."* Ann Arbor: UMI Research, 1983.

Hayman, David. Ulysses: *The Mechanics of Meaning*. Englewood Cliffs: Prentice-Hall, 1970.

Homer. *The Odyssey*. Trans. Roberts Fagles. New York: Penguin, 1996.

Kenner, Hugh. *Dublin's Joyce*. New York: Columbia UP, 1987
---. *Ulysses*. Baltimore: Johns Hopkins UP, 1987.
Law, Jules David. "Joyce's 'Delicate Siamese' Equation: The Dialectic of Home in *Ulysses*." *PMLA* 102.2 (1987): 197-205.
Lyons, F. S. L. *Culture and Anarchy in Ireland 1890-1939*. Oxford: Claredon P, 1979.
MacDowell, Colin. *Hats: Status, Style, and Glamour*. London: Thames and Hudson, 1992.
Morrison, Karl F. *"I am You": the Hermeneutics of Empathy in Western Literature, Theology and Art*. Princeton: Princeton UP, 1988.
Osteen, Mark. "A High Grade Ha: 'Politicoeconomy' of Headwear in *Ulysses*." *Joycean Cultures and Culturing Joyce*. 253-83.
Pearson, Nels. "'May I Trespass on Your Valuable Space?': *Ulysses* on the Coast." *MFS* 57.4 (2011): 627-49.
Rathjen, Friedhelm. "Horse Versus Cattle in *Ulysses*." *Joyce Studies Annual* Vol. 12 (2001): 172-75.
Schwarze, Tracey Teets. "Silencing Stephen: Colonial Pathologies in Victorian Dublin." *Twentieth Century Literature* 43.1 (1997): 243-63.
Spoo, Robert. *James Joyce and the Language of History: Dedalus's Nightmare*. Oxford: Oxford UP, 1994.
Tindall, William York. *A Reader's Guide to James Joyce*. New York: Farr, Straus & Giroux, 1959.
Virgil. *The Aeneid*. Ed. Wendell Clausen. New York: Washington Square, 1965.

3.

아일랜드 가톨릭을 탈신비화하는 블룸의 시선 –「로터스 먹는 종족」장을 중심으로

김은혜

I. 아일랜드 가톨릭과 조이스

"현대 아일랜드에서 종교적 정체성은 성・계급・민족성 또는 성적 지향만큼이나 사회적으로 의미 있다"라는 주장에서도 드러나듯 아일랜드 사회에서 가톨릭의 영향력은 크다 할 수 있다(Inglis 59). 20세기 후반 그 위세가 꺾였다고는 하나, 오랜 세월 가톨릭은 종교의 영역을 넘어 아일랜드인의 일상에도 강력한 영향력을 발휘하였다. 또한 아일랜드 식민화 과정에서 영국은 가톨릭교도였던 토착민을 핍박하였기 때문에 아일랜드 민족주의와 가톨릭은 서로 밀접하게 연결되어 있었고, 가톨릭은 아일랜드의 정치에도 강력한 영향력을 발휘할 수 있었다. 그 과정을 좀 더 살펴보면, 영국의 튜더 왕조가 아일랜드 정복을 완성하면서 아일랜드와 영국과의 갈등은 본격화되었는데, 영국은 원활한 통치를 위하여 다수를 차지하는 가톨릭계의 성장을 막는 제도적 장치들을 만들어갔다. 그 결과 18세기에 이르러 영국계 신교도 아일랜드인들은 주로 젠트리 층을 차지하였으며 가톨릭교도의 상당수는 최하위층을 점유하게 되었다. 이와 같은 박해와 투쟁의 역사 속에서 아일랜드 가톨릭은 상징과 의례를 통해 공동체의 집단의식을 생성・유지함으로써 내부 결속을 강화해 왔다. 다시 말해, 아일랜드 태생 구교도는 영국에 대한 저항과 그에 따른 좌절의 역사를 반복하였는데 그 과정에서 "동화"를 강요하는 억압적인 문화를 형성하게 되었다 할 수 있다(Schwarze 4).

『젊은 예술가의 초상』(*A Portrait of the Artist as a Young Man*)에서 스티븐(Stephen Dedalus)이 국가와 종교를 뒤로하고 아일랜드를 떠난 것처럼, 사제의 삶이 아니라 예술가로서의 삶을 선택한 조이스는 억압적이고 위선적이라는 이유로 평생 가톨릭을 거부하였다. "로마의 압제가 영혼의 궁전을 점령하고 있는데 영국의 압제를 비난하는 것은 별 소용이 없다"라는 조이스의 언급에서도 드러나듯, 그는 영국 제국주의가 정치적으로 아일랜드를 속박하는 것과 마찬가지로, 로마 가톨릭은 정신적・도덕적으로 아일랜드를 억압한다고 본다(*CW* 173). 『율리시스』의 「떠도는 바위들」("The Wanderings Rocks")에서 더들리 백작(Earl of Dudley)과 콘미(Conmee) 신부는 영국과 가톨릭이 아일랜드를 억압하고 있다는 조이스의 생각을 은유적으로 보여준다. 이 장에서 로마 가톨릭을 상징하는 콘미 신부는 더블린 중앙부를 중심으로 동북쪽으로, 영국 제국을 상징하는 더들리 백작은 북서쪽에서 동남쪽으로 이동하고 있다. 신부와 백작은 더블린 시내를 대각선으로 관통하고 있으며 더블린 곳곳에서 사람들은 이를 목격한다. 이는 가톨릭과 영국 제국이 사람들의 일상에 영향을 미치고 있음을 상징한다.

특히 가톨릭교도를 억압하고 차별하던 '형법'(Penal Laws)이 '가톨릭 해방령'(Catholic Emancipation Act, 1829) 이후 효력을 잃게 되자, 인구의 90% 이상이 가톨릭 신자인 아일랜드에서 가톨릭의 입지는 더욱 견고해진다. 가톨릭은 정치・문화・경제를 비롯하여 아일랜드인의 삶 전반에 걸쳐 더욱 강력한 영향력을 발휘하며 교세 확장과 물질적 소유를 추구하는 경향을 보인다. 조이스는 이와 같은 가톨릭의 확장 양상에 대하여 아일랜드인이 비판의식 없이 가톨릭의 가르침을 받아들임으로써 가톨릭 안에 스스로를 가두었다고 판단한다. 더욱이 그는 가톨릭을 아일랜드 사람들의 독창성을 파괴하는 요인이자, 아일랜드의 경제 번영을 방해하는 요인으로 여긴다.

가톨릭에 대한 그의 비판의식은 자기 삶에서 종교의 영향을 배제하려는 노력에서도 드러난다. 그는 자녀들에게 믿음이라는 "골치 아픈 짐"을 지우는 데 반대하여 그들이 세례받는 것을 거부하였을 뿐 아니라 스스로를 무신론자라고 선언하였다(*L* II 89). 그뿐 아니라 그는 1904년부터 아내 노라(Nora Barnacle)와 함께 하였으나 1931년에서야 혼인신고를 하였는데, 이 역시 가톨릭에 대한 그의 저항 의식에 기인한다고 할 수 있다. 1904년 노라에게 쓴 편지에서 조이스는 자신이 아일랜드의 모든 종교적 • 사회적 권력과 전쟁을 치르고 있음을 밝힌 바 있다(*L* II 48). 이렇듯 그는 성적인 순결을 강조하고 정절과 충실 그리고 희생을 기반으로 하는 결혼을 강요하는 아일랜드 사회와 가톨릭을 강력한 어조로 비판하고 있다.

조이스의 작품 곳곳에 이러한 비판의식이 스며들어 있는데, 그는 거대한 이념이나 주장을 내세우지 않고 대신 당대 더블린 사람들의 일상을 세세하고 정확하게 묘사함으로써 개인에게 가해지는 억압적인 힘의 양상을 보여준다. 『율리시스』에서 조이스는 블룸(Leopold Bloom)을 통하여 이러한 의도를 실현하고 있다. 아일랜드 태생의 가톨릭 남성이 주류를 이루는 더블린에서 유대인인 블룸은 이방인으로 취급받고 소외된다. 더블린에서 생계를 꾸리는 내부자이지만 주류 사회의 주변부에 위치한 소시민 블룸의 시선을 통하여, 조이스는 독자들이 아일랜드 가톨릭을 비판적으로 바라보게 한다. 가톨릭 문화를 체득하지 않은 블룸은 태생적으로 가톨릭에 익숙한 다수의 사람이 당연하게 여기는 것들을 낯설게 바라보는데, 그 틈을 통하여 종교에 의해 마비된 사람들의 의식과 무비판적으로 행해지는 종교적 관행이 드러난다. 따라서 이 글에서 먼저 더블린 주류 사회에서 블룸의 위치를 좀 더 자세히 살펴본 후, 그의 시선을 통해 드러나는 가톨릭을 사람들의 영혼을 마비시키는 측면과 교세 확장에 치중하는 측면으로 나누어 분석하고자 한다.

II. 내부자이자 외부자인 블룸

블룸은 더블린 주류 가톨릭 남성들과는 다른 방식으로 사고하고, 그들의 문화에 동조하지 않기 때문에, 이방인으로 취급받는다. 그의 이러한 기질은 그의 복잡한 종교적・인종적 배경과 밀접한 관련이 있다. 그의 헝가리계 유대인 아버지는 신교도인 어머니와 결혼하였고 후에 신교도로 개종하였다(17.1636-40). 블룸 역시 신교도로 세례를 받았으나(17.542-46), 몰리와 결혼하면서 가톨릭으로 개종하였고(17.1636-40) 현재는 이렇다 할 신앙이 없는 상태이다. 이처럼 특정한 종교에 소속되어 있지 않을 뿐 아니라, 유대인이면서도 유대인이라고 할 수 없는 그의 위치는 주목할 만하다. 그의 아버지가 유대인이기는 하지만 신교도로 개종하였고 블룸도 신교도로 세례를 받았기 때문에 그는 태어나면서 할례를 받지 않았을 것이므로 엄밀히 말하면 유대인이라고 할 수 없다(홍덕선 180-81). 그러나 사람들은 그를 유대인으로 여기고 있고 블룸도 일정 정도 유대인으로서 자신의 정체성을 인정하고 있다. 이처럼 복합적인 배경을 지닌 블룸의 정체성은 동질적인 가톨릭 공동체에서 양육된 사람의 것과 비교할 때 모호하고 유동적이다.

「하데스」("Hades")에서 디그넘(Dignam)의 장례식장으로 향하는 마차는 더블린 남성 사회의 축소판이라 할 수 있으며, 이는 더블린 주류 사회에서 블룸의 위상에 대한 단서를 제공한다. 더블린 남성들과 블룸이 탑승한 장례 마차 안에는 어색한 침묵과 불편한 기류가 흐른다. 해거트(Kerri Haggart)는 블룸이 마차 문을 "꼭 닫힐 때까지 재차 닫았다"라는 것에 주목하며(6.10) 이 행동이 블룸의 초조함과 불안감을 드러낸다고 설명한다(342). 마차 안 남성들은 블룸을 "우리"로 받아들이지 않으며 블룸도 그것을 느끼고 있다(6.8). 이러한 분위기에서 블룸은 대화를 이어가기 위해 적극적으로 노력한다. 하지만 그의 노력은 디그넘의 돌연사에 대한 인식 차이로 좌절된다. 내세를 믿기 때문에 회개를 중요시하는 가톨릭교도에게 돌연사는 불행한 일이지만 그러한 믿음이 없는 블룸에게 고통 없는 죽음은 "제일 좋은 죽음"이 될 수 있다(6.312). 블룸은 자신의 의견을 밝히는데, 이 발언으로 인하여 더블린 남성 사회의 일원이 되려는 블룸의 공은 허사가 된다. 이는 가톨릭적 사고의 틀에서 벗어나 있기 때문에 주류에서 배제되는 블룸의 상황을 단적으로 보여 준다 할 수 있다.

블룸의 사고방식뿐 아니라 그가 취하는 신중한 태도 역시 가톨릭 남성 신도들이 블룸을 배제하는 요인으로 작용한다. 신중한 태도는 프리메이슨 단원에게 중요한 덕목 중 하나이기 때문에 가톨릭 남성들은 블룸의 태도를 근거로 그를 프리메이슨 단원으로 간주한다(Gifford 326). 당시 유럽에서 프리메이슨은 유대인과 음모를 공모하는 단체로 여겨졌다. 19세기에 가톨릭에서 출간된 『프리메이슨, 유대 종파 혹은 유대－프리메이슨의 위험성』(*Freemasonry, Jewish Sect, or The Jewish－Masonic Peril*)과 같은 서적의 제목에서도 드러나듯 가톨릭은 프리메이슨과 유대교를 사악한 단체로 규정하였다(Nadel 211). 따라서 사람들이 블룸을 프리메이슨으로 여긴다는 건, 곧 그들이 블룸을 적으로 간주한다는 의미가 될 수 있다. 보통의 더블린 남성들과는 달리, 미사에 참석하거나 술을 사는 것 같은 문화를 공유하지 않고 항상 조심성 있게 행동하는 블룸은 동질적인 가톨릭 문화를 공유하는 사람들에게 적대감을 불러일으킨다.

아일랜드 가톨릭에 대한 지식이 제한적이기 때문에 블룸이 조이스의 "유용한 무기"가 될 수 있다는 깁슨(Andrew Gibson)의 주장처럼, 조이스는 더블린의 주류 사회에서 종교적으로 그리고 문화적으로 동화되지 못하여 부당한 취급을 받는 블룸을 통하여 당연하게 여겨지는 관습들을 뒤흔든다(*James Joyce* 126-27). 자연스럽게 가톨릭 문화를 접하는 아일랜드 사람들과 달리, 블룸은 그 문화에 익숙지 않다. 그러므로 그는 아일랜드 가톨릭 사회가 당연하게 여기는 것들에 대하여 다른 목소리를 낼 수 있다. 이처럼 블룸의 시각은 익숙한 것을 낯설게 만드는 역할을 하며, 동시에 그것의 문제점이 드러나게 한다. 새롭게 조우한 문명을 관찰하듯 더블린의 가톨릭 사회를 바라보는 블룸의 시선은 독자가 아일랜드 가톨릭의 문제적 측면을 인식하게 한다.

III. 영혼의 마비: "롤리팝"과 "맹신"

블룸은 가톨릭에서 세례를 받기는 하였으나, 신앙이 깊지도 의무적으로 미사에 참석하지도 않기 때문에 가톨릭의 믿음과 의례를 관찰자의 입장에서 바라본다. 놀란(Emer Nolan)도 지적하는 것처럼, 블룸의 세속적인 시선을 통해 가톨릭의 믿음과 의례는 "탈신비화"된다(159). 이는 "만성성당"(All Hallows)에서 신도회를 관찰하는 블룸의 서술을 통해 특히 잘 드러난다(5.318). 신도회를 집전하는 사제와 그가 행하는 의식을 바라보는 블룸은 교회가 "훌륭한 조직"을 사용하여(5.424-25) "돈을 긁어모으고 있다"라고 생각한다(5.435). 그리고 그는 교회가 "조직"을 운영하기 위해 "고백성사"와 "회개"라는 "강력한 무기"를 사용하고 있다고 지적한다(5.425-26). 신도들은 사제가 집전하는 교회의 전례를 경건하게 참여하고 있지만 블룸은 관찰자의 위치에서 교회가 이윤추구를 목적으로 운영되는 조직과 같다고 규정하고 있다. 특히 그는 교회가 경제적 빈곤 등 현실 문제의 근본적 해결을 위해 노력하기보다 라틴어나 포도주를 사용하는 장엄한 예식, 성체 성사와 고백성사를 비롯한 여러 성사와 상징물을 사용하여 "롤리팝" 같은 순간의 위안을 줄 뿐이며 그렇게 함으로써 사람들의 정신을 마비시킨다고 생각한다 (5.360).

그의 주장은 작품에서 묘사되는 더블린 사람들의 빈궁한 삶을 고려할 때 더욱 설득력이 있다. 종교의 관심이 미치지 않는 사람들에 대한 블룸의 따뜻한 시선을 통해 드러나는 이들의 곤경은 블룸의 주장을 뒷받침한다. 빈곤에 대한 아일랜드 교회의 태도를 비판적으로 바라보는 페어홀(James Fairhall)은 교회가 더블린의 빈곤을 사회 체제의 개혁이 필요한 문제가 아니라, 피할 수 없는 것, 그래서 기독교적 자선이 필요한 문제로 인식하였다고 지적한다. 예를 들어, 19세기 말 교회는 노동운동에 반대하는 입장을 취하였다. 심지어 교회는 민족주의 진영의 고용주들과 연합하여 파업 참가자의 굶주리는 아이들을 영국의 신교도 가정에 보내는 인도적 시도를 막기도 하였다(88-89). 조이스는 그의 작품에서 이러한 교회의 비도덕성을 꼬집는다. 블룸의 시선은 스스로를 배불리는 교회 그리고 이와 대비되는 곤궁한 여성과 아이들의 삶을 추적한다. 그는 낳고 번성하라는 교회의 가르침으로 인해 고통받는 여성들과 가난으로 기회를 박탈당한 아이들을 연민어린 시선으로 관찰한다. 이를 근거로 블룸은 "경제적 영역에서 사제들이 빈곤을 초래한다"라고 의견을 밝히기도 한다(16.1128).

「떠도는 바위들」의 네 번째 소품에 등장하는 디덜러스 집안의 궁핍은 이 같은 현실을 반영한다. 여기에서는 아일랜드 가정이 직면한 빈곤의 원인 중 하나로 아버지의 부재가 제시되며, 이 아버지는 집안의 가장으로서의 아버지와 종교적 아버지 모두를 상징한다. 이 에피소드에서 한 끼 식사조차 제대로 할 수 없는 상황에 처한 디덜러스가의 아이들이 나누는 대화 사이에 클론고우즈 들판(Clongowes fields)을 지나는 콘미 신부와 딜런(Dilon) 경매장의 벨소리가 삽입

되고, 마지막에는 리피강을 따라 떠내려가는 구겨진 전단지가 등장한다. 이는 두 아버지의 부재를 강조하기 위한 조이스의 전략으로 이해할 수 있다.

먼저, 교회가 빈곤 문제의 근본적 해결을 찾기보다 임시적인 구빈 활동에 머물러 있음을 보여주기 위해 콘미 신부가 등장한다. 실제로 「떠도는 바위들」의 첫 번째 소품에 등장하는 콘미 신부는 디그넘의 갑작스러운 죽음으로 어려움에 처한 가족들을 돕기 위해 길을 나서긴 하지만, 이는 선의에 의한 게 아니다. 더블린 사회에서 영향력 있는 커닝햄(Cunningham)의 부탁을 들어줌으로써 후에 모금 활동에 도움을 받기 위한 목적이 더 강하다. 더욱이 그는 거리에서 구걸하는 외다리 수병에게 돈이 아니라 은총을 주는 것으로 자신의 의무를 다했다고 여긴다. 딜런 경매장의 벨소리는 경매장 앞에서 돈 문제로 딸과 실랑이를 벌이는 디덜러스 집안의 가장 사이먼(Simon)과 연결된다. 아이들은 돈을 마련하기 위해 헌 책을 내다 팔고 수녀님이 준 콩죽으로 허기를 채우고 있는데 아버지는 술에 빠져 가정에 무책임하다. 에피소드의 말미에는 아이들의 곤경과는 무관하게 "엘리야가 다가온다"라는 메시지가 담긴 전단지가 리피강을 떠내려가고 있다. 오스틴(Mark Osteen)의 주장대로 무심히 흘러가는 전단지는 그 안에 담긴 메세지와 달리 사람들을 궁핍에서 구해줄 엘리야는 오지 않는다는 것을 알려준다(126). 디덜러스 집안의 가장이 가족의 생계에 대한 책임을 방기하는 것과 마찬가지로 종교 또한 경제적 구원이 필요한 때에 영혼의 구원이라는 공허한 약속만을 이야기한다. 사이먼의 딸 부디(Boody)가 "하늘에 계시지 않는 우리 아버지"라고 비꼰 것처럼 이 에피소드는 사람들의 삶에 아무런 도움도 주지 않는 두 아버지, 즉 가장으로서의 아버지와 종교적 아버지의 부재를 꼬집는다(10.291).

또한 블룸의 시선을 통하여 일시적 위로와 억압적 가르침으로 사람들의 영혼을 마비시키는 교회와 이를 무비판적으로 수용하는 개인의 속성이 드러난다. 그중에서도 블룸이 주목한 것은 교회의 상징물이다. 교회는 신앙의 대상을 상징하는 상징물들을 만들고 각각의 상징물이 요구하는 올바른 신앙인의 덕목을 제시함으로써 개인을 통제한다. 상징물은 금욕, 희생, 순종, 인내의 교훈을 담고 있다는 공통점이 있다. 여러 상징물 중에서 블룸이 주목하는 건 "예수 성심"(Sacred Heart)이다(6.954). "예수 성심"은 예수가 겉으로 드러난 자신의 심장을 검지로 가리키고 있는 그림인데, 여기서 예수의 심장은 가시관으로 둘러싸인 채 불길을 내뿜고 있다. 예수 성심과 같은 신앙의 부흥은 아일랜드 대기근과 관련이 있다. 로우 에반스(Mary Lowe-Evans)에 따르면, 대기근은 하느님의 총애를 잃었다는 표식이었기 때문에 아일랜드인에게는 저주이자, 동시에 용기를 인정받을 수 있는 축복이었다. 이를 증명하기 위하여 교회는 사람들에게 경건한 아일랜드인이 되어야 하는 타당한 이유를 제공함과 동시에 그들에게 죄의식을 불러일으킴으로써 회개를 요구하였다. 예수 성심에 대한 헌신은 이러한 종교적 규율에 자기희생이 첨가된 형태라고 할 수 있다(44-45).

블룸이 "아일랜드가 예수 성심의 심장이나 또는 그와 같은 것에 몸을 헌납"하지만 교회는 "조금도 만족한 것처럼 보이지 않는다"라고 평하고 있는 것처럼, 교회는 끊임없이 사람들의 희생을 요구하고 사람들은 자신의 믿음을 증명하기 위해 희생한다(6.955-56). 특히 성심 신앙은 여성에게 억압적으로 작용하였는데, 이러한 측면에서 스티븐에게 회개를 강요하는 어머니의 유령이 예수 성심에게 도움을 청하는 건 주목할 필요가 있다. 교회의 가르침에 순종하여 열다섯 명의 아이를 낳고, 가정의 평화를 지키기 위해 애쓴 결과 병을 얻은 스티븐의 어머니도 예수 성심에 대한 믿음이 깊었다. 교회가 주는 위로를 받고 그 가르침대로 희생의 삶을 산 대가로 죽음에 이른 스티븐의 어머니를 통하여 조이스는 종교의 거짓 위로와 영혼의 통제로 피폐해진 개인의 삶을 보여주고 있다.

종교를 탈신비화하는 블룸의 시선은 상징물에서만이 아니라 교회의 미사 전례에서도 사람들을 마비시키는 요소를 추적한다. 그 예로 블룸은 라틴어로 미사를 진행하고 성체를 배령하는 것이 사람들을 "마비"시키고 스스로의 상태를 착각하도록 만든다고 여긴다(5.350). 그에 따르면 성체를 배령함으로써 사람들은 "하느님의 왕국이 자신의 몸 안에 있는 것" 같은 느낌을 받으며 행복해하지만 (5.361) 이것은 모두 실체가 없는 느낌일 뿐이다. 5장의 제목 「로터스 먹는 종족」은 종교의 이러한 마비적 속성을 함축하고 있다 할 수 있다. 호머(Homer)의 『오디세이』(*Odyssey*)에서 오디세우스와 부하들은 폭풍으로 로터스 먹는 종족의 섬에 착륙한다. 그곳에서 몇몇 부하는 로터스를 먹고 그들의 고국을 잊어버린 채 계속 그곳에 머물고 싶어 한다. 『오디세이』에서 사람들을 마비와 망각에 빠지게 만든 로터스처럼 종교는 사람들을 행복한 무감각에 빠지게 만들고 있다.

이러한 측면에서 아일랜드의 종교는 술과 다르지 않은 듯 보인다. 조이스가 생각하는 아일랜드의 종교와 술의 관계는 『더블린 사람들』의 「대응」("Counterparts")에서 잘 드러난다. 「대응」이라는 제목이 암시하는 것처럼, 이 작품에서 종교와 술은 한 쌍의 대응을 이룬다. 「대응」에서는 성당의 보좌신부를 뜻하는 "curate"가 술집의 바텐더를 지칭하는 단어로 사용된다(*D* 74). 주인공 패링턴(Farrington)이 술집에서 술을 마시며 일시적인 위안을 얻고 자존감을 회복하려고 한다면 그의 아내는 성당에서 위로를 찾는다. 패링턴은 술에 빠져 그리고 그의 아내는 교회에 빠져 집안을 돌보지 않는다. 결국, 술과 교회는 현실을 도피하도록 만든다는 측면에서 같은 속성을 지닌다고 볼 수 있다.

술에 빠진 사람이나 성체를 배령하는 사람은 자신을 객관화할 수 없는 상태이지만, 블룸이 보기에는 교회가 베푸는 기적을 맹신하여 자신의 고통에 무감각해진 사람과 술에 취한 사람은 크게 다르지 않다. 육체적 · 정신적 고통을 잠시 잊게 해줄 뿐 아니라 사람들을 단합시키는 역할을 하는 술처럼, 종교도 "롤리팝" 같은 성체로 위안을 주고 모두 한배를 탄 것과 같은 기분이 들게 한다. 조이스는 내부와 외부의 경계에 위치한 블룸을 통하여 사람들의 영혼을 마비시키는 종교의 이와 같은 측면을 드러내고 있다. 가톨릭 신앙인에게는 진리이자 의심할 여지 없는 것들이 블룸의 눈을 통하자 낯설게 된다. 하나의 물체를 서로 다른 두 지점에서 보았을 때 시차가 생겨나는 것처럼, 가톨릭의 틀 외부에 위치란 블룸은 익숙한 것들의 이면을 표출시킬 수 있다.

IV. 공격적 교세 확장: "수지맞는 놀이"

조이스는 블룸을 통하여 공격적으로 교세를 확장하려는 아일랜드 가톨릭의 경향도 비판하고 있다. 이들의 확장 과정은 타종교, 타문화를 인정하지 않는다는 측면에서 제국주의적인 경향을 보일 뿐 아니라 이윤을 추구한다는 측면에서 상업적인 성향도 띤다. 1830년대와 1890년대에 걸쳐 개신교의 성서 연구와 자유로운 주제를 다루는 문학이 발달하면서 교회의 무류설과 사도의 합법성이 위협받자 가톨릭교회는 매우 보수적으로 변화하게 된다(Hibbert 199). 그러면서 동시에 영국 가톨릭은 개신교의 영향을 받아 적극적으로 선교 활동을 펼쳤다. 가톨릭은 마치 제국주의가 그 지배력을 확장해 나가듯 해외 선교를 통해 교세를 확장하였고, 동시에 아일랜드 내부에서는 적극적인 부흥 전도로 신도 수를 늘려 나갔다. 해외 선교의 주축이 되었던 인물은 허버트 본 추기경(Cardinal Herbert Vaughan)으로, 그는 이교도를 선교하려는 목적으로 외국인 선교 단체(Society for Foreign Missions)를 설립하기도 하였다(Gibson, *Revenge* 83). 허버트 본 추기경으로 대표되는 영국 가톨릭의 공격적인 선교 방식의 영향을 받아 아일랜드 선교단체들도 사제를 세계 각지로 파견하는 등 세력 확장에 열을 올린다. 문명화라는 제국주의 명목과 마찬가지로 이들은 세례받지 못하고 죽은 유색인종의 영혼을 구하기 위하여 신앙을 포교하는 것이 '백인의 의무'(White Man's Burden)라고 여긴다.

그러나 블룸은 이러한 전도 방식에 의문을 제기한다. 여러 종교에서 세례를 받았으면서도 무신론자에 가까운 블룸은, 특정한 종교만이 구원을 줄 수 있다고 믿는 선교를 통해 타인을 개종시키려는 사람들의 태도에서 아이러니를 느낀다. 그리고 그는 오히려 선교의 대상인 이교도의 관점에서 기독교를 바라본다. 이를 잘 보여주는 장면은 성당 입구에 게시된 전도를 주제로 한 설교의 홍보를 읽는 블룸의 의식이다.

> 문 위에 똑같은 게시. 예수회의 성 베드로 클레이버와 그 아프리카 전도에 관한 예수회 수도원장 존 콘미 신부의 설교. 글래드스턴이 거의 의식을 잃었을 때 사람들이 역시 드렸던 그의 개종을 위한 기도. 신교도들도 마찬가지. 신학박사 윌리엄 J. 월쉬를 진실된 종교로 개종시키다. 중국의 수백만 대중을 구하다. 어떻게 그들은 이교도인 중국인들에게 그것을 설명하는 걸까. 한 온스의 아편을 더 좋아하지. 천사. 그들에게는 완전한 이교야. 박물관 안에 옆으로 누워 있는 그들의 신 붓다. 뺨 아래 손을 괴고 편안하게. 타고 있는 선향.
>
> Same notice on the door. Sermon by the very reverend John Conmee S. J. on saint Peter Claver and the African mission. Prayers for the conversion of Gladstone they had too when he was almost unconscious. The protestants the same. Convert Dr. William J. Walsh D. D. to the true religion. Save China's millions. Wonder how they explain it to the heathen Chinee. Prefer an ounce of opium. Celestials. Rank heresy for them. Buddha their god lying on his side in the museum. Taking it easy with hand under his cheek. Josssticks burning. (5.322-29)

여기에서는 선교 대상의 입장이 되어보는 블룸과 타종교에 대하여 관용을 보이지 않는 교회의 양상이 대비를 이룬다. 가톨릭과 개신교는 서로의 개종을 위하여기도한다. 영국 수상 글래드스턴이 죽음을 맞이할 때 더블린의 대주교 월쉬와 가톨릭교도들은 그의 개종을 위해 기도하고, 또 반대로 개신교들은 대주교 월쉬가 "진실된 종교"로 개종하기를 기도한다. 이들은 자신의 종교만이 "진실된 종교"이며 구원을 줄 수 있다고 생각하기 때문에 다른 이의 믿음을 인정하지 않는다. 서로가 서로의 구원을 위해 상대의 의사와는 관계없이 개종을 위해 기도한다. 그러나 블룸은 이것에 문제를 제기한다. 그는 중국인들이 이교도이기 때문에 그들을 개종시켜야 한다는 일방적인 시각이 아니라, 개종의 대상인 중국인의 입장에 서 본다. 블룸은 붓다를 신으로 모시는 중국인들 입장에서는 아마도 "천사"(기독교)가 이교일 것이라고 상상해보기도 한다. 쳉(Cheng)은 이를 가리켜 "견고하게 자리 잡은 단일한 문화 밖으로 나갈 수 있는 블룸의 능력은 그가 타인의 관점을 상상할 수 있도록 한다"라고 말한다(180). 타인의 입장에 서서 그들의 종교를 인정하는 블룸의 태도는 가톨릭과 개신교의 편협성을 부각한다.

더욱이 성 베드로 클레이버(St Peter Clavier)와 아프리카 전도에 대한 콘미 신부의 생각은 당시 아일랜드 가톨릭의 공격적인 선교 활동에 내포된 보수성을 잘 보여준다. 성 베드로 클레이버는 스페인의 예수회 선교사로 44년 동안 남미 콜롬비아 가르타헤나(Cartagena)에 머물며 아프리카에서 끌려온 노예들을 선교한 신부이며 흑인 선교의 수호성인이다(Gifford 91). 「떠도는 바위들」에서 콘미 신부는 흑인 코미디언 유진 스트래턴(Eugene Stratton)의 광고를 보다가 유색인종 선교를 떠올린다. 콘미 신부는 세례를 받지 않고 죽은 수백만의 유색인종에 대하여 생각하며 성 베드로 클레이버와 자신을 동일시하는 듯한 모습을 보인다. 앞서 언급한 것처럼 「떠도는 바위들」에서 콘미 신부는 로마 가톨릭을 상징하는 인물이므로, 이는 가톨릭만이 유색인종의 영혼을 구원할 수 있다는 믿음으로 선교를 의무로 여기는 그와 그로 대표되는 가톨릭의 양상을 드러낸다.

그는 곧이어 카스텔린(A. Castelein) 신부의 저서 『선민의 수』(*Le Nombre*

des Élus)를 떠올린다. 여기서 카스텔린 신부는 대다수의 영혼이 구원받을 수 있음을 주장하고 있다.

> 그 벨기에의 예수회원이 쓴 책, 『선민의 수』는 콘미 신부에게는 지극히 합리적인 주장인 것 같았다. 그들은 하느님에 의하여 하느님 자신과 유사하게 창조된, 신앙을 부여받지 못했던 수백만의 인간이었다. 그러나 그들은 하느님에 의하여 창조된, 하느님의 영혼들이었다. 그들 모두가, 말하자면, 사라질, 일종의 폐물이 되리라는 것이 콘미 신부에게 일종의 연민처럼 여겨졌다.

> That book by the Belgian jesuit, Le Nombre des Élus, seemed to Father Conmee a reasonable plea. Those were millions of human souls created by God in His Own likeness to whom the faith had not (D. V.) been brought. But they were God's souls, created by God. It seemed to Father Conmee a pity that they should all be lost, a waste, if one might say. (10.147-52)

가톨릭으로 세례받지 않은 모든 이는 영원히 지옥에 머무르게 된다고 주장하는 교조주의자(dogmatist)들과 엄정주의자(rigorist)들은 카스텔린 신부의 주장이 너무 관대하다고 공격하였다(Gifford 263). 그러나 콘미 신부는 카스텔린 신부의 주장이 "합리적"이라고 말한다. 유색인종도 하느님에 의해 창조된 피조물인데 신앙의 기회를 얻지 못했다는 이유로 "폐물"처럼 사라지는 게 안타깝다고 생각하기 때문이다. 이처럼 생각하는 콘미 신부는 매우 '진보적인' 인물로 보이며, 이러한 그의 생각은 선교를 통해 유색인종을 구원해야 한다는 자신의 앞선 주장과 모순되는 것처럼 보인다.

이 모순은 당시 가톨릭에서 통용되었던 "극복할 수 없는 무지"(Invincible ignorance)라는 개념을 통해 설명될 수 있다. 이 개념은 콘미 신부가 비 가톨릭교회인 자유 교회를 보며 떠올리는 것이기도 하다(10.71-72). "극복할 수 없는 무지"는 개신교도에게 구원의 여지를 주기 위해 만들어진 개념이다. 즉, 개신교도들의 무지가 극복할 수 없을 정도이기 때문에 비록 그들이 가톨릭 구성원이 아니라 할지라도 만일 자신에게 이로운 것을 진실로 이해하고 있다면 그들은 가톨릭이 될 수 있다는 것이다(Lernout 166). 즉, 가톨릭만이 진정한 종교이며 가톨릭의 '하느님'만이 구원을 줄 수 있다는 것을 깨닫지 못할 정도로 이교도나 개신교도들이 무지하므로 비록 이성적으로는 깨닫지 못하더라도 그것을 마음으로 이해하고 있다면 그들도 가톨릭이 될 수 있고 구원받을 수 있는 여지가 있다는 개념이다.

이는 타 종교 사람들에게 구원의 가능성을 열어둔다는 측면에서 진보적인 것처럼 보이지만, 결국은 가톨릭만이 구원을 줄 수 있다는 강력한 믿음을 근간으로 하는 이론이다. 따라서 콘미 신부는 카스텔린 신부의 의견을 합리적인 것으로 받아들임으로써 자신이 진보적임을 짐짓 과시하고 있지만, 이는 가톨릭만이 진실로 이로운 것이라는 그의 확고한 믿음을 강조할 뿐이다. 이처럼 자신의 종교만을 "진정한 종교"로 여기고 타인을 바꾸려 하는 콘미 신부와, 타인의 반응을 상상하며 "타인이 우리를 바라보는 것처럼 우리 자신을 보려"(8.662) 노력하는 블룸은 극명한 대조를 이룬다. 이를 통해 조이스는 제국주의적으로 세계 곳곳에 교세를 확장하는 아일랜드 가톨릭의 공격적인 선교 방식을 비판한다.

국외에서 이교도들에 대한 선교가 활발히 진행되는 동안 아일랜드 국내에서는 부흥전도사들의 활동이 두드러졌다. 이들은 신도 수를 늘려 교세를 확장하는 것을 목표로 하였다. 그들의 전도 방식은 종교적인 특색이 퇴색되어 영적 측면이 아닌 물질적 측면을 추구하는 세속 단체와 다를 바 없었는데, 블룸은 이들의 전도 방식에서 상업과의 유사성을 발견한다. 그는 성당에서 흘러나오는 기도 소리를 듣고 기도에서 광고와 유사한 반복 기법이 사용되고 있음에 주목한다. 성당의 신자들은 "우리를 위해 빌어주소서. 그리고 우리를 위해 빌어주소서. 그리고 우리를 위해 빌어주소서"라고 동일 어구를 반복하며 기도를 바치고 있다. 블룸은 이것이 "여기서 구입하세요. 그리고 여기서 구입하세요"라고 반복하는 광고와 비슷한 특성을 지녔다고 생각한다(13.1123-24). 그는 반복적인 광고를 통해 사람들에게 상품을 각인시키고 그것을 통해 이윤을 창출하는 사업과, 동일한 어구가 되풀이되는 기도를 통해 신도들의 신심을 강화시킴으로써 교세를 확장하는 종교가 동일한 목표를 가지고 있으며 동일한 방식으로 작동된다고 이해한다.

『율리시스』에서 교세 확장을 통해 이윤을 추구하는 교회를 상징하는 인물은 버나드 본(Bernard Vaughan) 신부이다. 그는 청교도적이고 실용적인 전도자로 큰 인기를 누렸으며, 사회적 성공과 세속적인 이익을 추구하는 사업가들에게 동정적이고 호의적이었다(Gibson, *Revenge* 83). 본 신부는 콘미 신부의 의식을 통해 그려진다. 콘미 신부는 본 신부를 "큰 성공"을 거두는 "정말 훌륭한 사람"이며(10.25), "대단한 열성가"(a zealous man)일 뿐 아니라 "자기 방식으로 훌륭한 일"을 하는 사람이라고 여긴다(10.36-37). 열성을 뜻하는 "zeal"은 기존의 가톨릭에서는 사용되지 않았던 어휘로 적극적인 선교를 지향하는 영국 가톨릭의 새로운 특징을 나타내는 단어이다(Gibson, *Revenge* 83). 따라서 깁슨은 본 신부가 아일랜드 교회로 침투하는 빅토리아시대 후기 영국 가톨릭의 청교도적 특성을 상징한다고 주장한다(*Revenge* 83). 부흥회에서 사람들, 특히 중산층 이상의 사업가를 교회로 끌어들이는 본 신부의 방식을 통하여, 영국 가톨릭의 청교도적 특성이 적극적으로 고객을 모으는 사업체와 유사함을 유추할 수 있다. 그리고 "훌륭한"(great, wonderful)이라는 단어를 반복적으로 사용하여 본 신부의 선교방식을 칭찬하는 콘미 신부를 통해, 아일랜드 가톨릭이 이러한 전도와 부흥방식을 지향하고 있음이 드러난다.

『율리시스』에서 부흥운동가 도위(Dowie)는 버나드 본 신부와 마찬가지로 선교를 마치 사업 수단처럼 이용하는 인물이다. 도위는 성공한 종교부흥 운동가로 자신이 엘리야, 세례자 요한에 이은 세 번째 엘리야의 징후라고 주장한다. 그는 시카고 근교에 시온시(Zion City)를 설립하여 교회를 복원한다는 목적으로 성금을 모금하였는데, 후에 시온시의 신도들은 기금 남용, 폭압, 부정, 일부다처제 교리 등의 이유로 그에게 반기를 들었다(Gifford 157). 한 명은 사이비 전도사이고 다른 한 명은 가톨릭 사제이지만, 도위와 본 신부의 설교는 사업을 떠올리게 할 만큼 세속적이라는 공통점이 있다. 오스틴도 전도사 도위와 버나드 본 신부의 설교를 비교하면서, 이들의 설교는 마치 하느님은 사업가, 종교는 영리 기업 그리고 구원은 특허의약품인 것처럼 보이게 한다고 설명하고 있다(125). 블룸도 도위의 부흥회 홍보 전단지를 보며, 전도사들의 부흥운동을 "수지맞는 놀이"라고 부른다(8.17). 그는 자신의 배만 불리는 부흥 전도사들의 사업가와 같은 속성을 비꼬며 "엘리야가 다가온다"라는 문구가 쓰여 있는 도위의 부흥회 전단지를 구겨 리피(The Liffey)강에 던져 버린다(8.57). 부흥운동의 속내를 상징하기라도 하듯, 블룸이 버린 전단지는 더블린 사람들에게 어떤 구원도 주지 않은 채 그들의 삶과는 무관하게 더블린을 관통하는 리피강을 따라 흘러간다. 이처럼 선교를 통한 교회의 세력 확장은 이윤을 추구하며 규모를 키우는 세속적 사업과 유사한 양상을 보인다. 조이스는 콘미 신부, 본 신부 그리고 부흥 전도사 도위를 통하여 그리고 그들의 선교 방식을 비판적으로 바라보는 블룸의 시선을 통하여 공격적 선교의 이면에 놓인 경제 논리를 비판한다.

V. 맺으며

프리메이슨이라는 의심을 받고 있을 뿐 아니라, 여러 종파에서 세례를 받았음에도 불구하고 특정한 종교에 대한 믿음이 없는 유대인 블룸은 가톨릭을 중심으로 단일한 문화를 형성한 더블린 사회의 요구 기준에 부합하지 않는다. 그는 더블린에서 생계를 꾸려나가는 더블린 사람이다. 그러나 성직자, 정치인, 공무원을 비롯하여 아일랜드 사회 중심부를 차지한 사람들이 가톨릭 기반의 작고 동질적인 사회에서 자랐음을 지적한 잉글리스(Tom Inglis)의 주장을 고려한다면, 블룸이 사람들에게 외부자로 인식되는 건 어쩌면 자연스러운 일일지도 모른다(68). 이러한 측면에서 내부자이자 외부자인 블룸은 조이스의 유용한 도구가 된다. 외눈박이로 가득 찬 사회에서는 두 눈을 가진 이가 비정상으로 여겨지는 것처럼, 블룸이 비록 공동체로부터 소외를 겪는다 하더라도 그는 가톨릭 문화에 경도되지 않고 다양한 시각으로 현실을 분석할 수 있다. 가톨릭의 가르침, 의례, 관습을 객관적이고 보편적인 시선으로 관찰하는 그의 시선을 통하여 익숙했던 문화가 낯설어지게 되고, 그러한 과정을 통해서 권위적이며 비합리적이고 억압적인 종교의 양상이 드러난다.

블룸은 「칼립소」("Calypso")장에서 더블린의 즐비한 술집을 보며 더블린 사람은 "누구나 갈증을 느낀다"(General thirst)라고 생각한다(4.129). 그리고 그는 술집들이 큰 이윤을 낼 수 있는 구조에 대하여도 생각해본다. '아이리쉬 펍'(Irish pub)이 하나의 문화로 자리 잡을 만큼 술집은 아일랜드에서 쉽게 접할 수 있는 장소이다. 이처럼 번창하는 술집은 아일랜드 사람들의 갈증 상태를 방증한다. 조이스가 블룸의 시점을 통하여 비판하고자 하는 종교의 모습은 이러한 술의 속성과 유사한 측면이 있다. 술이 갈증을 해소시키지 못하는 것처럼, 종교도 사람들을 영적 갈증으로부터 해방시키지 못한다. 대신 종교에 대한 사람들의 의존도를 높이고 사람들을 마비시키는 양상을 보인다. 또한, 교회가 교세 확장과 조직 운영을 위해 공격적으로 전도에 나서는 것은 상업적 성공을 목적으로 장사하는 술집과 다를 바 없어 보인다. 신비롭고 성스러운 종교는 타인의 고통에 공감하는 블룸의 태도, 상상력을 발휘하여 타인의 입장이 되어보는 블룸의 능력을 통하여 탈신비화된다. 조이스는 『율리시스』에서 블룸을 통하여 배타적 • 세속적 • 억압적인 가톨릭의 단면과 그것이 사람들의 삶에 미치는 부정적 영향을 보여줌과 동시에 아일랜드 가톨릭에 필요한 덕목을 제시하고 있다.*

---

* 『영어영문학21』 32권 2호 (2019) 67-84에 실린 논문을 수정하고 편집함.

인용문헌

홍덕선. 「경계에 선 유대인 타자로서의 블룸」. 『제임스 조이스 저널』 16.1 (2010): 177-97.

Cheng, Vincent J. *Joyce, Race and Empire*. Cambridge: U of Cambridge P, 1995.

Fairhall, James. *James Joyce and the Question of History*. Cambridge: Cambridge UP, 1993.

Gibson, Andrew. *Joyce's Revenge: History, Politics, and Aesthetics in* Ulysses. Oxford: Oxford UP, 2005.

---. *James Joyce*. London: Reaktion, 2006.

Gifford, Don, and Robert Seidman. Ulysses *Annotated: Notes for James Joyce's* Ulysses. 2nd ed. Berkeley: U of California P, 1988.

Haggart, Kerri. "Crustcrumbs in the Carriage: a Cognitive Reading of Leopold Bloom in the 'Hades' Episode of *Ulysses*." *Irish Studies Review* 22.3 (2014): 339-57.

Hibbert, Jeffrey. "Joyce's Loss of Faith." *Journal of Modern Literature* 34.2 (2011): 196-203.

Inglis, Tom. "Religion, Identity, State and Society." *The Cambridge Companion to Modern Irish Culture*. Ed. Joe Cleary and Claire Connolly. Cambridge: Cambridge UP, 2005. 59-77.

Joyce, James. *Ulysses*. Ed. Hans Walter Gabler, Wolfhard Steppe and Claus Melchior. New York: Vintage, 1986.

---. *Dubliners*. Ed. Jeri Johnson. New York: Oxford UP, 2000.

---. *A Portrait of the Artist as a Young Man*. Ed. Jeri Johnson. New York: Oxford UP, 2000.

---. *The Critical Writing*. Ed. Ellsworth Mason and Richard Ellmann. New York: Viking P, 1959.

---. *Letters of James Joyce*, Vols II. Ed. Richard Ellmann. New York: Viking P, 1966.

Lernout, Geert. *Help My Unbelief: James Joyce and Religion*. London: Continuum, 2010.

Lowe-Evans, Mary. "Joyce's Sacred Heart Attack: Exposing the Church's Imperialist Organ." *Twenty-First Joyce*. Ed. Ellen Carol Jones and Morris Beja. Gainesville: UP of Florida, 2004. 36-55.

Nadel, Ira Bruce. *Joyce and the Jews: Culture and Texts*. Iowa: U of Iowa P, 1989.

Nolan, Emer. *Catholic Emancipations: Irish Fiction from Thomas Moore to James Joyce*. Syracuse: Syracuse UP, 2007.

Osteen, Mark. *The Economy of Ulysses: Making Both Ends Meet*. Syracuse: Syracuse UP, 1995.

Schwarze, Tracy Teets. *Joyce and the Victorians*. Gainsville: UP of Florida, 2002.

4.

「하데스」장에 나타난 아일랜드 장례문화 – 블룸의 비판적 시선

오세린

I. 서론

제임스 조이스(James Joyce)의 『율리시스』(*Ulysses*) 에피소드 중에 하나인 「하데스」("Hades")에는 평범한 사람의 장례식을 이용해 20세기 초 더블린(Dublin)의 특수한 사회문화적 환경 속에서 살아가는 아일랜드인들의 삶이 사실적으로 묘사되어 있다. 「하데스」에서 묘사된 "비천하고 빈약한 패디 디그넘(Paddy Dignam)의 장례식"(Adams 94)은 단순히 한 사람의 장례식을 보여주는 게 아니라 당대 아일랜드인의 삶을 조명한다. 장례식의 주인공이라고 할 수 있는 디그넘의 생애에 대한 소개는 거의 없다. 사람들이 그에 대해 기억하는 것은 그의 음주벽과 한때 그가 직장을 갖고 있었다는 것 정도이다. 이 부분을 지적한 셔먼(David Sherman)은 "중요한 것은 그의 생애가 아니라 그의 죽음에 대한 의례적인 반응"임을 강조한다(112).

디그넘의 장례 행렬이 진행되는 동안 창문 밖의 사정과 마차 안에서 주고받는 사적인 대화는 블룸(Leopold Bloom)을 통해 여과되어 전달된다. 서술방식에 있어서 궁극적으로 내면에 맞추어진 서사는 소설이 과거의 잊힌 목소리를 표현하도록 하고 그 잊힌 목소리를 혁신적인 현대 사고와 연결시킨다. 이 서사적 관점은 블룸이 디그넘의 장례에 대한 사회적 의식(ritual)을 관찰할 때 나타나며, 여기에서 옛 방식이 새로운 방식으로 전환되어야 할 필요성이 제기된다(English 40). 그리고 장례 행렬을 지켜보는 블룸은 망자에 대한 산 자의 의무를 경감시켜야 할 필요성 또한 제기하면서 아일랜드 전통 장례문화가 가지고 있는 문제점을 지적한다. 「하데스」 에피소드에서 보여주는 장례식은 과거, 전통, 그리고 죽음과 망자에 사로잡혀 있는 아일랜드 사회의 후진성을 상징한다(Hand 149).

조이스는 이러한 아일랜드의 유산을 들추고, 전통 허물기를 시도하며 아일랜드와 과거와의 관계에 대한 대안적 읽기를 제공하기 위해 장례식을 관찰하는 블룸의 시선을 조명한다. 블룸은 유대인이면서 "성숙하고 가톨릭 사회에서 자유로이 행동할 수 있는 이교도이다"(Ellmann 359). 어느 한 곳에 치우치지 않은 블룸의 사고는 장례 의식 안팎을 넘나들고 맹목적으로 받아들이는 가톨릭 교리와 고착화된 장례 의식을 비판적 시선으로 바라본다. 블룸은 교회가 대기근(the Great Famine, 1845-49)으로 수많은 죽음을 경험한 아일랜드인들의 죽음에 대한 공포와 이와 더불어 인간으로서 필멸에 대한 불안심리를 교묘하고 효과적으로 활용하는 책략들을 추적하고, 그러한 모든 것이 신앙심을 강조하기 위한 방편이라고 추단한다. 블룸은 자신만의 특유의 코믹한 생각과 경제관념으로 종교의식, 사제 계급, 그리고 죽은 자의 부활을 믿는 숙고를 탈신비화하는 것으로 교회 제도와 죽음의 신비화를 전복시킨다(George 64).

블룸이 지닌 경제관념은 「이타카」("Ithaca") 에피소드에서 언급되듯이 정주와 이주를 반복하는 유대인의 삶에서 자연스럽게 지리적, 재정적 철학을 체득하게 된 조부와 부친에게 물려받은 유산이며(17.1855-67, 1906-15), 유대인의 덕목 중 하나이다(Tymoczko 258). 무엇보다 광고 외판원이라는 블룸의 직업은 그의 경제적 행위성(economic agency)과 불가분의 관계임을 나타내준다. 경제의식이 낮고 감상적인 아일랜드인과 다르게, 블룸이 디그넘의 유가족을 위해 자선활동에 앞장서고 자신의 경제적 상황을 신중하게 관리하는 면모는 선조로부터 물려받은 경제관념이 긍정적인 힘으로 발휘되는 것으로 볼 수 있다. 조이스는 이러한 블룸의 경제관념을 아일랜드 경제를 부활시킬 수 있는 본보기로 본다(Osteen 154-55).

조이스는 "평범한 사람의 장례식을 이용해" 죽음과 관련한 아일랜드의 문화를 보여주는 동시에 당대를 살아가는 아일랜드인들의 삶이 얼마나 경제적으로 궁핍하고, 종교적 영향에 취약한지를 부각한다. 이 글에서는 이를 고찰하기 위해 먼저 디그넘의 장례식에서 블룸의 경제관념이 어떻게 발휘되는지를, 다음으로 가톨릭 의식(ritual)으로 진행되는 장례문화를 관찰하는 블룸의 의식을 분석한다.

II. 감상적인 아일랜드, 경제적인 블룸

오전 11시 블룸은 심장마비로 사망한 디그넘(Paddy Dignam)의 장례식에 참석하기 위해 몇 명의 아일랜드인과 마차에 동승한다. 마차는 더블린 외곽, 샌디마운트(Sandymount)에 있는 디그넘 집에서 출발해서 더블린 중심을 관통하여 더블린 북쪽, 글래스네빈(Glasnevin)의 프로스펙트(Prospect) 묘지로 향한다. 블룸은 특별히 디그넘과 잘 아는 사이가 아닌 데다, 장례식에 같이 가는 일행인 사이먼 디덜러스(Simon Dedalus), 마틴 커닝햄(Martin Cunningham), 그리고 잭 파워(Jack Power) 사이에서 쉽게 수용되는 인물이 아니다. 블룸이 아일랜드인들에게 수용될 수 없는 근본적인 이유는 그가 유대인이기 때문이다. 블룸은 아일랜드에서 태어났지만 그의 아버지가 헝가리계 유대인으로 혈통은 유대인이다. 하지만 블룸의 아버지는 신교도 여성과 결혼 후 신교도로 개종하였고 블룸 역시 신교도로 개종했다가 몰리(Molly Bloom)와 결혼 후 가톨릭으로 다시 개종하였다(17.1636-40). 이렇듯 블룸은 유대교 교리를 철저히 따르지 않는, 엄밀히 말해 가톨릭 신자이지만 아일랜드 공동체 안에서는 그의 혈통이 유대인이라는 이유에서 아일랜드인들에게 국외자로 받아들여진다. 그래서 마차에 탑승할 때, 커닝햄이 "이제 우리 모두 타셨나?"(6.8)라고 물은 후, "들어와요, 블룸"(6.8)이라고 덧붙이는 것은 블룸이 아일랜드인들과 친하지 않고 소외되어 있으며 은연중에 항상 유대인으로서 "우리" 안에 받아들여지지 않는 그의 처지를 시사한다. 이와 더불어 「하데스」 에피소드에서 아일랜드인들이 블룸을 "르우벤(Reuben)족"(6.251), 즉 "유대인이라 고리대금업자"(Gifford & Seidman 110)와 같은 부류의 사람으로 분류하여 그에게 반감을 드러내는 부분은 아일랜드인들이 블룸을 확실히 유대인으로 간주하고 있음을 보여준다. 그래서 커닝햄이 르우벤을 보면서 마차에 동승한 일행들에게 "우리들 모두 경험한 바지"(6.259)라고 말하는 것은 고리대금업자 르우벤에게 아일랜드인들이 경제적으로 신세를 질 수밖에 없는 현실을 상기하며 적대감을 드러내는 것이며(Gifford & Seidman 110), 아울러 이들이 블룸에게도 똑같은 감정을 품고 있음을 직설적으로 나타내 준다고 할 수 있다.

그럼에도 불구하고 블룸이 디그넘의 장례식에 참석하는 것은 아일랜드 사회의 공동체적 측면에서 이해해 볼 수 있다. 유대인이라는 이유만으로 자신을 이방인으로 간주하여 배척하는 더블린 공동체와는 다르게, 블룸은 자신을 더블린 공동체와 분리해서 생각하지 않는다. 블룸이 "민족은 같은 지역 안에 살고 있는 같은 백성이지"(12.1422-23)라고 정의하는 것에서 그의 의식을 알 수 있듯이, 그는 자신이 아일랜드인과 같은 민족이고 가톨릭교도이면서 남성이라는 점에서 동일한 종교와 인종을 주창하는 더블린 남성사회 공동체의 일원으로 생각한다. 그러므로 블룸에게 있어 디그넘의 장례식에 참석하는 건 당연한 일이고, 상호 의무감이 바탕이 되는 공동체 정신을 충실히 이행하는 것이다. 죠지(Jibu Mathew George)에 따르면 공동체적 양상은 필멸의 존재인 인간에게 있어 죽음이라는 보편적인 특징에서 두드러지므로, 디그넘의 장례 행렬과 매장은 상호 의무감으로 결속된 공동책임을 나타낸다(67). 셔먼 또한 이러한 것은 고립에 반하는 일종의 작은 사회적 계약이라고 설명한다(113). 「하데스」 에피소드에서 블룸이 인간은 일생동안 혼자 고독하게 살아갈 수도 있지만 자신이 무덤을 팔 수는 있어도 다음에 그를 묻어 줄 사람이 있어야 한다(6.807-12)라며 세대 간 전승을 통한 매장에 대해 생각하는 장면은 위의 설명과 맥을 같이 한다. 그러므로 디그넘의 죽음과 장례에 대한 공동체적 반응은 죽음과 유가족을 둘러싼 지원망(support networks)을 나타낸다고 할 수 있으며 망자에 대한 정중한 연대를 표현한다(George 67).

디그넘의 장례 행렬이 더블린 중심을 가로지르는 노선을 택한 것 또한 공동체 일원이 망자에게 그들의 경의를 표할 수 있도록 하기 위함이다. 장례 행렬은 아이리시타운(Irishtown), 링센드(Ringsend), 브런즈위크가(Brunswick street)를 차례로 지나친다. 디덜러스 씨는 이러한 장례 행렬을 두고 "미풍양속"(6.36)이라고 단언하는데, 이는 모든 사람이 망자에게 마지막으로 경의를 표할 수 있도록 장례 행렬이 도심을 지나는 아일랜드 풍습을 일컫는다(Gifford & Seidman 105). 아일랜드의 장례식에서는 애도자가 많으면 많을수록 망자에게 더 많은 경의를 표하는 것을 의미한다(Hepburn 187). 장례식은 항상 훌륭한 전시이고, 행렬에 참여하는 건 망자의 모든 이웃과 친구들에게 성스러운 임무인 것이다(187). 그래서 커닝햄이나 디덜러스 씨와 같은 아일랜드인들은 아일랜드 전통 장례문화가 현재까지 그 맥을 유지해올 수 있는 것을 높이 산다. 하지만 블룸은 이러한 장례 의식에 대해 언제나 똑같으며 "죽음의 허식"(6.499)에 지나지 않는다고 생각하고, 정해진 순서에 진행되는 판에 박힌 일쯤으로 간주한다. 묘지로 떠나기 전, 디그넘

집에서 장례 준비를 하는 모습을 블룸이 "모두들 기다렸다. . . . 모두들 기다렸다. . . . 그들은 여전히 기다렸다"(6.21-29)라고 관망하는 것은 장례 의식이 오래전부터 겉치레와 일상이 되어 버린 상태를 내포하고 있는 예라고 할 수 있다(Kiberd 102).

이렇듯 아일랜드인들에게 익숙하고 당연시되는 문화가 유대인 블룸의 시선으로 여과될 때는 그 문제점이 속속들이 드러난다. 특히 블룸이 경제적 시선으로 아일랜드 문화를 바라보았을 때 문제점이 두드러지게 나타나는데, 일례로 마차가 도로 위를 달리고 있을 때이다. 마차 안에 탄 일행들은 자갈길 위를 덜컹거리며 달리는 마차가 길바닥에 뒤엎어지지 않을까 염려한다(6.367). 그러다 마차는 소 떼 행렬과 그 주위를 뛰어 돌아다니는 양들과 맞닥뜨린다. 이에 블룸은 가축들을 위해 공원 입구에서 부두까지 이어지는 전차와 공동묘지 정문까지 선로를 깔아서 달릴 수 있는 시영 장의 전차의 필요성에 대한 자신의 생각을 마차에 탄 일행들에게 피력해 본다(6.385-407). 블룸의 생각은 이 운반용 전차와 장례 행렬이 마주치지 않도록 실리와 안전을 고려해서 각각의 전차를 가설하자는 것이다. 그러나 도심지를 지나는 장례 행렬을 두고 "미풍양속"이라고 말한 디덜러스 씨는 블룸의 생각이 "어처구니없는 소리"(6.409)라며 블룸의 생각을 일축해 버린다. 여기에서 같은 상황을 두고 현저히 다르게 인식하는 블룸과 아일랜드인의 사고방식을 유추해 볼 수 있다. 그러므로 블룸의 발언이 있은 후, 디그넘의 관이 전복되는 블룸의 상상(6.421-26)은 아일랜드인들이 미처 인식하지 못한 낙후된 아일랜드의 교통 사정을 보여준다고 할 수 있어 전혀 현실성이 없는 것이 아니다. 현재 더블린 시내의 도로는 울퉁불퉁한 자갈길이며 가축 행렬과 빈번히 일어나는 장례 행렬이 도로를 구분 없이 이용하고 있기 때문에 서로 부딪힐 경우에 시체가 관 밖으로 나와 길 위에서 나뒹굴 수 있다. 이처럼 블룸은 사회 질서를 방해하는 죽음의 엄청난 물리적 현실을 포착하고 있다(English 43).

이밖에 블룸이 경제적인 사고를 하는 예는 「하데스」 에피소드에서 여러 번 언급된다. 디그넘의 자녀에게 연민을 느끼며 그들이 보험에 들었는지 물어보는 (6.535) 사람은 다름 아닌 블룸이고, 또한 그는 한 사람의 전철수와 전차의 바퀴를 바라보며 바퀴 자체를 좀 더 편리하게 자동적으로 움직이도록 발명하면 전철수가 실직할 테지만, 그 물건을 발명한 사람은 직업을 얻게 될 것이라며 "노동의 재분배"(Sherman 117)에 대해 생각한다(6.175-79). 이러한 계산적인 사고방식은 블룸 특유의 것으로, 블룸이 몰리의 연주 계획에 대해 주요 도시를 순회할 예정이고 그렇게 하는 이유는 한 도시에서 손해를 본 것을 다른 도시에서 보충할 수 있기 때문이라고 설명하는 것(6.218)에서도 그의 계산적인 사고방식을 읽을 수 있다. 이와 같이 블룸의 말과 생각에는 경제적인 측면이 다분하지만 코믹한 요소 또한 들어 있다. 예를 들어 성홍열과 유행성 감기에 걸려 죽은 아이들을 떠올리다가도 재빠르게 유행성 감기를 세일즈맨으로 생각하고, 그가 "이번 기회를 놓치지 마세요"(6.125)라고 말하는 것을 상상한다. 블룸은 이렇게 즉흥적이고 코믹한 사망 광고 문구를 생각하며 우울한 죽음의 기분에서 벗어난다. 그리고 그는 무덤 속을 헤집고 다니는 살찐 회색 쥐를 보고서 무덤이 "보물을 감추어 두기에 참 좋은 곳이야"(6.975-76)라고 생각하고, 가톨릭 사제가 화장(火葬)을 반대하는 이유에 대해서도 "다른 화장 회사의 하청을 맡아서 일하고 도매 화장 회사의 네덜란드식 가마 때문이라고 판단하는"(6.984-85)데 이는 보상 정책을 기반으로 한 생각이다. 그의 상업적 통찰력과 회의적인 유머는 더블린 사회에 만연한 음울한 기운을 누그러지게 하려는 조이스의 의도와 함께 후진성을 벗어나지 못하는 더블린의 경제에 주의를 환기하는 듯하다(Osteen 95).

블룸의 코믹하면서 경제적인 사고는 아일랜드인의 감상적인 사고와 대조적으로, 조이스가 이러한 아일랜드인의 정서를 비판하기 위한 의도로 사용되었다고 할 수 있다. 아일랜드인들이 장례 마차 안에서 듣고자 했던 벤 돌라드(Ben

Dollard)의 "까까머리 소년"(The Croppy Boy)은 좌절과 죽음에 대한 슬픈 감정에 한없이 빠져드는 아일랜드인들의 감상주의를 보여주는 단적인 예이고 소설에서 반복적으로 언급되면서 이를 부각한다. 아일랜드인들은 이 노래를 들으며 불쌍한 소년과 자신을 동일시하면서 슬픔을 표출하고, 일시적이나마 위로를 받으며 자기연민에 빠진다. 커닝햄은 "내 온 경험을 통하여 내가 여태 들은 것 중 가장 통렬한 연주"(6.146-48)였다고 말한다. 하지만 블룸은 이 노래에 대한 대화에 동참하지 않는다. 오히려 그는 몰리를 대신해 도서관에 가야 하는 일을 상기하고, 안쪽 호주머니에서 신문을 꺼내어 사망 광고란을 자세히 살피는 것으로 아일랜드인들과 함께 감상주의에 빠져들지 않는다. 그리고 디덜러스 씨와 커닝햄이 디그넘의 죽음을 두고 "마비였지, 심장"(6.304)이라고 말하는 데서 블룸은 아일랜드인들이 디그넘의 죽음을 감성적으로 낭만화한다고 받아들인다. 블룸은 "불에 타는 듯한"(6.306) 얼굴에 술을 "코가 알코올 빛이 될 때까지 악마처럼 마시는"(6.307) 디그넘을 기억하며 디그넘 죽음의 주된 원인이 과도한 음주에 있을 거라는 생각을 내비친다. 더불어 블룸은 "돈도 수없이 없앴지"(6.308)라는 말로 돈을 음주에 분별없이 쓴 디그넘의 낭비벽을 지적한다. 그리고 커넌(Tom Kernan)이 "'나는 부활이며 생명이로다.' 이것은 사람의 마음을 맨 밑바닥까지 감동시키는 말이지요"(6.670)라고 하는 말에, 블룸은 "관 속에 누워 있는 저 친구에게는 무슨 상관이람(what price)?"(6.673-74)이라고 반응하는데, 커넌의 말은 블룸에게 죽음의 공포에서 비롯된 과장되고 거만한 언행쯤으로 느껴진다. 이어 블룸이 라자로(Lazarus)의 부활을 떠올리며 "그[라자로]는 우물쭈물하다가 일을 놓치고 말았지(lost the job)"(6.679)라고 덧붙이는 것은, 블룸이 육체 부활에 대한 생각을 조롱함과 동시에 "what price"와 "lost the job"에서 보듯이 부활을 구원의 경제학 측면에서 생각하고 부활의 기회를 놓친 것을 코믹하게 실업 상태로 표현했다고 할 수 있다(Osteen 96-97).

블룸은 값을 매기는 걸 땅에 묻힌 시체에 적용한다. 시체에 값을 매기는 생각은 블룸이 도살장에 끌려가는 소 떼를 보고 "죽은 고기 장사"(6.395-96)라고 생각했던 것의 연장선이라고 할 수 있다. 그는 디그넘의 시신이 땅속에 묻히는 광경을 바라보며 죽음으로 둘러싸인 묘지에서 시체마다 광고 문구와 같은 표현들로 값을 매긴다. "사람마다 자신의 가치"(Every man his price, 6.772)가 있다며 냉소적으로 말하는 블룸의 표현에서 시체가 새로운 삶을 탄생시키고 기름지게 하는 데 사용되는 하나의 상품이 되는 것을 볼 수 있다. 블룸은 영양이 좋은 몸집의 신사나 미식가의 시체는 과수원을 위해 참으로 좋을 거라고 말하는가 하면, 최근에 죽은 감사역 겸 회계사 윌리엄 윌킨슨(William Wilkinson)을 떠올리며 그의 시체를 3파운드 13실링 6펜스에 싸게 판다는 광고 문구를 즉석에서 만든다(6.772-75). 이와 같은 블룸의 상상 속 광고는 육체의 부패를 이익이 되는 사업으로 전환시킨다(Osteen 98). 그러므로 부활을 염원하는 아일랜드인들과는 다르게 블룸은 시체를 물질적이고 경제적인 형태로 표현한다. 그리고 블룸이 망자를 위한 영혼 안식의 기도보다는 살아있는 사람을 위한 어떤 자선사업에 돈을 쓰는 게 보다 지각 있는 일이라고 판단하는(6.930-31) 것에서 현실적이면서 실리적인 생각을 먼저 하는 그의 태도를 읽을 수 있다.

그러므로 아일랜드인들 각자에게 마치 노몬(gnomons)처럼 잘려져 상실된 부분은 주로 경제적인 문제일 것이다. 대부분의 아일랜드인은 드러내지는 않지만 빚에 허덕이며 경제적인 문제에 시달리고 있다. 오몰로이(J.J. O'Molloy)는 변호사 자격이 박탈되어 지금은 거리에서 구두끈을 파는 처지로 무섭게 몰락하고 말았고(6.229-35), 오콜라헌(O'Callaghan) 역시 오몰로이처럼 변호사직에서 밀려난 자이다(6.236). 그리고 디덜러스 씨나 그의 아들 스티븐(Stephen Dedalus)도 빚에 시달리기는 마찬가지이다. 죽은 디그넘은 변호사인 존 헨리 멘튼(John Henry Menton) 밑에서 일했었지만(Gifford & Seidman 117) 일을 그만두어야 했다

(6.570-71). 네드 램버트(Ned Lambert)가 그 이유에 대해 "술인가요, 무엇 때문인가요?"(6.572)라고 묻자, 디덜러스 씨는 "많은 선량한 사람이 범할 수 있는 과오지"(6.573)라는 말로 디그넘이 실직한 이유가 바로 술 때문이라는 사실을 암시한다. 물론 디덜러스 씨가 말한 "많은 선량한 사람" 속에는 자신도 포함되며, 이는 다수의 아일랜드인이 술로 인해 실직하고, 건강과 가정이 쇠락해 가는 것을 밝힌다.

디그넘의 장례식에 참석한 사람들 중 커넌은 『더블린 사람들』(*Dubliners*)의 「은총」("Grace")에 등장한 인물로, 술을 마시다 계단 아래로 굴러떨어져 혀끝이 깨물려 떨어져 나간 경험을 한 사람이다. 커넌은 주머니에 돈만 있으면 처자식이 있는 집을 뛰쳐나가 친구들과 어울리기 일쑤이다. "말이 좋아 친구지!"(*D* 224)라는 커넌 부인의 말속엔 가정을 돌보지 않는 남편과 그와 어울리는 친구들을 향한 원망이 담겨있다. 커넌 부인이 남편의 잦은 폭음을 "세상 풍조의 일부"(part of the climate, *D* 226)로 받아들이는 건 아일랜드 사회에서 남성의 음주벽이 비단 그녀의 집안에서만 일어나는 일이 아닐 것이라는 방증이기도 하다. 몰리 역시도 아일랜드 남성들이 "노상 어딘가의 술집 구석에 처박혀"(18.1281) 가정을 돌보지 않고 결국 술로 인해 죽음에 이르는 것을 두고 "모두 그것을 우정이랍시고 서로 죽이며 매장하고 있다"(18.1270-71)라며 그들을 조롱한다. 이런 몰리의 조롱은 곧 술에 관대한 아일랜드 남성들의 공동체적 문화와 아일랜드 사회의 세태를 반영한다.

III. 가톨릭교회의 허식과 블룸의 죽음에 대한 탈신비화

블룸은 "삐걱거리는 마차"(6.1)를 맨 마지막으로 올라타면서 "열린 마차의 창문으로 거리의 낮게 내린 블라인드를 진지하게 바라본다"(6.11-12). 아일랜드 전통은 디그넘의 장례 행렬처럼 공식적인 장례 행렬이 있는 날이면 망자에 대한 애도의 의미로 창문의 블라인드를 낮게 내리고 마을에 있는 가게의 문을 닫는다(Gifford & Seidman 105). 아일랜드에서는 장례 행렬이 천천히 더블린 도심을 지나가는 동안 거리에 있는 사람들이 망자에게 경의를 표하기 위해 모자를 들어 올리고, 그 장례 행렬로 인해 그들의 일상 업무가 중지되는데, 이러한 장면은 여러 번(6.37-38, 173-74, 451-52, 509, 708-09) 목도할 수 있다. "이러한 장례 행렬은 더블린 삶의 전통이다"(Adams 94). 그리고 아일랜드의 또 다른 전통 하나는 여성이 시체를 다룬다(Gifford & Seidman 105)는 것이다. 블룸은 디그넘의 시체를 다루는 여성을 보면서, "그 일이 그들에게 맞는 것 같다"(6.15)라고 생각한다. 그러면서 블룸은 잠깐 동안 인간을 세상에 내보내고 인간의 최후에 시체를 돌보는 일을 하는, 즉 삶과 죽음에 있어서 여성의 역할에 대해 생각한다. 이와 같은 장례 의식이 변함없이 당대에도 행해진다는 건 장례 의식이 오랜 기간 아일랜드인들의 의식을 압도하는 오랜 관습의 하나라는 사실을 보여준다.

디그넘의 죽음은 블룸에게 개인적인 상실의 경험을 상기시킨다. 블룸의 아들인 루디(Rudy)는 태어난 지 11일 만에 죽었으며, 블룸의 아버지는 자살하였다. 루디의 죽음은 20세기 초 더블린의 높은 영아 사망률[1])을 시사하며, 「하데스」 에피소드에서 "작은 관 하나가 번쩍이며 지나갔다"(6.322)라는 표현은 어린아이가 사망했음을 암시함으로써 영아 사망률이 당시 사회적으로 중요한 문제였음을 강

1) 1900-04년, 더블린은 1,000명 당 164.4명의 영아 사망률, 1,000명 당 123.4명의 어린이 사망률을 기록했다. 이 기록은 아일랜드 다른 도시들보다 높은 수치이다. 같은 기간 동안 벨파스트에는 1,000명 당 149.3명의 영아 사망률, 그리고 107.2명의 어린이 사망률을 보인다(Ó Gráda 39).

조한다. 한편 블룸 아버지의 자살은 가톨릭 교리가 정신적 근간인 아일랜드인들에게 "가장 큰 수치"(6.338)이다. 파워의 표현에서 보면 "가장 나쁜 것은 자신의 생명을 빼앗는 사람이다"(6.335). 가톨릭교회는 아일랜드에서 일어나는 죽음, 장례 그리고 매장을 통제한다. 성 아우구스틴(St. Augustine)은 자살을 죄로 정의하고, 5세기 이후부터 교회 협의회는 자살자는 교회 의식으로 매장될 수 없음을 명하였다. 유럽 전역에 중세법은 자살자의 재산 몰수를 포고하였고, 전통적으로 시신에 모욕을 가했다(Gifford & Seidman 112). 그리고 20세기 초, 로마 가톨릭 교회법에 의해 자살자, 세례받지 않은 아이, 그리고 교회 밖에서 죽은 자들은 장례 의식과 매장에 있어 가혹한 처우를 받았다. 1960년대까지 아일랜드의 자살자들은 킬리니(Cillíní)라는 곳에 매장되었다. 이곳은 세례받지 않은 아이, 유대인, 행상인, 그리고 극빈자를 매장하기 위해 사용된 폐기된 매장지를 일컫는다. 아일랜드 사회는 자살 그 자체를 절망 죄에 대한 증거로, 그리고 국가법을 어긴 범죄로 간주한다(English 8). 이와 같이 교회가 자살자의 매장 방식을 결정하는 건, 곧 시신에 대한 교회의 통제를 시사한다. 그러므로 신체적 관점에서 인간의 몸에 대한 교회의 지령이 탄생에서 죽음에까지 이르고, 성사의 형식에 있어서는 세례에서 병자성사에까지 이른다는 것을 알 수 있다(George 65). 이처럼 죽음과 장례에 대한 가톨릭교회의 영향력이 지배적인 아일랜드에서 아버지의 자살은 블룸이 유대인으로서 더욱 이방인으로 취급받고 소외되는 요인이 될 수밖에 없다.

따라서 죽음을 둘러싼 의식(ritual)은 아일랜드인을 한데 모으는 반면, 가톨릭 의식에 친숙하지 않을 뿐만 아니라 죽음과 장례에 대해 현대적인 사고를 하는 블룸과 그렇지 않은 아일랜드 공동체와의 거리를 보여준다. 죽음에 대한 블룸의 이교도적 관점은 디그넘의 죽음을 두고 마차에 동승한 아일랜드인들과 나누는 대화에서 확연히 드러난다. 아일랜드인들은 디그넘의 갑작스러운 죽음으로 비탄에 잠겨있지만 블룸은 디그넘이 고통 없이 마치 잠자는 것처럼 죽었으니 그 죽음이야말로 "최고의 죽음"(6.312-14)이라고 긍정적으로 해석한다. 그러자 아일랜드인들은 눈을 동그랗게 뜨고 블룸을 쳐다본다. 가톨릭 장례 문화를 따르는 아일랜드인들은 디그넘처럼 갑작스럽게 죽음을 맞이하는 사람은 임박한 임종을 앞두고 가톨릭교회에서 행하는 병자성사를 받지 못하기 때문에 디그넘의 죽음이 불행한 죽음일 수밖에 없다. 교회가 정의한 "좋은 죽음"(good death)은 임종을 앞둔 자가 평화롭게 죽음을 맞이하기에 앞서 마지막 의식을 받고, 죄를 회개하며, 가족과의 관계를 개선하고, 세속의 일을 정리할 수 있는 충분한 시간을 가질 수 있는 죽음을 말하며, 이는 곧 "이상적인 죽음"(ideal death)을 의미하기도 한다(Friedman 47). 이와 같은 죽음에 대한 전통적인 인식과 다르게 신체적 통증 및 정신적 고통 없이 사랑하는 사람과 죽음을 맞이하는 것에 "좋은 죽음"의 의미를 두는 블룸의 죽음에 대한 재해석은 옛 체계를 포기하는 게 아니라 병합하여 죽음을 이해하는 다른 방식의 필요성을 암시한다(English 41).

블룸은 디그넘의 죽음이 "최고의 죽음"이라고 말한 직후, 마차의 창문을 통해서 "죽은 듯이 고요한 거리"(6.316)에 있는 파넬(Charles Stewart Parnell)의 기념비를 위한 초석을 바라본다. 파넬은 빗속에서 연설하던 중 심장마비로 사망한 것으로 알려져 왔고, 그 이후로 기념비는 세워지지 못했다(Gifford & Seidman 111). 1891년에 사망한 파넬은 10년이 훨씬 지난 현재까지 아일랜드인의 기억 속에 위대한 사람으로 뚜렷이 남아 있다. 그래서 아일랜드인들 사이에서 파넬의 시체는 무덤 속에 없고, 관이 돌멩이로 가득 차 있다는 말이 돌고, 심지어 그들은 언젠가 파넬이 되돌아올 거라고(6.923-34) 믿고 있을 정도로 파넬의 죽음은 예상치 못한 것으로서 아일랜드인들에게 트라우마로 남아있다. 심장마비로 죽어 갑작스럽고, 불행하고, 그래서 더 의미 없는 디그넘의 죽음은 심장마비로 죽은 아일랜드 민족주의자 파넬을 비롯해서 대니얼 오코넬(Daniel O'Connell) 그리고 로버트 에멧(Robert Emmet)과 같은 민족주의자들을 상기시킨다. 커닝햄이 디그넘의 사인을 말할 때 이용한 단어인 "심장마비"는 파넬과 연관되면서 디그넘의 죽음을 미화시키려는 커닝햄의 속내를 드러낸다고 할 수 있다. 어느 면에서는 조이스가 갑작스럽고 어이없는 디그넘의 죽음과 아일랜드 민족주의자들의 죽음을 병치시킴으로써 아일랜드 민족주의 운동에 대한 자신의 회의적인 반응을 나타낸다고 볼 수 있다.

죽음은 아일랜드 역사에서 정치적으로 부과된 하나의 현상이며, 정치적 전용에 취약하다. 역사적으로 아일랜드 민족주의는 순교자에 대한 병적인 정치적 숭배를 끌어냈다(George 62). 죽음에 대한 숭배가 지닌 악습과 같은 영향력은 국가의 역사를 지배해 왔다고 해도 과언이 아니다. 아일랜드인들이 죽음을 감상적으로 미화시키는 데는 정치적 순교가 가톨릭교회의 종교적 순교 전통의 영향을 받아 자기희생을 성스럽고 영웅적인 행위로 신비화하는 것에 있다. 그러므로 상징적으로 정치적 희생자를 그리스도에, 정치적 명분을 교회에, 그리고 아일랜드를 애도하는 국민은 마리아와 연결시킨 순교자의 죽음이 가톨릭교회의 교리를 가장 잘 구현한 교회의 본보기가 된다(George 63). 그리고 순교자의 무덤가에서 행해졌던 연설이 아일랜드 역사상 일어났던 주요 정치적 사건을 촉발시키는 데 일조하기도 하였다. 연설은 영국의 식민 통치에 맞서는 아일랜드 민족주의를 호소하는 내용으로, 당시 "무덤은 아일랜드 자유의 요람이 되었다"(Hepburn 190). 아일랜드 민족주의는 외국의 가해자로부터 여성으로 의인화된 아일랜드, 즉 무력한 캐슬린(Cathleen)을 구하기 위해 아일랜드 젊은이가 남성적 이상을 발휘할 수 있도록 부추기고 순교를 미화했다. 그러나 조이스는 많은 젊은이가 아일랜드 민족주의자들이 일으키는 반란에 무의미하게 피 흘리는 걸 안타깝게 생각했다. 따라서 조이스에게 가톨릭교회는 죽음에 대한 숭배를 성장시킨 교활한 이념의 공범자이다(George 62).

아일랜드의 정치적 관계와 더불어 가톨릭교회가 장례미사를 관제한다는 것은 교회가 종교적 관계는 물론이거니와 아일랜드인의 삶에 깊이 관여되어 있음을 보여준다. 묘지 성당에서 가톨릭 사제에 의해 치러지는 디그넘의 장례미사에서 블룸은 다른 아일랜드인들과는 차별적인 시선으로 이를 관찰한다.

> 라틴어로 기도를 받으면 사람들은 한층 중요하다고 느끼지. 장례미사. 검은 상복을 입고 우는 직업 애도자들, 검은색 가장자리의 필기 용지. 제단장에 당신의 이름을. 여기는 꽤 싸늘한 곳이다. 배불리 먹어 둘 필요가 있지. 여기 침침한 곳에 아침나절 내내 앉아 이어지는 차례를 기다려야 하니까. 눈도 두꺼비눈을 닮았어. 무엇을 먹고 저렇게 뚱뚱하게 살이 쪘을까?
>
> Make them feel more important to be prayed over in Latin. Requiem mass. Crape weepers. Blackedged notepaper. Your mane on the altarlist. Chilly place this. Want to feed well, sitting in there all the morning in the gloom kicking his heels waiting for the next please. Eyes of a toad too. What swells him up that way? (6.602-06)

블룸은 장례미사를 집도하는 코피 신부(Father Coffey)에 대해 사제를 향한 경외심의 표현보다는 신부의 뚱뚱한 모습과 두꺼비를 닮은 눈을 희화화한다. 그리고 가난과 굶주림에 시달리는 아일랜드인들과 이런 신부를 대조하는 듯이 보인다. 블룸은 이 이질감을 풍기는 신부가 사용하는 라틴어를 유창한 까마귀가 우는 소리쯤으로 듣고, 이 라틴어가 아일랜드인의 의식을 마비시켜 "라틴어로 기도를 들으면 한층 중요하다고 느끼는" 착각에 빠지게 한다고 생각한다. 장례 미사에 전문적으로 애도를 해주는 사람이 있고, "아침나절 내내 앉아 이어지는 차례를 기다려야" 한다는 건 하루에도 여러 번 장례미사가 반복적으로 행해지는 일상의 업무나 마찬가지라는 것을 시사한다.

블룸은 다른 사람들의 장례도 "보잘것없는 장례식, 영구차 한 대와 작은 마차 세 대뿐, 언제나 똑같다"(6.498)라고 생각한다. 그러면서 블룸이 다음으로 열거하는, "관을 운반하는 사람들, 금빛 말고삐, 장례미사, 조포의 일제 사격"(6.498)은 그에게 있어 죽음을 위장하기 위한 허식에 불가하다. 헵번에 의하면 "허식은 사회의 모든 계층에서 죽음에 의해 야기된 참상을 위장"(188)하는 것이다. 블룸은 계속해서 진행되는 장례미사를 관찰하며 장례미사에 대한 회의적인 반응을 보인다.

> 성수였던 모양이야. 아까 그것은. 그것으로 졸음을 흔들어 버리는 것이다. 그[사제]는 틀림없이 저런 일로 배를 불리고 있는 거야. 사람들이 운반해 온 온갖 시체 위에 그것을 흔들어 뿌리며. 그[사제]가 뿌리고 있는 상대방의 얼굴을 본들 무슨 해가 된담. 매일 매일 죽어가는 새로운 무더기: 중년의 남자, 나이 먹은 할머니, 아이, 아기를 낳다 죽은 여인. 턱수염을 기른 남자, 대머리 진 실업자, 조그마한 새가슴을 가진 폐병 걸린 소녀. 일 년 내내 그[사제]는 모든 사람의 얼굴을 향해 똑같은 것을 기도하며 그들의 머리에 성수를 뿌리는 것이다: 잠들어요. 지금은 디그님 위에.
> —'인 빠라디숨(낙원에서).'
> 그[사제]는 낙원에 가게 될 것이든지 이미 낙원에 가 있다고 말했다. 어느 사람에게나 그것을 되풀이 얘기한다. 성가신 일이지. 하지만 그[사제]는 뭔가를 말하지 않으면 안 된다.

> Holy water that was, I expect. Shaking out of it. He must be fed up with that job, shaking that thing over all the corpses they trot up. What harm if he could see what he was shaking it over. Every mortal day a fresh batch: middleaged men, old women, children, women dead in childbirth, men with beards, baldheaded businessmen, consumptive girls with little sparrows' breasts. All the year round he prayed the same thing over them all and shook water on top of them: sleep. On Digman now

—*In Paradisum.*

Said he was going to paradise or is in paradise. Says that over everybody Tiresome kind of a job. But he has to say something. (6.621-30)

사제가 진행하는 장례미사를 아일랜드인들은 전통 장례 의식이라 하여 높이 사지만, 블룸은 묘지로 떠나기 전 디그넘 집에서 보았던 판에 박힌 장례 의식과 같은 모습을 장례미사에서도 발견한다. 그는 사제가 행하는 모든 의식을 하나하나 지켜보면서 사제가 하는 행동은 모두 책에 쓰여 있어 그대로 한다고 생각한다. 블룸은 남녀노소를 막론하고 가난과 질병 그리고 굶주림에 시달리다 매일 죽어가는 이들로 넘쳐나는 이 도시에서, 빈번히 행해지는 장례미사로 배를 불린 뚱뚱한 모습을 한 사제가 죽은 이들 모두에게 별 의미 없이 뿌리는 "성수"를 "그것"(that thing)이라고 지칭함으로써 "성수"를 평범한 것으로 만들어 버리고 (English 44), 의무감에 기계적으로 똑같은 말과 행동을 하는 사제에 의해 진행되는 장례미사를 포착하고 이에 대한 비판적인 시각을 내비친다. 조이스는 아일랜드인들에게 친숙한 장례미사의 풍경을 블룸이 은근히 조롱하면서 이를 낯설게 보이게 하여 이 의식에 대해 재고할 필요성을 제기한다.

지금까지 블룸의 장례 의식에 대한 비감상주의적인 접근은 곧 종교적・정치적 이념으로 미화된 죽음을 탈비신화한다. 헵번에 따르면 죽음을 신비화하는 중심에는 시체가 있다. 장례가 망자를 기리는 것이기는 하나 동시에 시체의 물질성을 위장하기도 한다. 죽음을 보이지 않게 하는 건 위대한 문화 행사이다. 그래서 관은 죽음을 보이지 않게 가린다. 점점 더 장식하고, 화환과 깃발을 드리우며, 보이지 않기 때문에 더욱더 신비해져서 관은 시체를 신비한 대상으로 변모시킨다. 관은 시체의 물질성을 대신하고 가려서 보이지 않게 한다. 관은 악취와 부패한 몸에서 썩고 있는 살을 잘 보존할 수 있게 가두어 두는 기능을 한다. 그래서 관은 죽음의 방패 또는 덮개(shell)가 되어 죽음이 산 자를 오염시키는 걸 막는다. 어떤 면에서 보면, 시체를 위장하는 정교한 장례 관습이 산 자를 위한 사회적 의식(ritual)이 된다(192-94). 그러므로 실리적이면서 주변 상황에 밝은 블룸이 "3일간. 시체를 보존하기는 여름철엔 약간 긴 기간이지. 죽은 게 확인되는 즉시 뚜껑을 닫아 버리는 것이 좋아"(6.869-71)라고 생각하는 이유가 바로 여기에 있다고 설명할 수 있다. 아울러 장례 행렬 도중 관이 뒤집혀 "죽음이 사회질서를 방해할 수 있는 엄청난 물리적 현실"을 초래할 수 있듯이, 관 속 악취와 부패한 몸은 사회 문제를 일으키는 것으로 망자가 산 자의 삶에 끼치는 부정적인 영향으로 해석할 수 있고, 이는 망자와 산 자와의 관계가 불가분의 관계임을 나타낸다.

블룸의 의식은 디그넘의 장례 의식이 진행 동안 내내 부패와 질병의 이미지에 사로잡혀 있다. 그가 유독 이럴 수밖에 없는 이유의 중심에는 아들의 죽음이 있다. 아기가 건강하면 어머니 덕분이고 그렇지 못하면 아버지 때문이라는 유대 사상으로 인해 블룸은 아들의 죽음에 죄책감을 느낀다. 그래서 그는 장례식에 참석한 이후 계속해서 디그넘의 부패한 시체와 자기 몸의 청결함을 대조한다. 블룸은 자신의 주변에서 나누는 대화를 들으면서 주머니 속의 비누를 의식한다. 블룸은 디그넘 장례식에 참석하기 전에 목욕탕에 들러 이 비누로 목욕했고, 그는 청결을 상징하는 비누를 통해 마음의 위안을 얻는다. 블룸은 시체 다루는 일을 "불결한 일"(6.20)로 여기는가 하면, 썩은 치즈의 냄새와 부패한 시체의 냄새를 비교한다(6.983). 그리고 블룸은 디그넘의 몸에서 일어날 일들을 생각한다. 그는 어떻게 죽음이 디그넘의 몸을 변형시킬지, 부패가 진행되는 동안 몸에 무슨 일이 일어날지, 그리고 그 냄새는 어떨지에 대해 생각한다. 또한 시체를 다루는 여자들과 글래스네빈 묘지 관리인인 존 오코넬(John O'Connell)과 같이 죽음을 다루는 사람들을 불결한 것에 결부시킨다. 이런 관계는 시체가 오염의 근원이고 불결함을 전파시킨다는 유대교 신앙의 특징에서 비롯되었다(English 41). 블룸은 성당 안

기도대에 무릎을 꿇을 때도 옷이 더럽혀지지 않도록 신문을 꺼내어 조심스럽게 무릎을 꿇으며 청결에 신경 쓰는 모습을 보인다. 이런 블룸의 행동과 생각은 청결에 대한 인식과 더불어 디그넘의 죽음을 인식하는 방식에서 아일랜드인들과 구분이 된다.

가톨릭교회가 장례 의식을 관장하면서 죽음의 영역 안으로 그 영향력이 깊이 침투되며 죽음과 망자에 대해 이전에 존재해 왔던 아일랜드의 고유문화가 억압받아 왔다. 18~19세기 아일랜드의 즐거운 경야(Irish merry wake)는 소외된 고대 아일랜드 문화의 흔적이라고 할 수 있다. 아일랜드 시골 대중문화의 중심에는 전통 경야와 장례가 있었다. 전통 경야는 죽음과 섹슈얼리티(sexuality)가 밀접하게 관련되어 있다. 망자에 대한 애도로 과도한 술잔치와 노골적인 성적 게임이 시체 앞에서 행해진다. 전통 아일랜드 경야에 수반되는 성적 표출, 게임, 춤, 노래, 그리고 애도는 가톨릭 권위에 위협을 가하는 것이다. 조이스는 유쾌하고 성적인 차원과 같은 몇 가지 요소를「하데스」 에피소드에서 복원시킨다. 묘지 관리인 존 오코넬이 전하는 친구의 무덤을 찾으러 온 두 술꾼의 이야기는 커닝햄의 말처럼 "사람의 기분을 돋우기 위해서, 순전히 선의에서 나온"(6.737-38) 재미난 이야기이다. 그리고 블룸이 디그넘 관이 묻히는 묘지에서 하는 에로틱한 생각과 죽음에 대한 성애화 또한 경야의 성적 표출과 관련 있다(George 68). 블룸은 묘지한 가운데에서 "사생아를 많이 둔"(Gifford & Seidman 120) 대니얼 오코넬을 떠올리며 "그가 괴상하게 생식력이 강한 사람"(he was a queer breedy man, 6.751-52)이라고 일컬어졌던 것을 기억한다. 계속해서 블룸은 "묘지 사이에서의 사랑"(6.758)과 "사람을 흥분시키고 싶은 욕망"(6.761)을 생각하며 묘지 관리인인 존 오코넬이 아이들을 여덟 명이나 갖고 있다는 점을 새삼 인식하게 된다. 따라서 가톨릭교회의 반대에도 불구하고 경야가 계속해서 존속할 수 있는 이유는 경야가 삶과 죽음 사이의 전환을 완화시키고 산 자에게 슬픔을 표출할 수 있는 방법을 제공하면서 생명력을 상기시키기 때문이다. 따라서 죽음에 대한 "즐거운 경야"와 같은 공동체적 반응은 죽음을 애도하며 사회적 긴장감을 해결하고 제거할 수 있는 이중의 기능을 한다(English 7).

아일랜드인들에게 디그넘의 관이 묻히는 묘지는 동정적인 결속과 죽음의 판타지를 불러일으키는 곳이다(Hepburn 195). 묘지는 과거를 미화하고 망자에 대한 기억을 소환하여 과거에 집착하게 한다. 「하데스」 에피소드의 부재한 존재는 등장인물의 사회적·경제적 상호작용과 좌절을 드러낸다. 이러한 관점에서 이 에피소드의 기법인 악몽(incubism, Gilbert 159)은 보다 더 많은 함축적인 의미를 담고 있다. 그것은 망자의 영혼이 산 자를 억압하고 있다는 걸 의미하는 것으로, 블룸은 죽은 아버지에, 디덜러스 씨는 죽은 그의 아내에, 아일랜드인들은 파넬에, 그리고 스티븐은 죽은 어머니의 유령에 사로잡혀 있다. 그러나 블룸에게 묘지는 단순히 죽어서 묻히는 곳이 아니라 삶과 죽음이 공존한 곳으로, 다시 말해서 죽음이 새 생명을 잉태하는 장소가 된다. 블룸은 묘지 "바로 저쪽 건너편에"(6.771) 식물원이 있는 것을 보자, "땅속에 스며든 피가 새 생명을 길러내는 것"(6.771)이라고 여긴다. 그리고 "시체 비료로 이곳 땅은 틀림없이 아주 기름져 있을 거야"(6.776)라는 블룸의 표현에서 알 수 있듯이 시체를 새 생명의 탄생을 위한 거름으로 여긴다. 블룸이 시체를 새 생명을 길러내는 거름으로 여기는 건 토양배양(soil culture)이라는 측면에서 죽음을 생각하는 것이다. 블룸에게 "시체는 상한 고기"(6.983)이거나, "단지 통조림 고기일 뿐이다"(George 64). "통조림 고기"는 「로터스 먹는 종족」("Lotus-Eaters") 에피소드에서 블룸이 디그넘 장례식에 참석하기 전에 신문 광고란에서 보았던(5.144-47) 것으로 예고된 표현이며, 다시 이 "통조림 고기"는 「레스트리고니아 사람들」("Lestrygonians") 에피소드에서 "디그넘의 통조림 고기"(Dignam's potted meat, 8.744-45)로 언급된다. 광고안에 내포되어 있는 성교(copulation)의 의미와 생명의 자양분인 음식의 하나로 상징되는 이 "통조림 고기"의 광고가 "사망 광고 기사 밑에 붙여져"(8.744) 있다는 것은 블룸이 묘지에서 죽음을 섹슈얼리티에 연결하여 생각하듯이 죽음이 삶/생명/섹슈얼리티와 연결되어 있다는 사실을 보여주고자 하는 조이스의 의도된 표현으로 읽을 수 있다. 그러므로 망자의 죽음이 아일랜드인들에게 트라우마로 남아있는 것과 달리, 블룸에게 "죽음은 긴 휴식"(6.843)에 지나지 않는다. 블룸은 글래스네빈을 거닐면서 "그들은 나를 패배시킬 수 없어"(6.1005)라고 생각하고, "따뜻한 잠자리, 따뜻한 피가 충만한 생명"(6.1005)과 같은 생명력을 묘지에서 얻는다. 끝으로 블룸은 "감사하오. 우리는 오늘 아침 얼마나 멋진가!"(6.1033)라며 죽음에서 나와 다시 삶 쪽으로 향하는 희망의 의지를 표출한다. 그리고 "우리" 라는 표현에는 비록 블룸이 아일랜드 사회의 "우리"에서 배제된 처지이기는 하나, 자신이 얻은 삶의 활기를 나누고자 하는 블룸의 인간애적 모습을 담고 있다. 결국 「하데스」 에피소드는 "한쪽 극에서 다른 쪽 극으로"(6.383) 옮겨가고, "죽음의 한복판에서 우리는 사는 것이며 삶과 죽음은 만나는 것"(6.760)으로 귀결된다.

IV. 결론

조이스는 「하데스」 에피소드에서 평범한 더블린 사람의 장례식에서 시작하여 죽음과 삶의 비전에 이르기까지를 다루며 아일랜드의 역사와 문화를 보여준다. 조이스는 아일랜드 사회에서 "우리"로 인정받지 못한 블룸을 통해 아일랜드인들의 삶 속에 익숙하지만 부정적으로 고착화되어 있는 죽음에 대한 감상주의적 사고와 과거와 망자의 기억에서 벗어나지 못하는 태도를 문제 삼고 지적한다. 블룸은 아일랜드 장례문화와 가톨릭 관습을 현대적 사고에서 바라봄으로써 아일랜드인들의 의식에 내재화되어 있는 이 문화의 속성을 들추며 죽음에 대해 탈신비화를 시도한다. 죽음의 신비화와 아일랜드 민족주의가 영국의 통치를 맞서기 위해 개인의 순종과 희생을 강조한 배경에 가톨릭교회의 교리 영향이 있었다. 아일랜드 사회에서는 정치적으로든 종교적으로든 공동체적인 단일성을 요구한다. 그러나 이 단일성은 이질적인 것을 배제하고 편협한 사고를 양성해 아일랜드 사회의 후진성을 면할 수 없게 부정적으로 작용해 왔다. 결국 죽음에 대해 종교와 정치가 "이념의 공모자"로서 아일랜드인의 의식을 마비시키고, 죽음을 하나의 거룩한 순교와 같이 의미를 부여하고 폭력과 죽음을 정당화하여 미화시킨다. 이와 같이 죽음에 대한 감상주의적 접근에서 벗어나지 못하는 아일랜드인들은 죽음을 관제하는 가톨릭교회의 장례 의식이 판에 박힌 일에 지나지 않는다는 사실을 인식하지 못한다. 결과적으로 도심을 가로지르는 장례 행렬은 더블린이 관과 시체 이미지로 가득 찬 죽음의 도시라는 사실을 부각시키며 억압적인 가톨릭 종교관과 장례문화를 드러낸다. 그래서 조이스는 유대인 블룸을 통해 낙후된 아일랜드 경제에 도움이 되는 실질적인 제안을 하고 회의적인 태도로 장례 의식을 관찰하여 객관적인 사고의 필요성을 제시한다. 그리고 썩은 시체에 대한 남다른 블룸의 생각은 새로운 삶을 생성하는 죽음의 힘을 시사하고 있으며 죽음을 통해 새로운 삶을 예견하는 그의 통찰력을 보여준다.*

---

* 『영어영문학21』 32권 2호 (2019) 193-214에 실린 논문을 수정하고 편집함.

인용문헌

홍덕선. *James Joyce's Dubliners*. 서울: 신아사, 2010.

Adams, R. M. "Hades." *James Joyce's* Ulysses. Ed. Clive Hart & David Hayman. California: California UP, 1974.

English, Bridget. *Laying out the Bones: Death and Dying in the Modern Irish Novel from James Joyce to Anne Enright*. New York: Syracuse UP, 2017. 23-55.

Ellman, Richard. *James Joyce*. London: Oxford UP, 1983.

Friedman, Alan Warren. *Fictional Death and the Modernist Enterprise*. Cambridge: Cambridge UP, 1995.

George, Jibu Mathew. "James Joyce and the 'strolling mort': Significations of Death in *Ulysses*." *Mortality* 22.1 (2017): 60-74.

Gifford, Don and Robert Seidman. Ulysses *Annotated: Notes for James Joyce's* Ulysses. 2nd ed. Berkley: U of California P, 1988.

Gilbert, Suart. *James Joyce's* Ulysses. New York: Vintage, 1955.

Hand, Derek. *A History of Irish Novel: from 1665 to 2010*. Cambridge: Cambridge UP, 2011.

Hepburn, Allan. "The Irish Way of Dying: Ulysses and Funeral Processions." *Canadian Journal of Irish Studies* 38.1+2 (2014): 185-207.

Joyce, James. *Dubliners*. Eds. Robert Scholes and A. Walton Litz. New York: Viking P, 1969.

---. *The Critical Writing of James Joyce*. Ed. Ellsworth Mason and Richard Ellmann. New York: Viking P, 1959.

---. *Ulysses*. Eds. Hans Walter Gabler, Wolfhard Steppe & Claus Melchior. New York: Random House, 1986.

Kiberd, Declan. Ulysses *and Us: The Art of Everyday Life Joyce' Masterpiece*. New York: W. W. Norton & Company, 2009.

Tymocako, Maria. *The Irish* Ulysses. California: California UP, 1994.

O Gráda, Cormac. *Jewish Ireland in the Age of Joyce: A Socioeconomic History*. Princeton, NJ: Princeton UP, 2006.

Osteen, Mark. *The Economy of* Ulysses*: Making Both Ends Meet*. New York: Syracuse UP, 1995.

Sherman, David. *In a Strange Room: Modernism's Corpses and Mortal Obligation*. New York: Oxford UP, 2014. 108-45.

5.

「아이올로스」장에서 조이스의 문예부흥운동, 게일 민족주의 비판

민태운

I. 들어가며

흔히 아일랜드의 문예부흥운동 및 게일 민족주의에 대한 조이스(James Joyce)의 비판적 관점을 살펴보기 위해서는 『율리시스』(*Ulysses*)의 「스킬라와 카립디스」("Scylla and Charybdis") 에피소드와 「키클롭스」("Cyclops")장을 분석한다. 전자에서는 국립도서관에서 일하는 신교도들이 주로 부흥운동의 문학적 측면에 관심을 보이고 있고, 후자에서는 술집에 모인 가톨릭 신자들이 문예적인 것은 아예 도외시한 채 오직 정치 경제적인 문제와 스포츠 등에만 생각이 집중되어 있다. 또한 전자의 경우, 문예부흥운동의 특징인 아일랜드 서부 농민들이나 아일랜드 신화 및 전설 속의 영웅들에 대한 관심만큼이나 그들의 생각이 비현실적이고 신비주의적이기까지 하다. 따라서 스티븐(Stephen Dedalus)은 "지금, 여기"에 집중하라고 함으로써 그들의 문제점을 노출시킨다(9.89). 후자의 경우에는 더 노골적이어서 이 에피소드가 아예 게일 민족주의의 패러디로 자리 잡았을 정도이다. 여기서 유대인 혈통의 블룸(Leopold Bloom)은 국수주의자 시민(The Citizen)의 순수혈통주의에 의문을 제기함으로써 문화민족주의에 정면으로 맞선다.

이처럼 『율리시스』에서 문예부흥운동 및 게일 민족주의와 관련된 논의는 주로 두 에피소드에 집중되어 있고 작품의 주요 인물들이 이를 비판하거나 이에 대해 회의적 시선을 던진다. 「아이올로스」(“Aeolus”)장도 문예부흥운동의 맥락에서 언급되지 않은 것은 아니다. 오몰로이(J.J. O'Molloy)가 이 운동의 주요 인물인 러셀(George Russell, 필명은 A.E.)에 대한 스티븐의 부정적인 의견을 유도하는 부분처럼(7.783-84) 단편적인 것도 있지만, 맥휴(MacHugh) 교수가 인용하는 히브리어에 대한 테일러(John F Taylor)의 연설은 게일어의 부활 운동을 강하게 암시하기도 한다. 그럼에도 불구하고 「아이올로스」장이 다른 두 에피소드와 달리 문예부흥운동과 관련하여 광범위하게 논의되어 오지 않은 이유는 무엇일까? 우선, 아마 테일러의 연설은 이 운동과 직접적인 관계가 있지만 조이스가 『율리시스』 전체 중에서 이 특정 부분을 우호적으로 보고 심지어 육성 녹음까지 했다는 점은 그가 이를 비판적으로 보았다고 주장하기 어려운 면이 있는 게 사실이기 때문일 것이다. 하지만 뒤에서 더 논의하겠지만 이러한 입장은 조이스가 파넬(Charles Stewart Parnell) 주도의 자치(Home Rule)는 지지했지만 게일 연맹이 주도한 언어 부활 문제에 대해서는 저항했다는 점을 간과했다고 할 수 있다. 더 중요한 이유는 다른 두 장과 달리 「아이올로스」장에서는 문예부흥운동에 대한 내용이 어느 정도 구체적으로 혹은 분명하게 드러나지 않고 암시나 비유의 형태로 숨겨져 있다는 데 있다. 「스킬라와 카립디스」장의 배경이 되고 있는 도서관의 운영진은 모두 신교도이자 문예부흥운동가들로 그 정체가 명백히 드러나 있을 뿐만 아니라 이들이 가톨릭계인 스티븐과 맞서고 있는 형국이고, 스티븐은 실제로 러셀에 의해서 추진되고 있는 젊은 문인들의 시선집에서 제외되고 무어

(Moore)의 만찬 모임에도 초대되지 않는 수모를 당한다(9.290-91). 이처럼 도서관의 신교도들은 스티븐을 "이방인" 같은 존재로 다루고 있지만 「아이올로스」장의 가톨릭 신자들은 대조적으로 그를 가족의 일원인 듯 환영한다는 점(Potts 173)도 대립 구도를 찾아내기 어렵게 한다. 「키클롭스」("Cyclops")장에서도 이 운동에 대한 비판이 노골적으로 드러나는데, 아일랜드의 전통적인 스포츠의 부활을 위해 헌신한 게일 체육회의 창시자 마이클 쿠색(Michael Cusack)을 모델로 한 중심인물 시민(The Citizen)을 희화화하고 있을 뿐만 아니라 유대인 블룸이 그의 직접적인 공격 대상이 되기 때문이다. 신교도 중심의 도서관이나 구교도 중심의 술집에서 스티븐과 블룸은 각각 이방인 혹은 적이 되고 이 둘의 시선을 통해 문예부흥운동과 게일 민족주의가 비판적인 시선으로 관찰되고 있다.

이 장의 논의는 「아이올로스」 에피소드에서 스티븐이 간접적으로 문예부흥운동을 희화화하고 있다는 입장에서 출발한다. 위에서 언급했듯이 두 에피소드만큼 직접적인 비판은 없지만 그것은 우호적인 대화와 친절한 태도 가운데 숨겨져 있다고 할 수 있다. 그리고 그것은 스티븐이 끝부분에서 들려주는 우화에서 비교적 구체적으로 드러난다.

II. 순혈주의와 아일랜드 자연의 미화

쳉(Vincent J. Cheng)의 관찰대로 「아이올로스」장은 뒤에 「키클롭스」장에서 본격적으로 다루게 될 나라의 정의 혹은 시민 자격의 문제를 미리 보여주는 것인지 모른다(186). 광고 세일즈맨인 블룸은 신문사의 인쇄국장이며 시의원인 이탈리아계 아일랜드인 나네티(Nannetti)를 보며 아일랜드 시민의 자격에 대해 생각한다.

> 그가 자신의 진짜 나라를 가본 적이 없다는 것은 이상해. 아일랜드는 나의 나라. 칼리지 그린 지역구 시의원인데. . . . 인쇄업자인 쿠프라니도. 토박이 아일랜드 사람들보다 더 아일랜드 사람 같은데.
>
> Strange he never saw his real country. Ireland my country. Member for College green. . . . Cuprani too, printer. More Irish than the Irish. (7.87-100, 필자의 생략)

쳉은 여기서 블룸이 자신과 마찬가지로 나네티가 아일랜드에서 태어났음에도 불구하고 자신의 "진짜 나라"를 아일랜드가 아닌 이탈리아라고 생각함으로써 "본질주의자의 실수"(essentialist mistake)를 범한다고 지적한다(187). 이는 「키클롭스」장에서 시민이 유대계 아일랜드인 블룸을 아일랜드인으로 인정하지 않음과 동일한 오류라는 것이다. 한편 킹(Jason King)은 쳉의 입장을 수정하여 블룸이 그런 실수를 저지른 건 사실이지만 그 특유의 공감 능력을 발휘하여 나네티를 자신과 동일시함으로써 자신의 잘못을 교정한다고 주장한다. 그렇기 때문에 그는 나네티뿐만 아니라 자신에게도 "아일랜드는 나의 나라"(7.87)라고 시인할 수 있고 또 다른 이탈리아계 아일랜드인 쿠프라니(Cuprani)도 아일랜드인의 범주에 포함시키고자 한다는 것이다(183-84). 필자는 블룸이 당시의 문화민족주의자/순혈주의자들의 주장을 반박하고 있다고 읽는다. 블룸이 「키클롭스」장에서 "네 나라는 어디냐"라고 묻는 시민에게 반박하듯이(12.1430), 아일랜드에서 태어났지만 혈통이 다르다는 이유로 유대계 혹은 이탈리아계가 아일랜드인이 아니라고 하는 건 잘못되었다. 비록 조상은 다른 나라에서 태어났지만 아일랜드는 분명히 "나의 나라"라고 말할 수 있고, 이러한 원칙은 시의원까지 하고 있는 나네티의 경우에도 동일하게 적용된다는 주장이다. 나네티는 사실상 그날 런던의 하원에서 피닉스 공원에서 아일랜드 전통 스포츠가 금지된 데 항의함으로써(12.850-59), 자신이 "아일랜드 사람들보다 더 아일랜드 사람" 같음을 행동으로 보여줄 것이다. 이 전통 스포츠 부활 운동의 중심인물이 호전적인 민족주의자 시민의 모델이라는 점에서, 그리고 게일 연맹에서 이러한 항의를 하도록 나네티에게 요청했다는 점에서(12.858-59), 그를 아일랜드인으로 보지 않는 건 모순이라는 암시도 숨겨져 있다고 볼 수 있다. 더 나아가서 혈통에 따라 아일랜드인/비아일랜드인으로 이분화하는 게일 민족주의자들의 순혈주의에 대한 비판도 포함되어 있다고 할 수 있다. 이런 맥락에서 램버트(Ned Lambert)가 도우슨(Dan Dawson)의 글을 읽은 후 블룸이 요약하듯이 묻는 짧은 질문, "누구의 나라?"(Whose land? 7.272)는 자못 의미심장하다. 그는 「키클롭스」 장에서 이러한 이분법을 해체하며 아일랜드에서 태어난 자는 혈통과 무관하게 모두 아일랜드인임을 밝히기 때문이다(12.1431).

"나라"에 대한 블룸의 이 물음에 데덜러스 씨(Mr Dedalus)는 "댄 도우슨의 나라"(7.275)라고 대답함으로써 그 자리에 있던 다른 사람들과 마찬가지로 도우슨의 글을 신랄하게 조롱한다. 도우슨은 아일랜드의 과거를 신비화하고 그 땅을 신성시하는 부흥론자들과 마찬가지로 신문에 실린 글을 통해 아일랜드의 자연을 과장되게 미화하면서 이를 찬양하고 있다. 스푸(Robert Spoo)의 지적대로 그의 언어는 지나치게 멋진 수사어구로만 가득 차 있어서 그의 자연묘사에서 자연 자체가 사라지는 것처럼 보일 정도이다(121).

> [아일랜드]는 온화한 신비로운 아일랜드적 황혼의 탁월한 투명한 빛에 흠뻑 젖어 있는, 수목이 무성한 숲과 물결치는 평야, 싱싱한 초록색의 감미로운 목초지의 아름다움으로 인해 비할 데 없는 곳으로 . . .
>
> *. . . unmatched . . . for very beauty, of bosky grove and undulating plain and luscious pastureland of vernal green, steeped in the transcendent translucent glow of our mild mysterious Irish twilight . . .* (7.320-24, 첫 줄은 필자의 생략)

도우슨의 글은 오직 미사여구로 이루어져 있을 뿐만 아니라 허풍과 과장으로 일관되어 있어서 그의 화술은 「키클롭스」장에서 조이스가 패러디하는 부흥운동의 "언어적 과잉 혹은 과장"과 다르다고 할 수 없다(Cheng 186). 신문사에 모인 사람들은 도우슨의 문체를 비판하고, 그것을 "과장된 허풍. 허풍선이"(7.260), 혹은 "호언장담 . . . 과장된 수다"(7.315)로 평가한다. 그 글을 신문에서 읽으며 낭독하고 있는 램버트(Ned Lambert)도 자신이 읽고 있는 내용을 우습게 생각하고 다 읽은 후 신문을 옆으로 던져버릴 정도이다(7.333). 블룸도 「레스트리고니아 사람들」("Lestrygonians")에서 도우슨의 연설을 "바보들에게나 들려줄 공허한 말"로 비판한다(7.382). 따라서 그의 "비길 데 없는 아일랜드 조망"(the peerless panorama of Ireland's portfolio, 7.320)은 "신화화한 아일랜드 서부의 목가"와 다르지 않다고 할 수 있을 것이다(Bender 149). 그리고 그가 보여준 전경은 뒤에 나올 테일러의 것과 다를 뿐만 아니라 또한 스티븐이 보여줄 넬슨 탑 위에서의 조망과 대조가 된다. 그가 문화민족주의자들처럼 시골의 목가적인 경치를 묘사했다는 점도 도시 안의 소시민을 소재로 하는 조이스와 대조되는 점으로 스티븐은 이 차이를 도시를 조망하는 그의 우화에서 구체적으로 보여줄 것이다.

III. 선민의식과 아일랜드의 이상화

그런데 도우슨만이 아일랜드를 미화하는 건 아니다. 그를 조롱하던 사람들도 교묘하게 아일랜드의 빈곤을 자기합리화하고 결국은 그것을 이상화하기에 이른다. 맥휴 교수는 아일랜드가 성공할 가능성이 없는 명분만을 좇았다며 조국의 비참한 현실을 인정하는 것으로 시작한다. 하지만 대신에 아일랜드인들에게는 상상력이 있다는 점을 강조하면서 자부심을 가지고 그 우월성을 부각한다.

> 우리는 항상 실패할 명분에 충실했죠, 교수가 말했다. 우리에게 성공은 지성과 상상력의 죽음이나 다름없는 거죠. 우리는 결코 성공한 자들에게 충성하지 않았죠. 우리는 그들을 섬기고 있어요. 나는 시끄러운 라틴어를 가르치고 있지요. 나는 시간이 돈이라는 좌우명이 그들 정신세계의 꼭대기에 있는 민족의 언어를 말하고 있어요. 물질적 지배. . . . 정신성/영성(靈性)은 어디에 있나이까? 주 예수여?
>
> We were always loyal to lost causes, the professor said. Success for us is the death of the intellect and of the imagination. We were never loyal to the successful. We serve them. I teach the blatant Latin language. I speak the tongue of a race the acme of whose mentality is the maxim: time is money. Material domination. . . . Where is the spirituality? Lord Jesus? (7.553-57, 필자의 생략)

여기서 맥휴 교수는 아일랜드-그리스를 영국-로마와 이분한 후 각각 정신성/영성과 물질주의를 대변한다고 주장한다. 그리스가 "영성, 합리성, 시적 창조"의 나라라면 로마는 영국과 마찬가지로 물질주의적인 제국주의자의 나라라는 것이다(Acheraïou 106). 그리고 자신은 로마제국의 언어인 "시끄러운 라틴어"를 가르치고 있지만 "마음의 언어"(7.564)인 그리스어를 선호한다고 고백한다. 또한 "수세식 변소 제작자와 하수도 제작자는 결코 우리의 영혼의 주인이 되지 못할 것"이라며 제국을 천박한 나라로 폄하한다(7.564-65). 이와 관련하여 아일랜드에서 1893년 게일 연맹이 결성되면서 게일어 부활운동의 영향력이 증대했고, 대영제국을 연상시키는 로마에 대한 적대감도 강해졌다는 점에 주목할 필요가 있다(McGing 46). 또한 "그리스의 자유를 되찾으려는 마지막 시도를 했던"(7.569) 피러스(Pyrrhus)는 로마제국의 팽창에 저항하였고, 따라서 그의 언어인 그리스어가 저항의 지적 언어라면, 그리스와 동일시되는 아일랜드의 언어가 게일어 부활운동 및 부흥운동에서 저항의 언어가 된다는 걸 암시하고 있다(Pogorzelski 29). 나중에 테일러는 그의 연설에서 게일어 보존의 필요성을 직접적으로 강하게 주장하게 된다.

위 인용문의 "영성은 어디에 있나이까"라는 수사 의문문은 제국의 물질주의와 대비하여 아일랜드의 영성을 부각한다. 이는 이스라엘과 마찬가지로 아일랜드가 "선민"(chosen people)임을 인정하는 것에 다름 아니다. 예전에 게일어 시대의 시인들은 아일랜드인이 정신적으로 유대인과 매우 유사함을 노래했다. 예컨대, 17세기 중반 오밀레인(Feardorcha O' Meallain)은 영국에 의해 카노트(Connacht)로 강제 추방되었을 때 또 다른 "선민"인 이스라엘 사람들에게서 그들 자신의 운명을 보았다.

> 그 주제에 대한 이야기는 그대들의[아일랜드인들의] 곤경을 설명해주네:
> 신을 믿는 이스라엘의 자녀들은
> 비록 이집트에서 포로가 되었지만
> 신속하게 신의 도움을 받았네.
>
> A story on that theme will explain your plight:
> the children of Israel who stood by God,
> although they were in captivity in Egypt,
> were quickly given help.

이처럼 아일랜드인들은 비록 식민지 현실이 암울하지만 선민으로서 종국에는 승리하게 될 것을 희망하였다(Kiberd 37). 이 에피소드에서 맥휴 교수도 아일랜드의 "영적인" 본질에 대해 주장함으로써 이스라엘 민족처럼 아일랜드에 특별한 신의 인도가 있을 거라고 은연중에 암시한다. 하지만 조이스는 그 당시 아일랜드에 만연하던 인종적 순결성이나 문화적 배타성의 민족주의적 교리를 몹시 싫어했던 것으로 알려져 있음에 주목할 필요가 있다(Spoo 101).

조이스는 이 에피소드를 집필할 때 "물질적 승리는 영적인 우위의 죽음이다"라고 쓴 바 있다. 또한 고대 그리스인들이 가장 문명화된 민족이라며, 그리스가 멸망하지 않았다면 제국주의자나 상인 말고 무엇이 되었겠느냐고 말하기도 한다(Ellmann 446). 이는 앞 인용문에서 나왔듯이 물질적 성공이 상상력의 죽음이라는 것과 일맥상통한다. 예술적 성공을 위해서는 물질적 실패가 필요하다는 암시일 것이다. 조이스는 이렇게 제국의 물질주의에 대해 혹독한 비판을 하고 있지만 그렇다고 맥휴 교수의 입장을 옹호한다고 할 수도 없다. 왜냐하면 하필 이 말을 하고 있는 맥휴 교수를 비롯하여 신문사에 모여 있는 사람들이 모두 일정한 수입이 없거나 몰락한 사람들로서 공허한 말만 늘어놓는 자들로 묘사되어 있기 때문이다. 그들의 말대로 그들이 "영적인 우위"에 있는지 모르지만 그들은 지나치게 물질적으로 무력하고 현실적으로 무책임하다. 오스틴(Mark Osteen)이 주장하듯이, 이들은 자신의 나태와 알코올 의존증을 변명하기 위해 "영성"이니 "상상력"을 들먹거리고 있는지 모른다(206). 이런 점에서 조이스는 자신의 실패를 은폐하고 자기합리화하면서 아일랜드를 이상화하고 있는 이들을 교묘하게 비판하고 있는 듯이 보인다. 아일랜드인은 르낭(Earnest Renan)과 아놀드(Matthew Arnold) 등에 의해 "영적이고, 여자 같으며, 비이성적이고, 유순한" 인종으로 정의되었고(Hewitt 169), 부흥운동가들은 좀 더 원시적인 아일랜드인, 특히 서부의 소작인 계층(peasantry)을 이상적인 아일랜드인 상으로 상정하였는데, 맥휴 교수는 부(wealth), 현실과는 거리가 먼 "영적인" 아일랜드인의 이미지를 강조함으로써 아일랜드인에 대한 그 당시의 전형에 근접하고 있다고 할 수 있다. 부흥운동가들이 도시적인 사람들, 물질주의에 물들고 효율성의 원리에 지배받는 사람들을 더 영웅적인 과거의 아일랜드인으로부터 퇴화된 사람들로 보았다는 점을 고려해 보면, 맥휴 교수가 묘사한 아일랜드인은 그 운동이 제시한 이상적인 아일랜드인에 근접해 있다고 하겠다.

IV. 테일러의 연설—게일어의 부활

위에서 논의한 아일랜드와 이스라엘의 유사성과 게일어 보존의 문제는 테일러의 연설에서 더 분명해진다. 그에 앞서 오몰로이는 차일즈(Childs) 살인 사건에서 변호를 맡은 부쉬(Seymour Bushe)처럼 우아한 문장으로 연설하는 사람을 찾기 어렵다며 그의 연설문을 낭송한다. 한편 부쉬는 차일즈의 살인 혐의에 대하여 증거가 불충분하다는 주장으로 성공적인 변호를 한 것으로 알려져 있다. 변론 중 그는 보복의 법이라 할 수 있는 모세의 법이 이보다 덜 잔혹한 로마법에 의해 순화되어야 한다고 주장하면서 미켈란젤로가 조각한 모세의 석상을 예로 든다. 이스라엘 사람들이 우상을 섬기자 모세는 매우 분노했지만, 미켈란젤로는 "뿔 난, 무서운"(horned and terrible, 7.768) 모습의 모세를 조각으로 만들면서 "지혜와 예언의 영원한 상징" "동결된 음악" "신적인 인간의 형체" 등으로 우아하게 예술적으로 형상화했다는 것이다. 스티븐은 오몰로이가 들려주는 부쉬의 언어에 매료되고, 이는 나중에 그로 하여금 "팔레스타인에 대한 피스가산 전망" 혹은 "자두의 우화"를 들려주게 하는 촉매제가 된다. 모세는 피스가산의 정상에서 약속의 땅을 조망하지만 결국 그 낙원에 발을 내딛지 못하게 된다. 이처럼 부쉬가 모세의 형상을 비유로 언급했듯이 스티븐도 나중에 넬슨 탑 관련 이야기를 우화로 만든다고 볼 수 있다(Spoo 122). 모세가 불기둥(pillar of fire)의 인도를 받아 이스라엘 백성들을 약속의 땅으로 이끄는데, 스티븐의 우화 역시 기둥 혹은 탑(Nelson pillar)에 대한 것이라는 점도 눈여겨볼 대목이다.

위에서 아일랜드와 이스라엘의 밀접한 연관성에 대해서 언급했지만, 1904년 당시에 모세 하면 자동적으로 아일랜드의 자치를 보지 못하고 죽은 지도자 파넬을 떠올릴 정도로 둘의 유사성은 아일랜드인의 의식 속에서 뚜렷하게 각인되어 있었다. 어느 정도였냐 하면 피스가산 정상의 모세와 파넬의 비유는 이미 파넬의 생존 시에도 널리 유포되어 있었을 정도였다(Spoo 123). 파넬의 전기를 썼던 오브라이언(R. Barry O'Brien)은 그의 책을 "[파넬은] 아일랜드를 약속의 땅이 보이는 곳까지 오게 했다"(367)라고 마무리함으로써 두 지도자의 밀접한 연상 관계를 분명하게 밝힌다. 예이츠(W. B. Yeats)는 파넬을 애도하는 비가(悲歌), 「애도하라－그리고 전진하라!」("Mourn－and then Onward!")에서 그를 "불타오르는 높은 기둥"(a tall pillar, burning)으로 비유함으로써 사막에서 이스라엘 사람들을 인도하는 불기둥에 빗대었는데, 이는 당시 이스라엘의 지도자였던 모세를 떠오르게 하는 문구이다. 따라서 부쉬의 연설에 등장하는 모세는 잠재적으로, 그리고 테일러의 연설에 등장하는 모세는 확실하게 파넬을 가리킨다고 할 수 있다. 조이스는 파넬의 지지자이었기 때문에 모세가 파넬을 가리키는 한에서는 모세를 좋아했을 것이고 따라서 그가 육성 녹음을 위해 테일러의 연설을 선택한 것도 아마 그러한 이유라고 이해할 수 있다.

그러나 조이스가 게일어의 부활에 대해 반대했던 만큼 "아일랜드어의 부활"(7.796)을 옹호하는 테일러의 연설을 문자적으로 수용했을 가능성은 거의 없다고 보아야 할 것이다. 나델(Ira B. Nadel)도 조이스가 비록 모세/파넬의 유사성에는 주목했을지 모르지만 언어의 문제에 대해서는 그렇지 않았으리라고 시사한다(87). 조이스가 그릇된 방향으로 가고 있다고 확신한 세력, 예컨대 교회, 문예부흥운동, 게일 연맹 등 당시 민족주의 문화의 골간을 이루고 있는 세력에 대해 저항하였다는 것은 널리 알려져 있다(Davison 61). 그는 한때 게일 연맹에서 주도하는 아일랜드어 수업에 잠시 참여하기도 하였으나 "언어 차원의 광신적인 애국주의"에 반발하여 이내 그만두었고(Fairhall 45), 언어 부활 프로젝트를 가리켜 "역행적인, 순진하게 이상적"이라고 간주하고 이를 거부하였다(Mccrea 69). 그는 파넬이나 심지어 과격한 피니언 결사대원(Fenians)들의 아일랜드 자유를 위한 투쟁을 우호적으로 보고 지지한 것과 달리, 이 게일 연맹운동가들에게서 나오는 언사를 "역겨운" 것으로 받아들였다(Fairhall 46).

테일러가 병상에서 몸을 일으키며 행한 즉흥 연설에서 주장하는 건 민족어인 게일어의 부활이다. 언어의 순결성은 게일 연맹의 창시자 더글러스 하이드(Douglas Hyde)가 요구한 탈영국화(De-anglicization)의 일환으로 필요한 것이었다. 하이드는 문화적 추종이 식민지 아일랜드로 하여금 영국의 우월성에 굴복하게 하고 아일랜드 문화유산의 가치를 떨어뜨리기 때문에 이를 극복하기 위해서 게일어의 사용을 확장하고 이 언어로 쓰인 문학을 창조해야 한다는 주장을 폈다. 그는 1892년의 「탈영국화의 필요성」("The Necessity for De-Anglicising Ireland")이라는 유명한 연설에서 "교육받은 유대인이 히브리어를 모르는 걸 창피하게 생각하는 것만큼 교육받은 아일랜드인이 아일랜드어를 모르는 걸 수치스럽게 생각하게 해야 한다"라고 주장한다(18). 여기서 그는 이스라엘과 아일랜드의 유사성에 기대어 아일랜드어 사용을 강력하게 요청하는데, 이는 "아일랜드의 문화적, 민족적 온전성과 자부심의 유지"를 주장하는 테일러의 연설 내용과 다르지 않다(Norris 190). 아일랜드의 자치에 대한 헌신적인 지지자인 테일러는 또한 하이드의 게일 연맹 프로그램에도 열성적이었다(Davison 80). 그와 다르게 조이스는 전자는 지지하였지만 후자에 대해서는 비판적이었다는 점은 주목할 만한 가치가 있다. 조이스는 이 연설이 이집트와 영국의 오만함의 유사성을 지적한 데에는 만족하였겠지만(Davison 80), 게일어의 부활에 대해서는 다른 태도였을 것이고 이는 뒤에 다룰 스티븐의 우화에 잘 예시되어 있다.

테일러는 연설문에서 이집트의 대제사장이 젊은 모세에게 왜 "우리의 문화, 우리의 종교 그리고 우리의 언어"를 받아들이지 않는지 추궁하는 장면을 연출한다(7.845). 이집트에는 많은 도시와 생산품이 있지만 이스라엘은 아직 "원시적"(7.849)이라고 함으로써 산업화, 도시화, 그리고 문명화된 대영제국과 야만 상태의 식민지 아일랜드를 대조적으로 암시하고 이들을 이분법적으로 구분한다. 연설의 클라이맥스 부분에서 테일러는 목소리를 높여 다음과 같이 대담하게 외친다.

신사 숙녀 여러분, 그러나 만약 젊은 모세가 그런 삶의 방식에 귀를 기울이고 수용했다면, 만약 그가 그 거만한 훈계 앞에 머리를 조아리고 뜻을 굽히고 영혼을 굽혔다면, 그는 결코 선택받은 민족을 포로 상태에서 나오게 하지 못했을 것이고 낮에 구름기둥을 따르지 못했을 것입니다. 그는 결코 시나이 정상에서 번개 가운데 신과 대화하지 못했을 것이고 얼굴에서 영감의 광채를 빛내면서 반역자/무법자의 언어로 새겨진 율법을 팔에 안은 채 내려오지도 못했을 것입니다.

But, ladies and gentlemen, had the youthful Moses listened to and accepted that view of life, had he bowed his head and bowed his will and bowed his spirit before that arrogant admonition he would never have brought the chosen people out of their house of bondage, nor followed the pillar of the cloud by day. He would never have spoken with the Eternal amid lightnings on Sinai's mountaintop nor ever have come down with the light of inspiration shining in his countenance and bearing in his arms the tables of the law, graven in the language of the outlaw. (7.862-69)

모세는 "신과의 대화"를 거친 후 십계명을 받아 듦으로써 새로운 세계를 여는 역할을 한다. 십계명은 종교, 민족, 문화의 탄생을 의미한다고 볼 수 있기 때문이다(Benstock 79). 이집트에게 히브리어가 금지된 반역자의 언어라면, 영국에게도 아일랜드어는 역시 금지된 저항의 언어라고 할 수 있다. 모세가 광채를 띤 채 신으로부터 하사받은 율법 판을 가지고 내려오는 장면은 신비롭고 거룩하기까지 하다. 이스라엘과 아일랜드의 유사성에 비추어 볼 때 이 연설이 암시하는 것은 "선택받은 민족"으로서 아일랜드도 영국에 복종하는 대신 스티븐이 『젊은 예술가의 초상』(*A Portrait of the Artist as a Young Man*)에서 사용했던 표현을 차용하자면 "결코 굴복하지 않겠다"(Non serviam)라는 반역자의 자세로 아일랜드어를 지켜야 한다는 것이다.

그러나 조이스가 「이타카」("Ithaca")장에서 이 신비로운 장면을 "탈신비화함"으로써 테일러의 연설을 패러디한다는 점을 주목할 필요가 있다(Spoo 131). 이 장면을 잠시 살펴보면, 블룸은 그날 아침 그가 막 던져버리려는(throw away) 참이었던 신문을 기억하고 그런 과정에서 자신도 모르게 라이온스(Bantam Lyons)에게 경주마 쓰로우어웨이(Throwaway)에 대한 예상 정보를 주었다는 사실을 생각해낸다.

> 그가 막 던져버리려 했던 (결국은 이내 버렸지만) 『프리먼스 저널』과 『내셔널 프레스』의 그 날짜 신문을 프레데릭 엠. (밴텀) 라이온스가 재빨리 그리고 연이어서 요구하며, 읽고 되돌려 주었을 때, 그가[블룸이] 얼굴에서 영감의 광채를 띠고 예측의 언어로 새겨진 경마(race)의 비밀을 팔에 안은 채 . . . 걸어갔을 때.
>
> when, when Frederick M. (Bantam) Lyons had rapidly and successively requested, perused and restituted the copy of the current issue of the Freeman's Journal and National Press which he had been about to throw away (subsequently thrown away), he[Bloom] had proceeded . . . with the light of inspiration shining in his countenance and bearing in his arms the secret of the race, graven in the language of prediction. (17.334-41, 필자의 생략)

테일러의 연설이 이스라엘 인종(race)에 관한 것이었다면 블룸의 기억은 경마(race)에 관한 것이고, 연설 속 무법자의 저항적 언어는 블룸의 일상에서 경마 관련 예측의 언어로 바뀌었다. 여기서 "경마의 비밀"(secret of race)은 "선택된 민족"의 이데올로기, 특히 아일랜드인들의 영성에 관한 맥휴 교수의 주장을 전복시키는 데 주목할 만한 가치가 있다(Spoo 131). 왜냐하면 시나이산 정상에서 영웅적인 지도자 모세가 비밀스러운 신과의 대화를 통해 이스라엘 민족(race)의 장래를 연 성스러운 서사는, 요행에 돈을 거는 세속적인 경마(race) 이야기로 전락하기 때문이다. 또한 히브리어로 새겨진, 하느님의 말씀인 율법 판은 요지경 세상의 이야기를 담은 신문으로 대체된다. 앞에서 히브리어 및 게일어와 혈통의 순수성, 그리고 문화적 배타성을 주장했다면 아일랜드에 살고 있는 이방인 혹은 버림받은 사람(throwaway)인 블룸은 그 반대를 대변한다. 뿐만 아니라 테일러의 연설 속 모세가 이스라엘 사람들을 이집트로부터 약속의 땅으로 이끌어 내듯이, 스티븐이 현실에서 무리를 신문사에서 술집으로 인도하는 것은 아이러니라 할 수 있다. 스티븐은 신이 약속한 영원한 풍요의 이상적인 땅을 부인하기라도 하는 듯이 현실의 경제적 궁핍과 정치적 압박으로부터 일시적인 위로를 찾을 수 있는 술집으로 그들을 끌어내리고 있기 때문이다. 이러한 그의 행동의 의미는 그가 들려주는 자두의 우화에서 더 분명하게 드러난다.

V. 스티븐의 우화—부흥운동의 패러디

스티븐의 "자두의 우화"는 "팔레스타인에 대한 피스가 전망"이라는 제목이 암시하듯이 테일러의 연설과 밀접하게 연결되어 있지만 전자가 후자에 대한 "보복의 행위이자 거부의 진술"(Osteen 24)이라고 할 수 있을 정도로 둘은 매우 다르다. 테일러의 연설에서 이상화된 영웅적인 모세가 광채를 띤 채 피스가산 정상에서 약속의 땅을 바라보고 서 있다면, 스티븐의 우화에서는 자연주의적 문체로 묘사된 가난한, 힘없는 두 노파가 제국주의의 상징인 넬슨 탑 꼭대기에서 불모의, 마비된 도시를 내려다보는 위치에 있다. 테일러의 연설은 구약의 과거로 회귀하여 산 정상에서 이상화된 땅을 조망하고 있는 영웅화된 인간을 제시하고 있는데, 이는 부흥운동에서 "시골의 원시적인 서부"를 이상화하는 것과 연결되어 있다고 할 수 있다. 연설에서 강하게 암시하는 게일어 부활도 시골을 진정한 아일랜드로 보는 민족적 신화와 관련이 있다. 왜냐하면 부활운동은 주로 게일어 사용 지역, 특히 서부의 시골로 사람들을 보내어 언어, 전통춤과 음악 등을 배우도록 했기 때문이다. 따라서 서부의 시골은 계속 "아일랜드성(Irishness)의 중요한 표지"가 되었다(Cheng 2001, 17). 카이버드(Kiberd)의 주장대로 "시골의 아일랜드가 진정한 아일랜드"이었고 사람들은 "상실한 전원적 아일랜드에 대한 가짜 향수"에 사로잡히게 되었다고 할 수 있다(1996, 16). 결국 히브리어를 사용해야만 진짜 이스라엘 사람이 될 수 있고 게일어를 말할 수 있어야만 진정한 아일랜드 사람이 될 수 있다는 배타적 입장은 (아직 게일어가 사용되고 있는) 시골에 사는 사람이 도시에 사는 사람보다 더 진정한 아일랜드인이라는 것을 시사한다. 다시 말해서 "시골의 진정성은 도시적인, 대도시적인, 국제적인, 비켈트적인 것"이 가짜라는 걸 암시한다(Cheng 2001, 17). 조이스가 게일 민족주의와 갈라서는 건 바로 이 지점에서이다. 그가 표현하듯이 이러한 민족주의는 "인종적 증오심의 늙은 젖꼭지"를 빨고 자랐기 때문이다(Ellmann 237). "소시민의 도회지 삶"을 소재로 다루는 조이스는 "문예부흥운동의 압도적 시골편향"에 맞서지 않으면 안 되었다(Fairhall 46). 테일러의 연설과 대조적으로 그의 우화가 대도시 더블린시 중앙을 다루고 있는 이유일 것이다. 두 노파가 "넬슨 탑 꼭대기로부터 더블린 시내를 보기" 원하는 것은(7.931) 이런 점에서 주목할 만한 가치가 있다. 그 탑은 「아이올로스」 시작 부분의 소제목이 말하고 있듯이 "아일랜드 수도의 심장부"(the heart of the Hibernian metropolis, 7.1-2)에 위치해 있다.

테일러의 연설은 "화석화된 과거에 살고 죽은 언어를 말하고자 하는 욕망"을 말하고 있다면(Ellmann 1972, 70), 스티븐의 우화는 1904년 현재 더블린의

"리얼한 삶"(Life on the raw, 7.938)을 "잘 닦인 거울"(nicely polished looking glass, *L* I 63-64)을 통해 제시하고 있다. 그는 그가 그날 아침 「프로테우스」("Proteus")장에서 보았던 두 노파, 플로렌스(Florence MacCabe)와 앤(Anne Kearns) 일상의 한 단면을 꼼꼼하게 보여준다. 신과 대화했고 얼굴에 광채를 띠었던 영웅 남성 모세와 대조적으로 이들은 늙은 여성으로 젊음, 아름다움, 명예, 재물, 남편 등 사회적 가치가 있는 그 어느 것도 가지고 있지 않다는 점을 주목할 필요가 있다. 전설이나 민담 속의 인물을 영웅화하고 이상화하는 부흥주의자들의 경향에 맞서기 위해 스티븐은 그와 대조되는 방법을 선택한 듯이 보인다. 모드 엘만(Maud Ellmann)은 테일러의 연설이 유대인의 아버지 모세가 하느님 아버지의 말씀을 받는, "아버지로부터 아버지로 이어지는 목소리의 계승"에 대한 것이라면, 스티븐은 자두즙을 질질 흘리면서 먹는 두 "칠칠치 못한 여자들"(Frisky Frumps)을 통해 이를 조롱하고 있다고 말한다(199). 우화는 각각 50세와 53세인 두 여인이 구체적으로 얼마를 저축했으며 그중 얼마를 어떻게 꺼냈고 어디에서 얼마에 고기, 빵, 자두를 샀는지 세밀하게 기록하고 있다. 또한 그들이 빈곤층 거주 지역인 블랙핏(Blackpitts, 7.926) 근처에 산다는 것과 더불어 동전 한 푼이 중요할 정도로 경제적으로 여유 없는 사람들임을 보여주기도 한다. 그렇기 때문에 테일러 연설 속의 모세가 어떤 과정을 통해 시나이산의 정상에 서 있게 되었는지는 생략되어 있지만, 우화 속의 두 노파가 안간힘을 쓰며 한 발 한 발 넬슨 탑을 오르는 과정은 생략되지 않고 상세하게 묘사된다.

> [그들은] 구불구불한 계단을 어기적어기적 천천히 걸어 올라가기 시작했어요. 투덜거리며, 서로를 격려하며, 어둠을 겁내며, 헐떡이며, 한 사람이 다른 사람에게 고기를 권해보기도 하고, 하느님과 동정녀 마리아를 찬양하기도 하고, 그냥 내려가 버리겠다고 위협하기도 하고 갈라진 틈을 엿보기도 하면서. 맙소사. 탑이 그렇게 높은지 몰랐어요.

> [They] begin to waddle slowly up the winding staircase, grunting, encouraging each other, afraid of the dark, panting, one asking the other have you the brawn, praising God and the Blessed Virgin, threatening to come down, peeping at the airslits. Glory be to God. They had no idea it was that high. (7.943-47)

신을 대면했던 영웅 모세와 대조적으로 이들은 투덜대고 불평하며 겁에 질리고 포기하는 소시민 노파들이다. 신의 대면은커녕 "너무 피곤해서 올려다볼 수도 내려다볼 수도 심지어는 말할 수도 없을 지경이었다"(7.1023-24). 또한 신의 영감을 받은 모세와 달리 이들은 마치 「에블린」("Eveline")의 주인공처럼 목적지에 이르러서 속수무책이 되는 "마비"의 증상을 겪는다. 마침내 그들은 꼭대기에 이르렀지만 그들이 보고 싶어 했던 더블린의 전망은 모세가 보았던 약속의 땅과 대조적으로 암울하다는 것을 발견한다.

> ― 그러나 그들은 탑이 무너져 내릴까 두려워하죠, 스티븐이 계속했다. 그들은 지붕들을 내려다보며 다른 교회들이 어디에 있는지 다투어 말하죠. 라드민즈 교회의 푸른 돔, 아담과 이브 교회, 성 로렌스 오툴즈 교회. 그러나 그렇게 보는 것이 현기증 나게 해서 자신들의 치마를 끌어 올리죠 . . .
> ― 그리고 외팔이 간통자의 동상을 응시하면서 줄무늬가 있는 속옷이 바닥에 닿게 앉았어요.

> ― But they are afraid the pillar will fall, Stephen went on. They see the roofs and argue about where the different churches are: Rathmines' blue dome, Adam and Eve's, saint Laurence O'Toole's. But it makes them giddy to look so they pull up their skirts. . . .
> ― And settle down on their striped petticoats, peering up at the statue of the onehandled adulterer. (7.1010-18, 필자의 생략)

그들이 내려다본 더블린은 "속박의 황무지로 전락한 '약속의 땅'"으로 「칼립소」("Calypso")장에서 블룸이 보았던 "불모의 땅, 황량한 황무지"(4.219)와 유사하다(Ellmann 1972, 70-71). 부흥주의자들이 상정하는 미화된 과거의 땅과는 거리가 먼 더블린은 대영제국의 지배를 상징하는 넬슨 탑과 현저하게 눈에 띄는 교회들이 상징하는 가톨릭의 억압으로 마비된 땅이다. 테일러의 연설에서 모세는 이스라엘을 속박으로부터 인도해 내었지만 우화 속의 더블린 사람들은 아직 「텔레마코스」("Telemachus")장에서 스티븐이 말하듯이 이 "두 주인을 섬기고 있는 종"(1.638)으로 남아 있다.

그렇다면 두 노파는 전통적으로 아일랜드를 상징하는 "가련한 노파"(Poor Old Woman)를 암시할 수 있을까? 우선 한 명이 아니고 복수라는 점이 결격사유가 될 수도 있겠지만, 『젊은 예술가의 초상』(*A Portrait of the Artist as a Young Man*)의 민족주의자 데이빈(Davin)이 스티븐에게 들려주는 이야기에서 외간 남자를 집으로 초대하는 유부녀가 영국을 불러들인 아일랜드에 비유될 수 있다는 점에서, 영국 제독인 넬슨과 성적 관계를 연상시키는 행위를 하고 있는 두 노파가 아일랜드를 가리킬 수 있다고 할 수 있을 것이다. 그동안 많은 비평가는 두 노파가 남근 모양의 탑을 오르는 모습을 성적인 행위와 연결시켜 왔다. 두 노처녀가 기념탑을 오르는 행위는 "성적 정복을 암시하는 상징적 행위"(Sakr 166)라 할 수 있기 때문이다. 이는 「텔레마코스」장에 등장하며 아일랜드를 나타내는 "가련한 노파"가 아부하듯 영국인 부흥주의자 헤인즈(Haines)에게 굽신거리는 것과도 연결된다. 이 에피소드에서 부흥주의자들이 신비화하고 신화화했던 아일랜드/가련한 노파는 세속적인 욕망에 굴복하는 지극히 현실적인 여인으로 전락한다. 우유 배달부 노파가 게일어를 전혀 모르면서 돈 계산에는 밝은 세속적인 노인으로 탈신비화되었듯이, 우화 속의 노파들도 한 푼이라도 아끼기 위해 일부러 탑 밑에서 자두를 구입하는 궁핍한 노인들로 묘사됨으로써 문예부흥운동을 대표하는 예술인 중의 하나인 예이츠가 희곡 『가련한 노파』(*Cathleen Ni Houlihan*)에서 제시한 "가련한 노파"의 신비성을 철저히 결여하고 있다. 요컨대 조이스는 아일랜드를 상징하는 노파를 신화화했던 부흥주의자들에 맞서 그녀를 탈신화화했다고 할 수 있다. 또한 그들의 거주 지역인 블래핏의 펌벌리 거리(7.924, 926)도 우연히 선택된 게 아니라는 점에 주목할 필요가 있다. 그곳은 영국 군인들에게 몸을 파는 아일랜드 창녀들이 사는 지역이고(Weir 660), 스티븐이 아마 창녀를 직접 목격했거나 경험한 곳이기도 하기 때문이다(3.378-79). 이런 맥락에서 두 노파가 사실상 넬슨으로 대표되는 대영제국에게 매춘행위를 하고 있다는 건 흥미롭다. 또한 가톨릭 신자인 두 노파가 끌리는 영국제독 "외팔이 간통자"(7.1018)는 간통 소송으로 인하여 가파른 몰락의 길로 몰리게 된 파넬을 상기시킨다. 그는 오셰이(O'Shea) 부인과의 불륜 관계로 인해, 특히 신부들을 비롯한 경건한 가톨릭 신자들에 의해 지도자로서 거부당했기 때문이다. 다시 모세-파넬의 유사성의 관점에서 논의하자면 모세를 따랐던 이스라엘 사람들은 비옥한 팔레스타인을 차지할 수 있었지만 노파들이 뱉은 자두 씨가 떨어지는 불모의 땅은 이와 대조를 이루어 파넬을 몰아낸 아일랜드에 대한 조이스의 평가를 시사하고 있는 듯이 보인다. 조이스가 눈에 띄게 게일 부흥운동에 대해 공감대를 결여한 이유는 가톨릭 문화가 지도자 파넬, 나아가서는 아일랜드를 배신했다는 그의 생각 때문이었다는 점을 고려해 보았을 때(Gibson 32), 두 여인/아일랜드가 영국 지배자에 밀착되어 있는 장면은 게일운동에 대한 그의 반감을 반영했다고 할 수 있을 것이다.

VI. 나오며

이처럼 조이스는 「스킬라와 카립디스」 에피소드와 「키클롭스」장과 달리, 「아이올로스」장에서 부흥운동을 은연중 교묘하게 비판하고 있다. 아마 명료성의 결여 때문에 후자가 전자에 비해 이 운동과 관련하여 많이 연구되지 않은 건 사실이지만, 조이스가 현안에 대해서 직설적으로 말하는 걸 꺼렸던 점을 고려해 보면, 이러한 방식의 비판이 더 조이스적이라고 할 수도 있을 것이다. 물론 조이스가 단지 이 세 에피소드에서만 이러한 비판적 태도를 견지하고 있는 건 아니다. 그는 평생에 걸친 그의 글쓰기를 통해 다양한 형태로 이를 제시하고 있다고 할 수 있다. 「아이올로스」장의 후반부에서 스티븐이 창조한 "작품"이라고 할 수 있는 "자두의 우화"는 이를 축약적으로 예시해준다. 그는 위에서 살펴보았듯이 부흥운동가들의 태도 및 글쓰기 방식과 반대되는 방법으로 이야기를 제시하고 있기 때문이다. 이상화나 과장, 혹은 미화 대신 자연주의적 방식으로 세밀하게 현실을 묘사한다. 모세를 영웅시하고 미화하는 테일러의 연설과 달리 스티븐의 우화는 도시의 소시민을 역사적 현실의 맥락에서 구체적으로 다룬다. 이러한 경향은 조이스의 다른 작품에도 이어져서, 그는 『더블린 사람들』(*Dubliners*)에서 "꼼꼼한 쩨쩨함"(scrupulous meanness, *L* I 134)의 문체로 중하층의 더블린 사람들을 사실적으로 정확하게 그리고 있을 뿐만 아니라, 『율리시스』에서 개성이 뚜렷한 다양한 인물들, 해변의 지형적 세부사항이라든지 도시의 분주함, 술집의 분위기 등을 세밀하게 묘사하고 있다. 무엇보다도 조이스의 시선은 항상 도시로 향해 있다. 문예부흥운동 초기에 증대했던 시골의 습관과 시골 사람들의 이야기에 대한 관심이 조이스에 와서 도시에 대한 것으로 바뀐 것이다. 또한 문예부흥운동가들이 상정한, 아일랜드인을 나타내는 "농부"는 더 이상 실재하지 않는 가공의 농부였고, "농부"에 대해서 말한다는 건 항상 "실제의 시골 생활 너머에 있는 어떤 걸" 이야기하는 것이었는데(Hirsch 1118), 조이스는 그러한 "농부"에 해당하는 우유 배달 노파를 탈신비화하고 자두 우화의 두 노파를 역사적으로 정확하고 사실적으로 그림으로써 문예부흥운동가들이 형성한 문화현상으로부터 벗어나고자 하였다. 조이스가 문예부흥운동의 글쓰기에 대한 대안으로 리얼리즘적 혹은 자연주의적 방식을 제안하고 있다고 볼 수 있다. 그에게는 내용도 중요하지만 그보다도 그 내용이 전달되는 방식도 그에 못지않게 중요했기 때문이다.*

* 『현대영미소설』 28권 2호 (2021) 87-109에 실린 논문을 수정하고 편집함.

인용문헌

Acheraïou, Amar. *Rethinking Postcolonialism: Colonialist Discourse in Modern Literatures and the Legacy of Classical Writers*. New York: Palgrave Macmillan, 2008.

Bender, Abby. *Israelites in Erin: Exodus, Revolution & the Irish Revival*. Syracuse: Syracuse UP, 2015.

Benstock, Bernard. "Inscribing James Joyce's Tombstone." *Coping with Joyce: Essays from the Copenhagen Symposium*. Ed. Morris Beja and Shari Benstock. Columbus, Ohio State UP, 1989. 73-90.

Cheng, Vincent. *Joyce, Race, and Empire*. Cambridge: Cambridge UP, 1995.

---. "Terrible Queer Creatures." *James Joyce and the Fabrication of an Irish Identity* (*European Joyce Studies* 11). Ed. Michael Patrick Gillespie. Amsterdam: Rodopi, 2001. 11-38.

Davison, Neil R. *James Joyce, Ulysses, and the Construction of Jewish Identity: Culture, Biography, and the 'Jew' in Modernist Europe*. Cambridge: Cambridge UP, 1998.

Ellmann, Maud. "Aeolus: Reading Backward." *Joyce in the Hibernian Metropolis: Essays*. Ed. Morris Beja and Davis Norris. Columbus: Ohio State UP, 1996. 198-201.

Ellmann, Richard. *James Joyce*. Rev. Ed. New York: Oxford UP, 1982.

---. Ulysses *on the Liffey*. Oxford: Oxford UP, 1972.

Fairhall, James. *James Joyce and the Question of History*. Cambridge: Cambridge UP, 1993.

Gibson, Andrew. *James Joyce*. London: Reaktion Books, 2006.

Hewitt, Sean. *J. M. Synge: Nature, Politics, Modernism*. Oxford: Oxford UP, 2021.

Hirsch, Edward. "The Imaginary Irish Peasant." *PMLA* 106.5 (Oct. 1991): 1116-33.

Hyde, Douglas. *The Necessity for De-Anglicising Ireland*. Academic Press Leiden, 1994.

Joyce, James. *Ulysses*. Eds. Hans Walter Gabler, Wolfhard Steppe & Claus Melchior. New York: Random House, 1986.

---. *Letters of James Joyce*, Vol I. Ed. Stuart Gilbert. New York: Viking P, 1957.

Kiberd, Declan. Ulysses *and Us: The Art of Everyday Life in Joyce's Masterpiece*. New York: W. W. Norton & Company, 2009.

---. "The Periphery and the Center." *Ireland and Irish Cultural Studies, The South Atlantic Quarterly* 95.1 (Winter 1996): 5-22.

King, Jason. "Commemorating Ulysses, the Bloomsday Centenary, and the Irish Citizenship Referendum." *Memory Ireland, Vol 4: James Joyce and Cultural Memory*. Ed. Oona Frawley and Catherine O'Callaghan. Syracuse: Syracuse UP, 2014. 172-86.

McCrea, Barry. "Style and Idion." *The Cambridge Companion to Irish Modernism*. Ed. Joe Cleary. Cambridge: Cambridge UP, 2014. 63-76.

McGing, Brian. "Greece, Rome, and the Revolutionaries of 1916." *Classics and Irish Politics: 1916-2016*. Ed. Isabelle Torrance and Donncha O'Rourke. Oxford: Oxford UP, 2020. 43-59.

Nadel, Ira B. *Joyce and the Jews: Culture and the Texts*. London: Macmillan, 1989.

Norris, Margot. *Virgin and Veteran Readings of* Ulysses. Palgrave Macmillan, 2011.

O'Brien, R. Barry. *The Life of Charles Stewart Parnell*. Harper and Brothers, 1898.

Pogorzelski, Randall J. *Virgil and Joyce: Nationalism and Imperialism in* Aeneid *and* Ulysses. Madison: The U of Wisconsin P, 2016.

Potts, Willard. *Joyce and the Two Irelands*. Austin: U of Texas P, 2000.

Sakr, Rita. "'That's New [...] That's Copy': 'Slightly Rambunctious Females' on the Top of "Some Colums!" in Zola's L'ASSOMMOIR and Joyce's *Ulysses*." *James Joyce and the Nineteenth-Century French Novel* (*European Joyce Studies* 19). Ed. Finn Fordam and Rita Sakr. Amsterdam: Rodopi, 2011. 160-80.

Spoo, Robert. *James Joyce and the Language of History: Dedalus's Nightmare*. Oxford: Oxford UP, 1994.

Weir, David. "Sophomore Plum(p)s for Old Man Moses." *James Joyce Quarterly* 28.3 (Spring 1991): 657-61.

6.

음식 서사
—「레스트리고니아 사람들」장을 중심으로

오세린

I. 들어가며

오디세우스와 그의 부하들을 위협하는 거대한 식인종이 등장하는 『오디세이』 제10장과 상응하는 「레스트리고니아 사람들」 에피소드에는 광고 도안을 찾기 위해 오코넬 거리(O'Connell)에서 국립 도서관까지 가는 주인공 블룸(Leopold Bloom)의 여정이 나타나 있다. 점심시간인 오후 1시가 배경인 이 에피소드에서 공복 상태인 블룸의 머릿속은 음식에 대한 생각으로 가득 차 있어 그의 지각과 감정은 음식과 혼합되어 서술된다. 이 에피소드는 점심 식사를 하기 위해 식당을 찾는 블룸의 "무언의 생각"(unspoken thoughts)이 대부분이고(Budgen 98), 내적 독백과 서술이 2:1 비율로 구성되어 있다. 스타인벅(Erwin Steinberg)과 매독스(James Maddox)와 같은 일부 비평가들이 이 에피소드를 블룸의 「프로테우스」("Proteus")로 간주한 것에서 알 수 있듯이, 이 에피소드는 블룸의 내면 심리 묘사가 주를 이룬다(Hastings 83).

「레스트리고니아 사람들」 에피소드는 조이스의 언급대로 "인간 육체의 서사시"인 『율리시스』에서 가장 역동적인 육체의 움직임과 그 움직임에 관한 언어들로 이루어져 있다. 그리고 "「레스트리고니아 사람들」에서 위장은 두드러진 역할을 하며, 이 에피소드의 리듬은 연동(peristaltic) 운동의 리듬이다"(Budgen 21). 이 에피소드의 기법이 연동이듯 블룸이 더블린 시내를 배회하는 모습은 마치 장 근육이 수축과 이완을 번갈아 하는 방식과 흡사하다. 조이스가 "내 책 속에는 육체가 공간 속에 살아 움직인다"(Budgen 21)라고 했듯, 야레드(Aida Yared)는 이 에피소드 자체를 살아있는 실체로 보고, 에피소드의 서사는 거대한 여성의 유기체로 의인화되어 있으며 블룸은 난쟁이 크기로 축소되어 비유적으로 입에서 항문으로 이동하며, 에피소드의 마지막에 블룸이 쌍벽을 이루는 국립 박물관과 도서관 사이에서 안전하게 나오는 것을 커다란 둔부 반구 사이에서 나오는 것으로 설명한다(469). 터커(Lindsey Tucker)는 「레스트리고니아 사람들」 에피소드에 대해 음식이 형식과 내용보다 두드러지고, 음식과 소화 이미지에 카니발리즘, 희생, 그리고 창의성이 내포되어 있다고 말한다. 그리고 이 중에서 카니발리즘에 대한 언급은 블룸의 먹는 행위, 희생, 그리고 생식력에 대한 생각과 관련이 있어 매우 중요한 의미를 담고 있다고 평한다(62).

「레스트리고니아 사람들」 에피소드는 음식에 대한 언급으로 가득 차 있고, 음식이 다면적인 이야기를 만들어 내고 과거의 기억을 촉발시킨다. 기관(organ)과 기법의 미학적 통합이 돋보이는 이 에피소드는 블룸이 음식의 렌즈를 통해서 본 사회상과 그의 내면 심리가 묘사되어 있다. 리치(Lauren Rich)는 모더니즘 문학 특히 식민지 문학에서 음식/먹는 것이 단순히 육체의 필수품으로서만이 아니라 항상 다양한 의미와 사회적 제약과 함께 얽혀있다고 설명한다. 그러면서 그는 조이스가 음식의 은유와 소비 이미지를 활용해 식민지 체제의 아일랜드를 보여준다고 덧붙인다(73). 비슷하게 르블랑도 먹는 것은 본질적으로 생리적 차원일 뿐만 아니라 사회적 • 심리적 차원까지 아우르는 인간 활동이라고 말한다(25). 따라서 음식은 생명을 유지하기 위해 필요한 영양소의 역할만 하는 게 아니라 사회적 • 문화적 의미 및 관계를 나타내는 메시지를 전달하는 역할을 한다. 조이스가 "나는 독자가 언제나 직접적인 서술보다 암시를 통하여 이해하기를 바란다" (Budgen 21)라고 했듯이 「레스트리고니아 사람들」 에피소드는 음식과 관련한 많은 상징적 은유로 서술되어 있다. 이 글은 그 상징적 은유가 무엇을 내포하고 있는지 오코너 다리에 서 있는 블룸의 여정을 따라가며 살펴보고자 한다.

II. 음식과 카니발리즘: "먹느냐 아니면 먹히느냐"

「레스트리고니아 사람들」 에피소드의 시작은 "파인애플 얼음과자, 레몬 사탕과자, 버터 하드캔디"(8.1)와 같이 여러 가지 달콤한 사탕의 나열로 시작한다.

* 파인애플 얼음과자, 레몬 사탕과자, 버터 하드캔디. 설탕으로 끈적끈적한 한 소녀가 어떤 기독교 학교의 학생에게 스푼 가득 크림을 떠주고 있다. 어떤 학교 소풍이라도. 그들의 위장에 좋지 않을 텐데. 국왕 폐하에게 드리는 마름모형 과자 및 캔디 제조업자. 신이여. 구하소서. 우리들의. 그의 왕좌에 앉아서 붉은 대추가 하얗게 되도록 빨고 있는 것이다.

그레이엄 레몬 상점에서 풍겨 나오는 따뜻하고 달콤한 냄새 속에 노려보고 있던, Y.M.C.A.의 음울해 보이는 한 청년이, 블룸 씨의 손에 한 장의 전단지를 쥐어 주었다.

마음과 마음의 대화
블루… 나를? 아니야.
양의 피.

* Pineapple rock, lemon platt, butter scotch. A sugarsticky girl shovelling scoopfuls of creams for a christian brother. Some school treat. Bad for their tummies. Lozenge and comfit manufacturer to His Majesty the King. God. Save. Our. Sitting on his throne sucking red jujubes white.

A sombre Y.M.C.A. young man, watchful among the warm sweet fumes of Graham Lemon's, placed a throwaway in a hand of Mr Bloom.

Heart to heart talks.

Bloo ... Me? No.

Blood of the Lamb. (8.1-9)

시작 부분에서 등장하는 달콤한 이미저리는 "위장에 좋지 않은" 크림을 기독교 학생들에게 제공하고, "당신은 구원을 받으셨습니까?"(8.10)라고 시작하는 교회 전단지에 묘사된 신, 피의 희생, 순교, 부활 등과 같은 교회의 이미저리와 나란히 서술되어 있다. 이러한 교회의 전도 활동을 "수지맞는 놀이"(8.17)쯤으로 여기는 블룸의 표현에는 교회의 전도 내용이 달콤하게 느껴지지만 그 안에 교회의 경제 논리가 숨어 있다는 뜻이 내포되어 있다. 블룸이 생각하는 종교의 속성은 대기근 때 영국이 굶주린 아일랜드 가톨릭교도인들에게 수프를 나누어 준 이유가 이들을 신교도로 개종시키기 위한, 수프가 곧 달콤한 사탕과 같은 "미끼"(8.1074)였다고 여기는 데서 드러나고, 여기에는 종교의 이중성이 과거에서부터 죽 이어져 오고 있음을 내포하고 있다.

그리고 이 시작 부분에서는 사람과 신이 음식을 먹는 주체이거나 먹히는 음식이 된다. 영국의 "국왕 폐하"는 흡혈귀가 되어 "붉은 대추"로 묘사되어 있는 식민지 아일랜드인들의 피를 빨고 있다. 영국의 국가(anthem)인 "God Save Our King(the King)"을 연상시키는 표현인 "God. Save. Our."는 음식이 되어 씹힌 듯 잘게 부서져 있다. 그래서 국왕은 음식을 먹는 사람이자 동시에 음식물이 된다(Yared 47). 이와 비슷하게 교회 전단지를 받은 블룸도 희생제물로 받쳐지는 "양의 피"를 읽을 때 "Blood"를 "Bloo"로 보고 자신을 가리키는 말인 줄 착각하여 순간 음식처럼 소비되는 공포감을 느낀다. 블룸은 피의 희생을 원하는 신에 대해 적힌 교회 전단지에서 번쩍번쩍 빛나는 십자가 광고를 떠올리며 신과 빛이 나는 십자가를 연결시키고, 그런 다음 인광을 발산하는 대구(codfish)를 떠올린다. 신에서 대구로 연결되는 이 서사에서 신은 먹는 주체이자 먹히는 대상이 되기도 한다.

블룸이 거리에서 마주한 스티븐(Stephen Dedalus)의 여동생 딜리(Dilly)에 대한 묘사는 음식의 렌즈로 바라본 종교에 대한 블룸의 생각이 구체화되어 있다. 스티븐의 가정은 먹을거리가 없어 전당포에 스티븐의 책까지 맡겨야 할 정도로 가난하다. 딜리는 무책임한 아버지와 가톨릭 원칙에 따라 거의 해마다 출산을 거듭해 자녀 열다섯 명을 낳고 사망한 어머니의 자리를 대신해서 살림을 꾸려나간다. 이와 같이 낙태를 불허하고 출산을 장려하는 가톨릭을 두고 블룸은 교회가 "집이고 가정이고 모두 먹어 없애 버리지", 사제는 "부양할 가족도 없지", "나라의 부(富)를 먹고 살면서"라며 비판의식을 드러낸다(8.27-35). 블룸은 가난과 굶주림에 고통받는 아일랜드인들과 거리가 먼 교회 재정 상태와 결과적으로 아일랜드인들의 가난을 부추기고 있는 교회를 비판한다. 또한 교회와 아일랜드인들이 먹고 먹히는 관계임을 보여준다. 스티븐의 가족 외에도 인조버터와 감자만 먹고 영양실조에 걸린 어린아이, 냄새로 허기를 채우는 사람 등 가난과 굶주림에 시달리는 사람들을 더블린 거리에서 쉽게 볼 수 있다.

아일랜드 의사당을 지나는 블룸이 아일랜드 민족주의자 중 핵심 인물인 아서 그리피스(Arther Griffith)에 대해 그는 "군중을 다스릴 활력이 없이 사랑하는 조국에 대하여 허풍을 떨었고"(8.463), 파넬(Charles S. Parnell)은 "사람들을 볼모로 사용했었다"(8.511)라고 언급하는 것은 민족주의도 종교처럼 아일랜드인들을 먹어 치우는 주체임을 나타낸다. 민족주의자들은 "고기와 술을 제공하며" 당원들을 집으로 끌어들였지만(8.467-48), 아일랜드 자치를 이루는 데 거듭 실패했다. 현재 영국 지배하의 아일랜드 땅은 결코 죽지 않는 땅 주인, 영국인 부재지주의 소유이고, 아일랜드인들은 값싸게 날림으로 지은 빈민가 버섯집에서 기거한다(8.486-92). 에피소드 초기에 아일랜드인들이 영국 국왕에 먹힌 것으로 묘사되었는데, 이제 아일랜드인들의 터전마저도 영국인들에게 먹힌 모습이다.

"먹느냐 아니면 먹히느냐"(8.704)는 「레스트리고니아 사람들」 에피소드에서 음식의 카니발리즘을 잘 나타내 주는 표현이다. 블룸에게 있어 배고픈 "지금이 하루에서 제일 나쁜 시각이다"(8.494). 자신이 "억지로 먹여져 토해낼 것 같은 기분이 든다"(8.495). 블룸의 배고픔은 그가 더블린 거리를 배회하다 만나거나 보게 되는 사람들을 먹을 수 있는 대상/음식으로 인식하게 한다. 블룸은 윌리엄 헬리 가게(William Hely's)를 광고하기 위해 광고판을 메고 H.E.L.Y.S가 적힌 모자를 쓰고 도랑을 따라 걷고 있는 샌드위치맨을 본다. 이때 Y가 빵을 먹기 위해 행렬에서 뒤에 쳐져 걷는 모습은 마치 행렬에서 Y가 사라져 음식처럼 소비되는 인상을 준다. 그리고 언제나 제일 좋은 버터를 먹는 카르멜회(Carmelite)의 수녀를 보았을 때 블룸은 수녀의 얼굴을 "달콤한 얼굴"(8.144)로 인식하고 "캐러멜"(8.149) 맛이 나리라고 생각한다. 또한 한때 블룸과 교제했다고 알려진 브린 부인(Mrs. Breen)을 만나는 장면에서 블룸이 현재 초라한 행색과는 다른 그녀의 처녀 때 모습을 기억하는 표현은 "맛있는 드레스"(tasty dress, 8.267-68), "넉넉히 다져 넣은 루밥 파이, 속이 꽉 찬 과일"(Rhubarb tart with liberal filling, rich fruit interior, 8.273)에서처럼 음식 맛으로 표현되어 있다. 이와 같이 공복감에서 떠오르는 이미지는 본래의 이미지가 나타내는 것과는 다른 의미로 변형되어 전달된다.

음식의 카니발리즘은 코를 찌르는 냄새가 나는 버튼(Burton) 식당에서 "짐승들이 먹이를 먹고 있는"(8.652) 것처럼 식사하는 광경을 묘사한 데서 두드러진다.

> 카운터 옆의 높은 의자에 걸터앉아, 모자를 뒤로 젖히고, 식탁에 공짜 빵을 더 가져오도록 부르짖으며, 술을 쭉 들이켜고, 질퍽한 음식을 한입 가득 넣어 게걸스럽게 씹으면서, 눈을 불룩 부풀게 하고, 젖은 콧수염을 훔치고 있다. 기름기가 번지르르한 창백한 얼굴의 어떤 젊은이가 컵 나이프 포크 그리고 스푼을 수건으로 닦았다. 새로운 한 무리의 미생물들, 소스 때가 묻은 어린이용 냅킨을 두른 한 사나이가 꾸르르 소리를 내며 수프를 그의 목구멍에 밀어 넣었다. 그의 접시에다 먹은 것을 되뱉고 있는 사나이: 반쯤 씹힌 연골: 아교질: 그걸 씹고씹고 씹을 이빨은 없지. 석쇠에서 날아 온 두껍게 잘라 놓은 양고기 덩어리. 그걸 다 먹어 치우려고 들이 삼키는 것이다. 슬픈 술꾼의 눈. 씹을 수 있는 이상의 것을 입에 물고, 나도 저럴까?

> Perched on high stools by the bar, hats shoved back, at the tables calling for more bread no charge, swilling, wolfing gobfuls of sloppy food, their eyes bulging, wiping wetted moustaches. A pallid suetfaced young man polished his tumbler knife fork and spoon with his napkin. New set of microbes. A man with an infant's saucestained napkin tucked round him shovelled gurgling soup down his gullet. A man spitting back on his plate: halfmasticated gristle: gums: no teeth to chewchewchew it. Chump chop from the grill. Bolting to get it over. Sad booser's eyes. Bitten off more than he can chew. Am I like that? (8.654-62)

버튼 식당의 사람들은 『오디세이』에서 등장하는 식인종인 레스트리고니언스와 상응하고, 이러한 버튼 식당의 분위기는 『율리시스』의 「레스트리고니아 사람들」 에피소드의 특징을 잘 보여준다. 블룸은 비위생적인 식당에서 야만스럽게 고기를 먹는 남자들의 모습을 목격하고 혐오감을 느낀다. "배고픈 사람은 화가 난 사람"

(8.662-63) 같은데, "모두 자기 자신을 위해 필사적으로"(8.701) 음식을 먹으며 "죽여라! 죽여라!"(8.703) 외치며, 식인종이나 다름없이 "생머릿골과 피 묻은 뼈"(8.726)를 먹는 버튼 식당 사람들의 이미지는 두 개의 양상을 전달한다. 첫째, 역겨운 냄새가 진동하는 곳에서 짐승처럼 음식을 먹고 있는 사람들은 대기근 때 무엇을 넣고 만들었는지 아무도 모르는 영국의 구호식품 수프를 더러운 접시에 받아 들고 길거리에서 먹는 굶주린 아일랜드인들 연상시키고, 과거의 배고픔을 보상이라도 받으려는 듯 격렬하게 먹는 인상을 준다. 둘째, 정신없이 고기를 뜯어 먹는 모습은 죽은 동물의 "사지를 갈기갈기 찢"(8.684)는 모습을 연상시킨다. 그래서 이를 본 순간 블룸은 자신이 죽은 동물의 몸처럼 찢기는 위협감을 느낀다. 더구나 조 커프(Joe Cuffe) 가축시장에서 일한 경험이 있는 블룸은 도살 처리되기 위해 애처롭게 떨고 있던 동물들을 기억하며 그들에 대한 연민을 느낀다.

블룸이 죽은 동물의 몸과 인간의 몸을 동일시 하는 예는 두 번째로 찾아간 데이비 번 식당(Davy Byrne's)에서 식당 선반 위에 놓인 플럼트리 통조림 고기(Plumtree's potted meat)를 보고 오늘 아침 관에 넣어 매장된 죽은 디그넘(Paddy Dignam)을 떠올리며 이를 "디그넘의 통조림 고기"로 표현하는 부분에서 명확해진다(8.744-45). 사실 죽은 동물과 인간 시체와의 연관성에 대한 블룸의 생각은 디그넘을 매장한 프로스펙트(Prospect) 공동묘지에서 "시체는 상한 고기"(6.981-82)라고 정의하고 도살된 동물에 값을 매겨 판매하는 걸 "죽은 고기 장사"(6.395-96)로 묘사하며 시체마다 값을 매기는 생각을 했던 것의 연장이라고 할 수 있다. 이렇듯 죽은 인간의 몸이 "냉육"(cold meat, 8.139)과 같고 음식으로 소비될 수 있다는 생각은 블룸의 의식을 점령하고 백인 전도사를 먹는 식인종에 관한 전설과 목사인 맥트리거 씨(Mr MacTrigger)의 "명예로운 부분"(8.746)을 먹는 추장(chief), 즉 식인 풍습의 내용을 담은 노래를 떠올리게 한다.

식인종은 밥과 레몬을 곁들어 먹을 거야. 백인 전도사의 고기는 너무 짜. 마치 절인 돼지고기같이. 추장이 그 명예로운 부분을 먹어 치우겠지. 운동 때문에 틀림없이 살이 단단하지. 그 효과를 지켜보려고 한 줄로 늘어서 있는 그의 아내들, '한 사람의 정연한 늙은 흑인 왕이 있었다. 그런데 그는 목사 맥트리거 씨의 중요한 것 가운데에서도 중요한 것을 먹었다.' 그것과 함께 행복의 집.

Cannibals would with lemon and rice. White missionary too salty. Like pickled pork. Expect the chief consumes the parts of honour. Ought to be tough from exercise. His wives in a row to watch the effect. *There was a right royal old nigger. Who ate or something the somethings of the reverend Mr MacTrigger.* With it an abode of bliss. (8.745-49)

"명예로운 부분"은 남근을 암시하는 말로 야레드는 "블룸 역시 그의 명예로운 부분을 상실할까 봐 두려워하고 있다"라고 말한다(473). 야레드의 분석이 설득력 있는 것은 "루디(Rudy)가 죽은 후로는 그것을 결코 다시는 좋아할 수 없었어"(8.610)라는 고백에서 알 수 있듯이, 10년 전 아들 루디가 사망한 후 블룸은 현재 아내 몰리(Molly)와 부부관계가 결여된 상태인 데다, 몰리와 정부(情夫)인 보일런(Blazes Boylan)이 오후 4시에 자신의 집에서 밀회를 갖는다는 사실을 알고 있는 오쟁이 진 남편으로서 남성성이 결핍된 모습을 보이기 때문이다. 그러므로 건강한 체력과 "오백 명의 아내"(8.798)를 소유하고 남근을 암시하는 맥트리거 씨의 "명예로운 부분"을 먹는 추장은 블룸에게 강한 남성성을 지닌 포식자와 같다. 노랫말에 이어 나온 문구는 앞서 언급한 플럼트리 통조림 고기의 광고 문구이다. 광고는 이 통조림 고기가 있어야 행복한 집이라고 하지만 사실 통조림 고기, 'potted meat'는 "성교의 속어"(Gifford & Seidman 87)이기도 해서 광고에 성적 의미가 내포되어 있다. 식인 추장의 노랫말 끝에 이어 나온 광고 문구는 상실한 남성성, 혹은 남성의 성적 능력을 담은 추장의 노랫말과 함께 묘한 공통점을 시사한다.

터커는 플럼트리 통조림 고기를 "보일런의 힘의 상징"으로 본다(137). 고기와 관련이 있는 보일런과 다르게 "고등어"(8.405)라는 별명을 지닌 블룸은 생선과 관련이 있다. 생선은 블룸처럼 유대인인 경우, 특히 임신한 유대인 여성들이 안식일 전 금요일에 자주 먹는 음식으로 유대인들의 식단에서 중요한 부분을 차지한다(Tucker 87). 그럼에도 불구하고 블룸은 더블린 사회에서 "반반 얼치기"(half and half), "생선도 고기도 아닌"(neither fish not flesh) 존재로서(12.1055), 덜 남성적인 여성화된 이미지로 인식되고 있다. 보일런은 플럼트리 통조림 고기를 "핑크색 박엽지로 싼"(10.300) 백포도주와 함께 몰리에게 선물한다. 그래서 귀가 후 블룸이 침대 위에서 발견한 "통조림 고기 부스러기"(some flakes of potted meat, 17.2125)는 보일런과 몰리의 관계를 암시하므로, 블룸의 집에서 플럼트리 통조림 고기를 몰리에게 준 보일런은 은유적으로 침입자이자 포식자와 같다. 따라서 고기를 먹는 사람들로 시작된 블룸의 연상은 음식, 특히 고기가 남성, 성적 능력, 그리고 죽음과 관련이 있음을 보여준다. 그리고 주변 사람들에 대한 블룸의 식인 환상은 몰리를 향한 욕망과 오버랩된다.

블룸의 배고픔에서 시작된 식인 환상은 육식에 대한 혐오감, 위협감, 그리고 성적 좌절감을 불러일으킨다. 식인 환상에서 발로한 죽음에 대한 공포와 동물에 대한 연민은 블룸에게 채식주의 충동을 일으킨다. 그래서 갑작스럽게 채식주의자로 전환을 가장하여 원래 구운 양의 콩팥을 가장 좋아하고 점심으로 간과 베이컨 먹기를 원했던 블룸은 도덕적 딜레마에서 하나의 방책으로 "도덕적인 주점"(8.732)인 데이비 번 식당에서 정제된 식단으로 고르곤 졸라 치즈 샌드위치와 버건디 와인을 먹는다. 치즈는 그 원료가 동물에서 얻어지는 것이기는 하나, 피를 흘리지 않고 제조되었다는 점에서 블룸은 치즈를 육식과 채식 중간쯤에 속하는 음식으로 생각하는 듯하다. 『율리시스』에서 채식주의를 잠시 환기하는 것은 채식주의가 당시 유럽에서 진행되던 유행으로 역사적 • 문화적 반향을 조이스가 작품에 반영했다고 할 수 있다. 그레고리(James Gregory)에 따르면 19세기 채식주의 역사는 "채식주의자"라는 단어가 동물 복지에 대한 우려가 더욱 부각되던 같은 시기에 대중에게 알려졌지만, 채식주의 자체는 절제, 위생 개혁, 영성주의를 포함한 광범위한 사회 운동과 연관되어 있었다는 사실을 강조한다(1-5). 세기말 더블린에서 채식주의는 영국계 아일랜드 지성인인 W.B. 예이츠, A.E.(조지 러셀), 제임스 H. 커즌스(James H. Cousins), 마가렛 커즌스(Margaret Cousins), 그리고 쉬-스키핑턴 부부(the Sheehy-Skeffingtons)로부터 지지를 받았다(61). 채식주의에 대한 첫 언급은 블룸이 이 에피소드에서 리찌 트위그(Lizzie Twigg)일지 모르는 한 여인과 채식 식당[1]에서 나오는 신비주의자이며 작가인 러셀(George Russell)을 우연히 두 번째 마주치는 대목에서이다. 러셀은 아일랜드 농업 협력 운동에 참여해 처음에는 시골 노동조합의 조직책으로 활동했고 1904년부터 이 운동의 저널인 『아일랜드 홈스테드』(*The Irish Homestead*)의 편집자로 활동했다. 블룸은 이들을 보자, "비프스테이크는 먹지 마세요. 만일 그렇게 하면 소의 눈이 영원히 당신을 따라다녀요"(8.535-36)라는 당시 지배적인 채식주의 운동의 주장을 떠올린다. 당시 인간이 고기를 먹을 때, 도살장과 스포츠에서 희생된 많은 동물이 느꼈을 공포를 함께 먹게 되어 트라우마에 시달리게 된다고 하는 영국의 신지학주의자이자 사회 운동가인 애니 베전트(Anni Besant)의 주장(Gifford & Seidman 173)은 채식주의자들의 주장에 힘을 실어준다.

블룸이 겪은 버튼 식당에서의 경험은 "땅에서부터 생산되는 것들은 훌륭한 맛을 지니고 있다는 채식주의자들의 말이 일리가 있다"(8.720)라며 채식주의자들의 주장을 다소 수용하게 한다. 나아가 그는 음식을 바탕으로 문학 이론을 펼

1) 1891년에 더블린 그래프튼 48번가에 최초 채식 식당인 선샤인 다이닝 룸(the Sunshine Dining Rooms)이 개점했고, 1898년에 단 2곳만 운영할 정도로 드물었다.

친다.

> 그녀[리찌 트위그]의 스타킹이 발목 위에 헐겁게 내려져 있다. 난 저런 게 싫어. 정말 볼품없어. 저런 문학적인 천상의 사람들은 다 그렇지. 꿈 많고, 애매하고, 상징주의적인. 그들은 심미가들이지. 저런 종류의 음식물이 시적인 뇌의 파동 비슷한 걸 만들어 낸다면 난 조금도 놀라지 않을 거야. 예를 들면 셔츠 속에 아이리시스튜 같은 땀을 뻘뻘 흘리고 있는 저 경찰들 중 한 명도 자신에게서 단 한 줄의 시도 짜낼 수 없을 거야. 심지어 시가 무언지도 모르지. 어떤 기분에 잠겨 있지 않으면 안 되는 거다.

> Her stockings are loose over her ankles. I detest that: so tasteless. Those literary etherial people they are all. Dreamy, cloudy, symbolistic. Esthetes they are. I wouldn't be surprised if it was that kind of food you see produces the like waves of the brain the poetical. For example one of those policemen sweating Irish stew into their shirts you couldn't squeeze a line of poetry out of him. Don't know what poetry is even. Must be in a certain mood. (8.542-48)

리찌 트위그의 단정치 못한 모습과 예술 세계가 모호하고 이상주의적 심미주의인 점을 지적하는 데는 채식주의자에 대한 회의적인 시각이 드러나 보이지만, 이들이 예술 작품을 창조해 내는 능력을 지닌 부분은 고기가 들어간 아이리시스튜를 먹고 땀을 뻘뻘 흘리는 경찰보다 낫다고 블룸은 판단한다. 이 에피소드의 상징이 경찰(constables)인 점을 고려해 보면, 난폭하게 더블린 시민들을 제압하고 "허리띠 아래를 지방질이 많은 수프로 배를 채운"(8.408) 경찰은 레스트리고니언스, 즉 식인종을 상징한다고 할 수 있다. 블룸은 장의 연동과 배변 활동의 이미지, 즉 "뇌의 파동", "짜내다"와 같은 표현으로 음식과 창조 활동을 연결하고(Tucker 62), 신비주의 채식주의자들의 시의 원천이 그들이 먹는 음식에 있음을 시사한다.

III. 음식과 욕망: "환희 나는 그걸 먹었지, 환희."

생존경쟁의 식인성을 보여준 버튼 식당을 나와 블룸은 "기분 좋게 조용한"(8.822) 데이비 번 식당에서 조심스럽고 천천히 신선하고 깨끗한 빵을 먹고, 포도주로 입천장을 달랜다(8.818-20). 그는 "배가 고프지 않은 눈"(8.855)으로 식당 선반에 놓인 통조림들을 보며 "사람들은 모두 이상한 것들을 그들의 음식으로 선택한다"(8.856)라고 생각한다. 정어리로 시작해 프랑스의 달팽이, 중국의 50년 된 달걀, 캐비어, 오리 등 방대한 음식 재료가 블룸의 머릿속에서 배열된다. 그중에 "성교에 효과적인. 최음제"(8.866)로 알려진 굴을 생각하는 블룸은 오늘 아침 굴 요리로 유명한 레드 뱅크(Red Bank) 식당에서 굴을 먹고 있던 보일런을 떠올린다. 6월엔 굴이 없으니 보일런이 오래된 굴을 먹고 있었을 거라고 애써 블룸이 자신을 위안하는 것은 보일런과 몰리와의 관계를 의식해서이다. 보일런은 더블린 사람들 사이에서 "교활한 녀석"(a hairy chap, 8.807-08)으로 알려져 있다. 여기서 "hairy"의 쓰임은 "clever"와 동의어로 사용되었지만, "털이 많은"의 의미도 지니고 있어 남성성을 상징하기도 한다. 그러므로 포식자 보일런을 지칭하는 말로 쓰인 "hairy"는 여성의 육체를 식인하는 카니발적인 섹슈얼리티의 의미를 내포한다고 할 수 있다. 그래서 데이비 번 식당에서 사람들로부터 보일런에 대해 들었을 때 블룸은 따뜻한 자극을 불러일으키는 겨자의 뜨거운 열이 그의 심장 위에 도사리는 듯한 느낌이 든다(8.789).

이후 음식에 대한 생각은 빠르게 그로테스크하게 변해 자신의 목덜미를 떼어 먹은 귀족이 누구였는지 궁금해하며 "자기 식육"(auto-cannibalism, Tigner & Carruth 119)으로 확장된다. 그리고 다양한 계층의 음식들이 계층의 위계와 무관하게 배열되는데, 가령 은둔자의 콩, 빠흐므의 공작부인(*á la duchesses de Parme*)이라고 하는 양배추 볶음 요리, 귀부인이 먹는 레몬을 곁들인 가자미, 무어가(Moore street)에서 늙은 미키 할런(Micky Hanlon)이 파는 찢긴 생선 등이 나란히 열거된다. 이는 버튼 식당의 사람들이 보여준 식육 문화가 "자기 식육"이라고 하는 문화 형태로 귀족에게도 있듯이, 음식의 위계를 구분하는 범주의 격차가 없음을 보여준다. 다시 말해 블룸의 음식에 대한 생각은 계층에 상관없이 음식을 소비하고 생을 마감하는 모든 인간에 대한 숙고라고 할 수 있어(8.854-95), 음식이 죽음과 멀리 떨어져 있지 않다는 것을 시사한다.

블룸이 마시는 버건디는 몰리와 가장 행복했던 시절의 기억을 떠오르게 한다. 입천장에 닿은 버건디는 먼저 포도에 직접 흡수된 태양의 열기를 상기시키고, 그다음에는 "은밀한 감촉"(8.897)이 되어 과거의 따뜻했던 몰리를 기억나게 한다.

> 호우스 언덕 야생 고사리 아래 숨겨진 채 우리들 아래쪽으로 잠자는 만, 하늘. 아무 소리도 들리지 않고, 하늘. 라이온곶 옆의 자색의 만. . . . 그녀는 나의 코트를 베개 삼아 머리를 쉬게 하고 있었다. 헤더 숲속의 가위벌레 그녀의 목덜미 밑에 낀 나의 손, 이러다가 저를 뒹굴게 하겠어요. 오 얼마나 근사한가! 향수로 차고 부드러워진 그녀의 손이 나를 어루만지며, 애무했다. 내게 쏟은 그녀의 눈길을 다른 데로 돌릴 줄 몰랐지. 황홀하여 나는 그녀 위에 덮쳐 누워 있었다. 흐뭇하게 벌린 풍만한 입술, 그녀의 입에 키스를 했다. 냠. 따뜻하고 씹힌 시드 케이크를 그녀는 나의 입에다 살며시 밀어 넣어 주었지. 메스꺼운 과육을 그녀의 입은 따뜻한 신침과 얼버무렸다. 환희 나는 그걸 먹었지, 환희. . . . 부드럽고 따뜻하고 끈적끈적한 고무젤리 같은 입술. . . . 만병초꽃 우거진 호우스 언덕 꼭대기에 한 마리의 암산양이 발디딤을 든든히 하면서 걷고 있었다. 까치밥나무 열매를 떨어뜨리면서. . . . 뜨겁게 나는 그녀를 애무했다. 그녀는 내게 키스했다. 나는 키스를 받았다. 온몸을 내게 맡기며 그녀는 나의 머리카락을 흔들었다. 키스를 받고, 그녀는 내게 키스했다.
>
> 나를. 그런데 나는 지금.
>
> 달라붙은 채 파리들이 윙윙거렸다.

> Hidden under wild ferns on Howth below us bay sleeping: sky. No sound. The sky. The bay purple by the Lion's head. . . . Pillowed on my coat she had her hair, earwigs in the heather scrub my hand under her nape, you'll toss me all. O wonder! Coolsoft with ointments her hand touched me, caressed: her eyes upon me did not turn away. Ravished over her I lay, full lips full open, kissed her mouth. Yum. Softly she gave me in my mouth the seedcake warm and chewed. Mawkish pulp her mouth had mumbled sweetsour of her spittle. Joy: I ate it: joy. . . . Soft warm sticky gumjelly lips. . . . A goat. No-one. High on Ben Howth rhododendrons a nannygoat walking surefooted, dropping currants. . . . . Hot I tongued her. She kissed me. I was kissed. All yielding she tossed my hair. Kissed, she kissed me.
>
> Me. And me now.
>
> Stuck, the flies buzzed. (8.896-919)

유리창에 달라붙어 있는 작고 보잘것없는 두 마리의 파리에 의해 감정이 고무된 블룸은 호우스 언덕에서 몰리와 첫사랑을 나누었던 기억을 떠올린다. 이 기억의 중심에는 시드 케이크가 있다. 음식과 성의 정교한 혼합을 의미하는 "따뜻하게 씹힌 시드 케이크"는 블룸과 몰리의 육체적 결합을 상징하는 숭고한 욕망의 표상이다(Castle 49). 시드 케이크를 입으로 주고받으며 사랑을 나누기까지의 행위는 음식을 준비, 제공, 소비하는 과정과 같다. 몰리는 "따뜻하게 씹힌 시드 케이크를 블룸의 입에 전해주면서 둘은 음식으로 마음의 교감을 나눈다. 이 순간 블룸은 "고무젤리 같은 입술"에서처럼 음식에 비유되는 입의 감각에 압도되고 음식으로부터 받은 "환희"로 충만해진다. 조이스는 이 장면에 대해 친구인 버전에게 "발효음료에는 성적 기원이 있을 것이야. . . . 아마도 여자의 입안에. 내가 블룸에게 몰리의 씹은 시드 케이크를 먹게 했어"(106)라고 했듯, 몰리는 생명력을 지닌 여신이 되어 불모의 블룸에게 생명력을 부여할 수 있는 존재가 된다. "그날 나는 그가 나에게 구혼하도록 해주었지 그래 먼저 나는 입에 넣고 있던 시드 케이크 나머지를 그의 입에 넣어주었지"(18.1573-74)라고 16년 전 호우스 언덕에서 블룸과의 첫 만남을 회상하는 몰리의 독백이 어제로 15살이 된 딸 밀리(Milly)의 탄생을 예고하는 듯, 몰리가 씹은 시드 케이크는 블룸과 몰리 사이의 생명의 씨앗이 된다. 엘먼(Maud Ellmann)은 음식과 키스가 블룸의 황홀한 감각의 혼란 속에서 합쳐지면서 맛있는 음식을 먹을 때 내는 '냠'이라는 소리를 블룸이 내고, 마치 몰리를 열렬히 삼키듯 뜨겁게 혀로 애무하는 것을 두고 "사랑스러운 식인 풍습"(an amorous form of cannibalism)이라는 표현으로 이 부분을 음식과 성의 카니발리즘으로 해석한다(336). 그러므로 몰리와 가장 행복했던 이 기억은 블룸에게 있어 보일런과 맞설 수 있는 무기와 같다. 블룸에게 음식은 몰리와 성(sexuality)을 의미한다. 그래서 "음식은 성적 상실에 대한 감각적 보상을 제공한다"(Food offers sensual compensation for sexual loss, Henke 130). 블룸은 몰리와 키스를 나누었던 과거의 '나'와 창유리에 붙어 있는 파리를 보고 있는 나, 더 나아가 오쟁이 진 남편인 지금의 '나' 사이의 전혀 다른 처지를 의식하지만 여전히 그의 생각은 몰리에 "달라붙어 있다."

블룸의 시선이 데이비 번 식당의 곡선 무늬 참나무 판에 멈추자 그는 곡선미를 소유한 비너스, 주노 여신처럼 "아름다운 몸매의 여신들"(8.920)을 떠올린다. 블룸의 여신들에 대한 미학적 감상은 곡선이 "소화를 돕는다"(8.922)에서처럼 소화에 대한 관심으로 표현된다. 이 소화에 대한 생각은 신성한 여신들이 먹는 천상의 음식 암브로시아(ambrosia)와 인간이 먹는 "6펜스짜리 점심"(8.925)으로 이어지고, 음식에 이어 소화, 배설에 대한 생각이 연쇄적으로 일어난다. 그리고 이는 여신상에도 배설할 수 있는 흔적이 있는지 궁금증을 일게 한다. 블룸이 이 부분을 호기심으로만 남겨두지 않고 배설할 수 있는 흔적의 유무를 박물관에서 확인하기로 마음먹는 것은 먹는 음식 못지않게 소화에 대한 관심과 중요성을 코믹하게 표현했다고 할 수 있다.

이 환상에서 블룸이 특별히 곡선미를 소유한 여신들로 비너스와 주노 여신을 생각한 것은 이들이 모성과 아름다움, 여성의 결혼생활을 각각 대표하는 여신으로 몰리를 염두에 뒀다고 할 수 있다. 비너스는 『율리시스』에서 엉덩이가 아름다운 비너스라는 뜻의 "비너스 칼리피기"(9.616)라고 재차 언급되기도 한다. 그리고 피그말리온(Pygmalion)과 갈라테이아(Galatea)에 대한 언급도 이 둘의 행복한 결혼생활을 의식해, 블룸 자신이 피그말리온이 되어 몰리에게 갈라테이아 역할을 부여하고 몰리와의 행복한 삶을 희망하는 것으로 읽을 수 있다. 그래서 실제 블룸은 박물관에서 우연히 보일런을 보았을 때 재빨리 여신 조각상이 있는 곳으로 가 "차가운 석상들. . . 곧 안전하게 돼"(8.1176-77)라고 하며 스스로 위안을 찾고 "돌의 크림색 곡선을 흔들림 없이 바라본다"(8.1180). 크림은 『율리시스』에서 몰리와 관련되어 반복적으로 등장하는 단어로서 몰리의 엉덩이는 "크림색 과일 수박"(creamfruit melon)에 비유되어 음식으로 표현되기도 한다. 블룸은 귀가하여 몰리의 통통한 수박 모양의 엉덩이에 키스한다(11.2241). 그러므로 하루 종일 자신의 의식을 짓누르고 있는 보일런을 피해 블룸은 몰리를 투영했던 크림색 여신 조각상을 바라보며 "안전해!"(8.1193)라고 말할 수 있다.

IV. 나가며

지금까지 살펴본 바와 같이 부활절 봉기(1916) 직후 사회적으로 혼란한 시기에 쓰인 「레스트리고니아 사람들」 에피소드에 편재해 있는 음식은 영국 지배하의 아일랜드, 종교, 대기근, 도덕적 딜레마, 기억, 성적 욕망, 그리고 죽음 등을 내포한다. 이는 음식이 단순히 에피소드 소재의 의미를 넘어 서사의 기능을 한다는 것을 나타낸다. 이 에피소드에 등장하는 다양한 인물들이 다양한 방식으로 더블린 사회에 먹히는 모습이 음식과 관련한 상징적 은유로 구현되어 있다. 안정적인 기반이 부재한 더블린 사회에서 이들은 끊임없이 변화와 파괴의 대상이다 (Killeen 83). 그래서 「레스트리고니아 사람들」 에피소드의 카니발리즘은 영국과 가톨릭교회의 지배에서 비롯된 아일랜드인들의 경제적 · 정신적 고통, 죽음, 상실을 나타내고, 인간의 본능적 의식과 내적 삶을 반영한다. 더블린 시내의 중심 동맥인 오코넬 거리와 그래프턴 거리를 거쳐 국립 박물관에 도착할 때까지 가다 서기를 반복하며 더블린 사회의 위험 요소를 잘 피해 나온 블룸이 "우리는 음식을 한쪽 구멍으로 밀어 넣고 뒤에 있는 다른 구멍으로 내보낸다. 음식, 유미(乳糜), 피, 똥, 흙, 음식. 마치 기관차에 불을 때는 것처럼 몸에 음식을 공급해야 한다"(8.929-30)라고 사색하는 것은 그간 일련의 과정을 거친 후 연상적 통찰에서 비롯된 것으로 삶을 하나의 소화 과정으로 보고 기본적인 생존 과정을 음식/먹는 것, 소화, 배설과 연결해 생각한 것이다. 이는 기계적인 소화 과정에서 순탄한 순환이 이루어져야 하는데, 반복적인 "소화불량"(8.251, 1012)이라는 단어가 암시하듯이 그렇지 못한 아일랜드인들의 삶을 강조하고 있다고 하겠다.

인용문헌

르블랑, 로널드. 『음식과 성』. 조주관 옮김, 서울: 그린비, 2015.

Budgen, Frank. *James Joyce and The Making of* Ulysses. Indiana: Indiana UP, 1960.

Castle, Gregory. "What is Eating For?: Food amd Function in James Joyce's Fiction." *Gastro-Modernism: Food, Literature, Culture*. Ed. Derek Gladwin. Clemson: Clemdon UP, 2019. 35-52.

Ellmann, Maud. "James Joyce." *The Cambridge Companion to English Novelists*. Ed. Adrian Poole. Cambridge: Cambridge UP, 2009. 326-44.

Gifford, Don and Robert Seidman. Ulysses *Annotated: Notes for James Joyce's* Ulysses. 2nd ed. Berkley: U of California P, 1988.

Gregory, James. *Of Victorians and Vegetarians: The Vegetarian Movement in Nineteenth-Century Britain*. London: Tauris Academic Studies, 2007.

Hastings Patrick. *The Guide to James Joyce's* Ulysses. Baltimore: Johns Hopkins UP, 2022.

Henke, Suzette A. *Joyce's Moraculous Sindbook: a Study of* Ulysses. Columbus: Ohio State UP, 1978.

Joyce, James. *Ulysses*. Eds. Hans Walter Gabler, Wolfhard Steppe & Claus Melchior. New York: Random House, 1986.

Killeen, Terence. Ulysses *Unbound: A Reader's Companion to James Joyce's* Ulysses. Florida: UP of Florida, 2014.

Rich, Lauren. "A Table for One: Hunger and Unhomeliness in Joyce's Public Eateries." *Joyce Studies Annual* vol. (2010): 71-98.

Tigner, Amy L. and Allison Carruth. *Literature and Food Studies*. New York: Routledge, 2018.

Tucker, Linsey. *Stephen and Bloom at Life's Feast: Alimentary Symbolism and the Creative Process in James Joyce's* "Ulysses." Ohio: Ohio State UP, 1984.

Yared, Aida. "Eating and Digesting "Lestrygonians": A Physiological Model of Reading." *James Joyce Quarterly* 46.3-4 (2009): 469-80.

7.

「스킬라와 카립디스」장에서 셰익스피어의 제국에 대한 아일랜드 캘리반의 반란

민태운

제임스 조이스(James Joyce)의 『율리시스』(*Ulysses*) 중 「스킬라와 카립디스」(“Scylla and Charybdis”) 에피소드에서 스티븐(Stephen)은 당대 문학계의 문인들 앞에서 셰익스피어(Shakespeare) 이론을 편다. 이 장은 박학다식한 스티븐의 이론으로 인해 난해하기로 악명이 높다. 첫 두 쪽만 보더라도 괴테(Goethe), 아놀드(Arnold), 밀턴(Milton), 예이츠(W. B. Yeats), 싱(John Synge), 존슨(Ben Jonson), 플라톤(Plato), 단테(Dante), 아리스토텔레스(Aristotle) 등 많은 인물의 작품이나 이론이 언급된다. 하지만 이보다 이 에피소드의 이해를 더 어렵게 하는 것은 스티븐이 처해있는 복잡한 정치・문화・개인적 상황과 그 이론을 듣고 있는 사람들의 정치・문화적 배경 등의 변수로 보인다.

스티븐의 셰익스피어 이론을 쉽게 풀어보면 문학작품이란 불가피하게 작가의 개인적인 경험으로부터 창조되기 때문에 자서전적이라는 것이다. 따라서 셰익스피어의 작품은 그의 사적인 삶에서 기원한 그의 원한, 죄의식, 욕망 등이 반영되었다는 것이다. 일단 피상적으로 보면 독자로서의 스티븐은 셰익스피어 작품에 대해 전기적 · 자서전적 접근을 하고 있는 셈이고 그의 접근법이 특별하다고 할 것도 없다. 그러나 좀 더 깊이 들어가 보면 그의 이론이 표면적으로 보이는 것처럼 단순하지 않다는 걸 알게 된다. 그것은 무엇보다도 이론을 전하고 있는 화자와 그것을 듣고 있는 청중의 복잡하게 얽힌 배경 때문이다. 겉으로 드러난 차이만 보더라도, 스티븐은 아리스토텔레스와 아퀴나스(Aquinas)의 전통을 따르고 있는 현실주의자이지만 러셀(Russell)을 비롯한 문인 청중은 플라톤의 전통을 따르는 이상주의자들이다. 또한 제국의 지배에 저항하는 토종 아일랜드인인 스티븐과 달리 그들은 영국계 아일랜드인으로 영국과 아일랜드의 합병을 지지하는 소위 합병주의자(Unionist)들이다. 게다가, 문예부흥운동에 반대하는 작가 조이스의 입장을 대변한다고 할 수 있는 스티븐과 달리 청중은 문예부흥운동가들이다. 그런데 외면적으로 드러나는 이러한 차이 외에 스티븐이 이론을 펴면서 간접적으로 혹은 비유적으로 암시하는 것도 그의 이론을 더욱 이해하기 어렵게 만드는 요소이다. 이런 이유에서 스티븐의 셰익스피어 이론은 단순히 문학적인 맥락에서만 논의될 수 없는 것으로 다분히 정치적인 함의를 담고 있다고 할 수 있다. 어떤 면에서 그것은 문학적 이론을 넘어 정치적 행위에 근접한 것이기도 하다.

그동안 이 에피소드에 대하여 문학/미학적이고 철학적인 연구가 많았지만 정치적 해석도 없었던 건 아니다. 예컨대 미컬스(James Michels)는 「스킬라와 카립디스」(““Scylla and Charybdis”: Revenge in James Joyce’s *Ulysses*”, 1983)에서 스티븐과 도서관 사서들의 대립을 햄릿의 아버지/유령과 클로디어스(Claudius) 간의 대립으로 보고 찬탈당한 자로서의 스티븐을 강조하기는 하지만 논의가 여전히 문학/미학의 영역에 머물러 있다. 플랫(L. H. Platt)은 「에서의 목소리」(“The Voice of Esau: Culture and Nationalism in ‘Scylla and Charybdis’”, 1992)에서 본격적으로 이 에피소드의 정치적 함의를 분석한다. 하지만 스티븐이 영국계 아일랜드인들의 문예부흥운동에 맞선다는 논의에 많은 지면을 할애하고 있고, 더구나 스티븐의 이론을 알레고리로 전락시킴으로써 그 정치적 의미를 약화시킨다. 왈러스(Nathan Wallace)의 「셰익스피어 전기와 화해 이론」("Shakespeare Biography and the Theory of Reconciliation in Edward Dowden and James Joyce", 2005)은 제국주의적 읽기를 하는 도우든과 스티븐의 읽기를 대조시킴으로써 둘을 선명하게 대조하고 있는 점이 돋보이지만 스티븐의 저항보다는 셰익스피어의 『템페스트』(*Tempest*)에 대한 도우든의 해석에 많은 지면을 할애하고 있다. 깁슨(Andrew Gibson) 역시 『조이스의 보복』(*Joyce's Revenge*, 2002)에서 스티븐과 도우든의 대조적인 시각을 지적하고 있고, 셰익스피어의 우상화에 대해 광범위하게 연구하고 있다. 또한 그 당시 더블린 문학계의 복잡한 상황을 있는 그대로 포착하려는 시도가 평가받아야 하겠지만 역시 식민지인 독자로서의 스티븐에 초점이 맞추어져 있지 않다. 무엇보다도, 지금까지의 연구들은 캘리반을 지나가면서 언급하거나 특정 부분에서 캘리반과 스티븐을 동일시한 경우는 있지만 이를 광범위하게 연구하지 않는 아쉬움을 남겼다. 필자는 조이스가 「스킬라와 카립디스」장에서 직접적으로 혹은 암시적으로 스티븐과 캘리반을 동일시하고 있다는 데 주목하고, 식민지인으로서뿐만 아니라 캘리반으로서의 스티븐의 관점에 비중을 두어 그의 정치적 도전을 조명할 필요가 있다고 본다. 본 장에서는「스킬라와 카립디스」 에피소드에서 스티븐이 주변부/식민지인 독자로서 그의 셰익스피어 이론을 통해 그가 어떻게 제국/셰익스피어/캐논을 전복시키고 지배담론에 저항하는지 살펴보고자 한다. 특히 그가 어떻게 셰익스피어의 등장인물인 캘리반의 입장에 서서 프로스페로(Prospero)와 셰익스피어의 제국에 대해 반란을 일으키고 있는지 분석해 보고자 한다.

셰익스피어에 대한 해석과 이해는 어떤 시각 혹은 입장에서 보느냐에 따라 달라질 수밖에 없다. 그런데 스티븐의 입장은 그의 이론을 듣고 있는 청중의 입장과 매우 다르다. 무엇보다도 먼저 그의 청중인 사서들은 문예부흥운동가들이다. 그들은 궁극적으로 아일랜드에서 혼종성(hybridity) 대신 동질성(homogeneity)과 민족 영혼의 순수성을 회복시키고자 하였다. 농민을 가장 아일랜드적인 순수함을 지닌 존재로 보고 그들을 낭만화, 신비화, 이상화하였다. 그들이 정의하는 진짜 아일랜드인은 더 이상 존재하지 않음에도 불구하고 과거로의 여행을 통해 그들을 찾아내려 애썼다. 하지만 조이스가 그의 많은 작품과 에세이에서 문예부흥운동을 비판하고 풍자한 것은 널리 알려져 있다. 게일어는 더 이상 거의 사용되지 않고 있어 이미 매장되었고, 적지 않은 아일랜드인이 순혈주의적 범주로부터 벗어나 있으며, 또한 영국의 영향으로부터 자유로운 순수 아일랜드인의 영혼을 찾아낸다는 건 불가능한 일이었기 때문이다. 무엇보다도 그들이 상정한 '농민'은 현실적인 농민이 아니며 더 이상 존재하지 않았다. 발렌티(Valente)도 지적하듯이, 이 문예부흥운동가들은 대부분 영국계였으며, 이 운동의 선구자들은 합병주의자이자 앵글로 색슨 우월주의자인 퍼거슨(Ferguson)과 오그레이디(O'Grady) 같은 이들이어서 이들의 시각이 진짜 토박이 아일랜드인들의 것이라고 할 수는 없었다(61-62). 오그레이디는 아일랜드의 음유시인을 흉내 내기 위해 아이러니하게 영국과 스코틀랜드의 자료를 참고하였고, 그의 열띤 귀족의 어조는 "제국주의자의 목소리"로 들려주는 역사소설을 암시했다(Foster 38). 또한 시인으로서 그의 야망은 "아일랜드의 더 큰 영광을 위하여 대영제국을 그려내는 것"이었다(Boyd 17). 문예부흥운동가는 스티븐이 멀리건과 헤인즈에게 보낸 전보에서 정의하고 있는 "감상주의자"와 같다고 할 수 있다. 그는 "저지른 일에 대해서 끝없는 부채 의식을 지지 않고 즐기는 자"로서(9.550-51) 헤인즈처럼 그들의 조상이 잔인하게 억압하고 아일랜드에서 근절시키려고 했던 아일랜드 언어와 민속을 찾아 열정적으로 샅샅이 뒤지고 있기 때문이다.[1)]

---

1) 하지만 헤인즈를 문예부흥운동가로 분류하기는 어렵다. 그가 더블린에서 하고 있는 활동은 문예부흥운동가들의 활동과 다르지 않지만 그는 어디까지나 아일랜드에 잠시 체류 중인 방문객 영국

도서관에 모여 있는 문예부흥운동가들의 셰익스피어관은 주로 트리니티 대학교 최초의 영문학 교수인 도우든(Edward Dowden)의 영향을 받은 것이었다. 한때 예이츠와의 의견충돌로 그는 이 운동을 지지하지 않겠다고 했지만 아이러니하게도 그들은 그의 관점을 이어받고 있다.[2] 월러스(Wallace)는 이들을 도우든과 결탁 혹은 공모한 관계로 보고 있다(812). 개인적으로도 이들의 관계는 밀접하여 라이스터(Lyster)는 도우든 교수의 친구이자 제자이고 에글린턴(Eglinton) 또한 그의 제자로서 그를 "문화의 성인"으로 부르기까지 했다(Gibson 62). 그렇기 때문에 도우든이 1867년 트리니티 대학에 임용된 이후 더블린에서 셰익스피어 비평은 그의 영향력 반경을 벗어날 수 없었고 문예부흥운동은 거기에 판에 박힌 문구들을 더했을 뿐이었다(Putz 135). 그는 "꿋꿋하게 영국지향적"이고 "중산층의, 공리주의적, 빅토리아시대 영국의" 가치관을 옹호하는 사람이었다(Gibson 63). 또한 그는 아일랜드 자치(Home Rule)가 아일랜드를 영국의 속국으로 전락시킬 것이라며 그 민족주의 운동을 공격했다(Edwards 53). 그가 "충성스러운 합병주의자"이며 "영국의 문화 및 군사제국주의"를 지지한다는 점에서 (Wallace 801), 스티븐이 「네스터」장에서 만난 디지 교장(Mr Deasy)과 유사하다. 디지 교장이 인종차별적이고 영국문화 지상주의자이었듯이, 도우든도 "인종적 문화적 위계질서"를 믿었다(Wallace 802). 당연히 도우든은 아일랜드의 문학이 "전적으로 위대한 영국 문학에 비하면 주변적인 것에 불과하다고 보았고, 한 편지에서 더블린을 "이 비참한 총독 문학세계"라고 하면서(*Letters* 38-39) 식민

인으로서 (영국계) 아일랜드인인 문화적 민족주의자/문예부흥운동가들과 다르기 때문이다.

2) 문예부흥운동가들은 아일랜드 고유의 자료를 발굴하고 문자로 바꾸어 쓰고 번역함으로써 문화적 독립을 이루고자 하였다. 그러나 영국계가 영어로 아일랜드의 독립투쟁에 대한 언급은 거의 하지 않고 탈영국화와 고유한 문학적 전통 수립을 수행하는 건 매우 어려운 일이었다. 도우든은 이 운동이 아일랜드 작가에만 초점을 맞추는 게 지나치게 시야가 좁다(provincial)고 비판하기도 하였다.

지 문학을 멸시하였다. 또 다른 편지에서는 "아일랜드가 [셰익스피어 같은] 존재를 배출할 수 있을지 믿을 수 없다"라고 단언함으로써(*Letters* 24), 아일랜드가 정치뿐만 아니라 문화적으로도 영국의 식민지임을 주장하고 있다. 그에게 셰익스피어는 "전적으로 확고하게 앵글로 색슨"이었으므로(Edwards 53), 셰익스피어의 우월성은 곧 앵글로 색슨족의 우월성이었다. 이는 그와 같은 부류인 디지 교장이 스티븐에게 "우리는 관대한 민족"(2.263)이라며 앵글로 색슨족인 자신과 아일랜드인을 구분하며 자신이 영국인임을 자랑스럽게 생각하였던 것과 다르지 않다. 또 디지 교장이 스티븐을 과격한 독립운동 단체의 대원인 피니언(fenian)으로 구분하는 건 주목할 만한 가치가 있다. 왜냐하면 스티븐은 셰익스피어를 읽을 때 식민지인, 특히 피니언의 관점에서 제국 옹호적인 도우든의 시각에 저항하며 읽기 때문이다. 다시 말해서, 제2장에서 디지 교장과 스티븐의 입장이 다른 만큼, 제9장에서 도우든의 시각과 스티븐의 그것이 다르다.

한편, 도우든은 아직도 가장 영향력 있는 셰익스피어 전기로 여겨지는 『셰익스피어: 그의 정신과 예술에 대한 비평적 연구』(*Shakespeare: A Critical Study of His Mind and Art*, 1875)와 다른 연구를 통해 제국주의자/합병주의자의 관점에서 셰익스피어를 해석하였다(Wallace 801). 그는 저서에서 『템페스트』(*The Tempest*)의 프로스페로가 지닌 조화, 극기 정의 등의 성격이 바로 셰익스피어의 것임을 말함으로써 후자를 이상화한다(371). 또한 셰익스피어에게는 영국 보수주의(English conservatism)의 요소가 있다고 하면서(374) 그를 영국의 기존 질서를 대변하는 존재로 만들고 싶어 한다. 그렇다고 그가 유별난 학자였다고 볼 수 없는데, 사실상 빅토리아 시대에 이미 셰익스피어는 우상화되었고 이상화되었기 때문이다. 그는 "영국의 민족적 정체성의 상징 중 하나"(Dobson 226)가 되었고 점차로 식민주의적 기획, "세계 지배에 대한 영국의 욕망"(227)을 나타내는 존재가 되었다. 심지어 그의 고향인 스트랫포드(Stratford)가 "영국인의 메카"로 불릴 정도였다(Ordish 133). 1880년부터 1920년에 이르는 기간 동안 영국의 문화 민족주의는 이러한 셰익스피어의 우상화를 심화시켰다. 이 시기의 셰익스피어 연구는 그의 작품을 분석하고 해석하는 대신에 그를 찬양하는 데 전념했다. 랄리(Raleigh) 같은 이는 조이스도 소장하고 있던 그의 책 『셰익스피어』(*Shakespeare*)에서 셰익스피어의 조상이 알프레드왕으로 거슬러 올라간다고 하였고(31), 그를 "세계의 정복"을 위해서 전진하는 제국주의적 인물로 그려놓기도 하였다(2).

셰익스피어를 이렇게 평가하고 있는 청중에게 스티븐의 이론은 전복적일 수밖에 없다. 스티븐의 시각은 그가 현재 처한 입장으로 형성된 것으로, 그 입장을 요약해주는 한 단어를 찾는다면 '빼앗김'이다. 스티븐이 기존의 지배적인 이론과 달리 셰익스피어를 『햄릿』의 햄릿과 동일시하지 않고 아내와 나라를 동생에게 빼앗긴 아버지 유령과 동일시하는 이유는 셰익스피어 자신의 전기와 관련되어 있기도 하지만 스티븐 자신의 입장과도 유사하기 때문이다. 스티븐은 나라를 제국에 찬탈당했으며, 그동안 묵어 왔던 마텔로 탑의 열쇠조차 빼앗겨 오늘 밤 돌아갈 집도 없다. 「텔레마코스」("Telemachus")장의 마지막 낱말은 "찬탈자"(1.744, usurper)로 직접적으로는 열쇠를 빼앗은 멀리건(Mulligan)을 지칭할 수 있지만 더 넓게 보면 마텔로 탑에 같이 묵고 있는 영국인 헤인즈(Haines)로 대표되는 대영제국을 가리킬 수 있을 것이다. 여기서 주목할 점은 도우든이 『셰익스피어: 그의 정신과 예술에 대한 비평적 연구』에서 프로스페로와 캘리반의 관계를 다루면서 전자가 후자의 권리를 정당하게 "찬탈했다"(usurped)라고 표현한 점이다(373). 이성적이지 않고 짐승처럼 힘이 센 존재, 즉 캘리반을 강압하지 않으면 안 된다는 뜻이 숨겨져 있다. 뒤에서 더 자세히 논의하겠지만 캘리반은 아일랜드, 아일랜드 토박이, 피니언 같은 독립운동가, 그리고 스티븐을 나타낼 수 있다는 점에서 위의 논의와 연결된다. 도우든은 주인을 존중하고 잘 섬기는 에어

리얼(Ariel)과 달리 불평만 늘어놓는 열등한 캘리반의 권리 박탈을 당연하다고 보고 있다. 마찬가지로 영국과 합병주의자들은 그들이 보기에 이성보다 감성이 강한 열등한 아일랜드의 합병을 정당하다고 본다.

스티븐은 문예부흥운동을 '찬탈'이라는 오래된 주제의 새로운 변형으로 본다(Platt 741). 영국계 아일랜드인들이 아일랜드의 과거를 노래하며 토박이 아일랜드인을 몰아내기 때문이다. 그것은 단적으로 젊은 시인들의 작품을 하나로 묶고자 하는 러셀의 시선집에서 스티븐의 작품이 제외되고, 전도양양한 젊은 문인들이 초대되는 무어(Moore)의 저녁 모임에서도 그가 제외된 사실에서 알 수 있다. 아일랜드의 문학적 미래 지도에서 그가 제외된 것은 일종의 "문화적 민족차별정책"(cultural apartheid)의 산물이고, 민족의 목소리를 분명하게 냈다고 주장하는 문예부흥운동은 일종의 "문화적 강탈"(cultural dispossession)이라고 할 수 있다(Platt 741).

— 문학적으로 깜짝 놀랄만한 일이 있을 거라고 하네요, 퀘어커 도서관장이 친절하고 진지하게 말했다. 소문에 의하면 러셀 씨가 한 묶음의 젊은 시인들 시를 모으고 있다고 합니다. 우리 모두가 염려스럽게 기대하고 있지요.

염려스럽게 그는 원추형의 램프 불빛을 힐끗 보았는데 세 명의 얼굴이 빛을 받아 빛나고 있었다.

이것을 보라. 기억하라.

— They say we are to have a literary surprise, the quaker librarian said, friendly and earnest. Mr. Russell, rumour has it, is gathering together a sheaf of our younger poets' verses. We are all looking forward anxiously.

Anxiously he glanced in the cone of lamplight where three faces, lighted, shone.

See this. Remember. (9.289-94)

전도양양한 젊은 문학인들의 선집에 포함되지 않은 스티븐은 모욕을 느끼며 공모자들로 여겨지는 세 명의 얼굴을 바라본다. 영국계 아일랜드인 문예부흥운동가들에 의해 아일랜드의 문학적 미래에서 제외된 토박이 가톨릭 신자 스티븐은 왕위가 찬탈된 왕 혹은 "쫓겨난 아들"(9.179)처럼 자신이 당한 치욕을 잊지 말자고 스스로 맹세한다. 그는 지금 땅을 찬탈당한 후 지배자의 문화를 강요당한 캘리반의 입장에 서 있다.

에글린턴이 스티븐의 면전에서 선집에 포함될 사람들을 열거하며 일일이 설명하는 것도 스티븐에게 모욕적이었기에 자신에게 "들으라"(9.300)라며 결코 잊지 않겠다고 입을 악물지만, 설상가상으로 에글린턴은 러셀에게 "오늘 밤에 오실 수 있기를 바랍니다. 말라키 멀리건도 옵니다. 무어가 그에게 헤인즈도 데려오라고 했어요"(9.305-06)라고 말함으로써 스티븐으로 하여금 자신의 배제를 뼈저리게 느끼게 한다. 마텔로 탑에서 스티븐을 몰아낸 장본인들이 이번엔 스티븐이 거부된 자리에 있게 되는 것이다. 스티븐은 그렇기 때문에 『리어왕』의 "가장 외로운 딸, 코르딜리아"(9.314)의 처지가 가슴으로 이해된다. 그들은 주로 영국계인 문예부흥운동 관련 문인들에 대해서 소란스럽게 말하고 있지만 스티븐은 "Nookshotten"(9.315)이라는 한 단어로 현재의 심정을 요약한다. 이는 구석으로/궁지에 몰리다, 즉 멀리 떨어져 있거나 야만적인 상태가 되게 한다는 뜻이다(Gifford 215). 이 순간 스티븐은 자신이 문예부흥운동가들에 의해 주변화되었고 영국계에 의해 야만인으로 분류되었다고 느낀다. 이는 앞에서 헤인즈가 스티븐을 보고 미소 지을 때 스티븐을 "야만적인 아일랜드인"(1.731), 즉 타자로서의 야만인이라고 한 것과 연결된다. 「텔레마코스」장에서 멀리건과 같이 있을 때 거울 속의 스티븐은 야만적인 아일랜드인을 암시하는 캘리반(1.143)이었다. 플랫(Platt)은 "Nookshotten"이 셰익스피어의 『헨리 5세』(*Henry V*)에 유일하게 나오며 영국의 침입을 받은 프랑스인이 영국을 비방하기 위해서 사용된 단어인데, 이를 스티븐이 전유한 것은 그가 맞서고 있는 이들이 영국계라는 점을 인식하고 있고 이들이 저항해야 할 대상임을 암시한다고 말한다(742). 한편 문예부흥운동가들은 "우리의 민족적 서사시가 앞으로 쓰일 것이고 . . . 무어가 적임자" (9.309-10)라고 자축하며, "우리가 중요한 사람들이 되어 가고 있는 것 같아" (9.312-13)라고 스스로를 높이고 있다.

이와 관련하여 이 에피소드의 배경인 국립 도서관이 영국계 아일랜드의 기관들로부터 발전했다는 점을 주목할 필요가 있다. 운영진은 대부분 영국계 개신교도에 문예부흥운동가들이어서 가톨릭의 대주교가 고위직에 지원했으나 거절당하기도 했다(Platt 740). 조이스도 이곳에서 자리를 확보하는 데 실패하여 문예부흥운동가들로부터 소외를 느꼈을 것이다. 심지어 그는 그 당시 도서관 이사로 있던 도우든 교수에게 자신의 추천을 부탁했으나 거절당하기도 했다(Wallace 812). 따라서 스티븐이 국립도서관을 적지로, 자신을 식민지 이집트-아일랜드에 있는 아일랜드인-유대인으로 인식하는 것은 당시의 가톨릭 아일랜드인의 감정을 반영했다고 할 수 있다(Platt 740). 또한 스티븐은 문예부흥운동가들이 도우든과 결탁하여 가톨릭 아일랜드인을 배제한 걸 느낄 수 있다.

스티븐의 셰익스피어 공격은 문예부흥운동가들에 대한 비판과 불가분의 관계이다. 러셀은 예술이 "무형의 정신적 정수"(formless spiritual essences, 9.49)를 드러내야 하고 독자로 하여금 "영원한 지혜, 플라톤의 이데아 세계"(9.52)와 교감할 수 있게 해야 한다고 말하는데, 이는 인종차별과 정치적 억압의 역사 대신 신비주의를 대체한 문예부흥운동가들의 정신을 반영했다고 볼 수 있다. 스티븐이 셰익스피어의 삶을 있는 그대로 살펴 그의 인간적 삶의 역사를 제시하고자 하는 건 이 시인이 영원한 초월적 지혜를 소유하고 있다는 그들의 잘못된 사고와 그에 따른 우상화에 저항하는 것이다. 스티븐은 셰익스피어와 관련한 여러 가지 역사적 사실들을 가지고 그들의 역사에 대한 무관심에 맞선다. 영국계 아일랜드인이며 합병주의자인 디지 씨가 반유대적인 언급을 했을 때 스티븐이 그가 전하는 소위 "지혜"(2.376)에 대항하여 "역사는 내가 깨어나려고 안간힘을 쓰는 악몽"(2.377)이라고 말한 것과 유사하다. 한편 그 앞 장에서 스티븐이 자신을 영국제국의 종이라고 말하자 헤인즈는 "역사 책임인 듯하다"라며 역사를 추상화하려 하는데(1.649), 이는 러셀을 비롯한 문예부흥운동가들의 역사관과 다르지 않다. 스티븐에게 역사는 현재진행형인 악몽으로 무시할 수 없을 정도로 구체적인 현실이다.

흥미로운 건 디지 씨가 스티븐에게 반유대주의적 편견으로 인종차별적 요소를 보일 뿐만 아니라 돈에 대한 철학을 들려주면서 셰익스피어를 모델로 든 점이다. "그는 돈이 무엇인지 알았네. . . . 그는 돈을 모았지. 시인인 것이 맞지만 영국인이기도 했지"(2.242-43). 이어서 그가 돈 관리를 잘하는 게 영국인의 특성임을 말하자 스티븐은 "바다의 통치자"이자 제국주의자인 넬슨과 얼마 전에 바다를 바라보던 헤인즈를 떠올린다(2.246). 헤인즈 역시 "영국이 독일계 유대인들의 손에 넘어갈까 걱정된다"(1.666-67)라며 반유대적인 발언을 했었다. 여기서 물질주의적인 영국인과 제국주의적인 영국인이 결합되며 그 가운데에 셰익스피어가 있다고 암시된다. 이는 세계 최초의 산업혁명을 경험하여 물질적 풍요를 누리고 시장 개척과 원자재 확보를 위해 영토 확장에 나섰던 영국을 가리키고 셰익스피어가 그러한 제국과 밀접한 관련이 있음을 보여주는 것이다.

> 그[셰익스피어]는 20년 동안 런던에 살면서, 얼마 동안 아일랜드 대법관의 월급에 해당하는 월급을 받았지요. 그의 삶은 풍요로웠어요. 그의 예술은 . . . 포만의 예술이었어요. 뜨거운 청어 파이, 초록색 백포도주 잔들, 벌꿀 소스, 설탕 장미, 아몬드 과자, 구스베리 비둘기 요리, 고급 캔디. 월터 랄리 경이 붙잡혔을 때 그는 등에 50만 프랑이나 지고 있었어요. . . .

> Twenty years he lived in London and, during part of that time, he drew a salary equal to that of the lord chancellor of Ireland. His life was rich. His art . . . is the art of surfeit. Hot herringpies, green mugs of sack, honeysauces, sugar of roses, marchpane, gooseberried pigeons, ringcandies. sir Walter Raleigh, when they arrested him, had half a million frances on his back. . . . (9.623-29)

플랫은 셰익스피어의 월급과 식민지 사법부 최고 간부의 월급을 비교해, 그리고 제국의 해적선에 대한 암시를 통해 "포만과 제국 사이의 연결"을 본다(746). 영국 시인이 아일랜드 사법부 최고위직과 같은 액수의 돈을 버는 것과 영국인들이 누리고 있는 풍요는 엘리자베스 시대의 팽창주의 결과임을 암시한다. 무엇보다도 월터 랄리 경이 아일랜드의 반란을 진압하고 토박이 아일랜드인들로부터 징발한 재산으로 부자가 된 점에 주목할 필요가 있다. 특히 "엘리자베스 시대를 특징짓는, 부에 이르는 지름길을 찾아내려는 극단적인 욕망"이 "진정한 랄리 정신"인데 이러한 욕망은 "발견, 해적질, 아일랜드 토지에 대한 열망"의 형태로 드러났다(Pope-Hennessy 68-69). 아일랜드 토지에 대한 열망이란 아일랜드인을 토지로부터 뿌리 뽑아내고 그들의 재산을 빼앗은 뒤 영국인 소작인으로 그 땅을 경작하게 하는 것으로 이는 영국 정부의 정책이기도 하였다(69). 결국 랄리 정신이란 제국주의 정신을 말하고, 아일랜드의 경제적 착취 혹은 해적질이 영국의 풍요와 연결되어 있으며 그 한가운데에 셰익스피어의 삶이 있다는 것이다. 동시대인인 셰익스피어와 랄리의 연결은 셰익스피어가 누린 "포만"이 제국주의자/해적의 포획물의 결과라는 걸 암시하고 있다.

엘리자베스 시대의 팽창주의는 빅토리아 시대의 제국주의로 이어지고 셰익스피어는 그 정신을 대변한다. 스티븐은 셰익스피어의 작품 속에서 두 시대의 관련성뿐만 아니라 셰익스피어의 인종차별주의와 그에 따른 정형화를 예리하게 찾아낸다.

모든 사건이 그의 방앗간에 빻을 곡물을 가져다준 거지요. 샤일록의 등장은 여왕의 유대인 의사 로페스를 목매달고 그 사지를 찢은 후에 일어난 유대인 박해와 시기가 들어맞아요. . . .『햄릿』과 『맥베스』는 마술을 좋아하는 스코틀랜드 사이비 철학자가 왕위에 오른 시기와 들어맞죠. 패배한 스페인 무적함대는 『사랑의 헛수고』에서 그의 조롱 대상이 되고요. 그의 야외극들과 사극들은 마페킹의 열광의 파도를 타고 배부른 채 항해하지요. . . . 씨 벤처 호가 버뮤다제도로부터 귀항하고 르낭이 찬양했던 작품은 미국계 아일랜드인인 패치 캘리반에 대해 썼어요.

All events brought grist to his mill. Shylock chimes with the jewbaiting that followed the hanging and quartering of the queen's leech Lopez. . . . Hamlet and Macbeth with the coming to the throne of a Scotch philosophaster with a turn for witchroasting. The lost armada is his jeer in Love's Labour Lost. His pageants, the histories, sail fullbellied on a tide of Mafeking enthusiasm. . . . The Sea Venture comes home from Bermudas and the play Renan admired is written with Patsy Caliban, our American cousin. (9.748-57)

"모든 사건이 그의 방앗간에 빻을 곡물을 가져다주었다"라는 건 쉬지 않고 이익을 추구하는 자본주의자로서의 셰익스피어를 암시하는 측면도 있지만, 모든 사건이 작품 소재가 되어 결국 그의 희곡은 그가 살고 있는 세계를 반영한다는 의미가 더 강하다. 스티븐은 셰익스피어를 그 당시 영국에 만연한 반유대주의와 연루하기를 주저하지 않으며, 더 나아가 그의 인종차별주의적 태도를 『템페스트』(*The Tempest*)의 캘리반에 대한 것으로 확장시킨다. 한편 캘리반은 "아일랜드 이민자에 대한 19세기의 무대 캐리커처를 기념하여 여기서 패치로 불리고 있다"(Gifford 236). 따라서 캘리반, 아일랜드인, 이민자 아일랜드인이 오버랩되고 있음을 알 수 있다. 많은 학자가 주장하듯이, 셰익스피어가 철자를 바꾸어 "Carib"이나 "cannibal" 혹은 둘 다를 나타내기 위해서 "Caliban"을 사용하였다고 볼 수 있다(Vaughan 28). 그렇다면 캘리반은 신세계 원주민, 야만인 등을 암시하지만 위 문맥에서는 영국 식민지에서 억압받는 아일랜드인과 식민지 신세계에 이주해서 차별받는 이민자 아일랜드인을 가리키는 듯하다.[3] 결국 셰익스피어는 『템페스트』에서 섬/아일랜드를 빼앗긴 원주민이 제국주의자/프로스페로에 의해서 타자화되고 통치받는 이야기를 하고 있는 것이다. 스티븐이 『템페스트』를 높이 평가했다고 언급한 르낭은 이 작품이 끝나는 부분에서 이야기를 시작하여 새로운 드라마 『캘리반: 「템페스트」의 속편』(*Caliban: Suite de "La Tempête"*, 1878)을 썼는데, 이 속편에서 캘리반이 유럽으로 돌아와 폭도들의 지도자가 되어 반란을 일으키는 모습은 흥미롭다. 캘리반이 유럽인과 연결되고 기존 질서에 반항하는 모습은 제국에 대한 아일랜드인의 저항을 보여주는 듯하기 때문이다. 권력에 대한 이러한 저항은 새로운 왕 제임스의 총애를 받고자 『햄릿』과 『맥베스』를 집필한 셰익스피어(Booker 94)와 대조되는 부분이다.

또한 스페인 무적함대의 격퇴 이후 영국은 스페인 사람들을 조롱하고 정형화를 통해 멸시하였는데, 스티븐은 셰익스피어가 그 정서를 『사랑의 헛수고』에 그대로 반영하고 있음도 지적하고 있다(Booker 94). 스페인 함대에 대한 승리는 영국인들에게 가장 자랑스러운 순간이었고 엘리자베스 여왕을 유럽의 가장 위대한 군주가 되게 했는데(Brimacombe 48), 셰익스피어는 이를 작품에서 광고하고 있는 것이다. 셰익스피어의 이러한 맹목적 애국주의자로서의 면모는 스티븐의 보어전쟁(1899-1902)에 대한 직접적인 언급에서 명확하게 드러난다. 마페킹은 남아프리카의 중요한 영국 군사 요지로서 보어군에 포위당했으나 구조될 때까지 버텨 함락되지 않았고, 이것이 나중에 이룬 승리에 도움이 된 것은 사실이지만

3) 영국인들에게 아일랜드는 폭력과 위협의 이미지로 각인되어 있어서 『템페스트』의 캘리반과 아일랜드인의 동일시는 낯설지 않다. 『펀치』(*Punch*)지는 1819년 3월 19일 자에서 셰익스피어의 작품과 아일랜드의 관계를 분명하게 해 주는 풍자만화를 싣기도 했다(Poole 223).

이 승리가 군사적으로는 큰 의미가 없었다(Hartesveldt 18). 하지만 영국 전역에서 도에 지나칠 정도로 요란하게 이 승리를 축하했기 때문에 "maffick"는 도가 지나치게 축하하다는 뜻의 동사가 되었고(Hartesveldt 18), 또한 "마페킹"은 "대영제국과 팽창 정책에 대한 열정을 도에 넘치게 드러내는 것"을 가리키는 용어가 되었다(Gifford 235). 그렇다면 셰익스피어의 극이 "마페킹의 열광의 파도를 타고" 항해한다는 건 셰익스피어의 극에서 영국과 영국 역사에 대한 국수주의적 찬양이 일어나고 있다는 의미일 것이다(Booker 94).

스티븐은 문학비평가의 입장을 넘어 마치 전범을 법정에 세워 고소하듯이 보어전쟁과 관련하여 셰익스피어를 몰아세운다. 영원한 지혜를 전해주는 대신 그는 개인적인 부의 확대와 제국 확장을 꾀하는 인물로 그려진다.

> 로버트 그린은 그를 영혼의 형집행자라고 불렀지요, 스티븐이 말했다. 도끼를 휘두르고 손바닥에 침을 뱉는 걸 보니 백정의 아들이 맞긴 맞군요. 아버지 생명 하나 때문에 아홉 생명이 희생당했네요. 연옥에 계신 우리 아버지여. 카키색 영국 군복을 입은 햄릿들은 발사를 주저하지 않지요. 사람들의 머리가 피로 범벅이 된 제5장의 유혈 장면은 스윈번 씨가 노래한 강제수용소의 예고지요.

> A deathsman of the soul Robert Greene called him, Stephen said. Not for nothing was he a butcher's son, wielding the sledded poleaxe and spitting in his palms. Nine lives are taken off for his father's one. Our Father who are in purgatory. Khaki Hamlets don't hesitate to shoot. The bloodboltered shambles in act five is a forecast of the concentration camp sung by Mr Swinburne. (9.130-35)

플랫의 표현대로 이것은 셰익스피어에 대한 "전기적 보충설명보다는 비난"에 가깝다(746). 로버트 그린이 "욕망은 영혼의 형집행자"라고 했는데 스티븐은 이를 고의로 틀리게 인용하여 셰익스피어를 형집행자와 연결시킨 후, 작품 속의 살상을 보니 아버지가 백정이었다는 전설이 맞는 것 같다는 식의 논리를 편다. "발사를 주저하지 말라"라는 말은 1887년 코크에서 폭동이 일어났을 때 영국 경찰이 진압과정에서 내린 명령이었다(Gifford 202). 결국 이는 보어전쟁에서 있었던 대량 살상을 가리키는데, 폭동 때 아일랜드인과 보어인 모두에게 총을 겨눈 제국에 대한 비난이 암시되어 있다. 그런데 스티븐은 보어전쟁의 대량 살상이 셰익스피어의『햄릿』5장에 나오는 유혈 장면에서 이미 예고되어 있었다는 이론을 제시하고 있다. 결국 셰익스피어가 작품을 통해 드러낸 제국주의자의 면모가 보어전쟁에서 현실화되었다고 할 수 있다. 한편 스윈번은「벤슨 대령의 죽음에 대하여」("On the Death of Colonel Benson")라는 소넷에서 여자와 어린이를 포함한 민간인 보어인들을 감금한 강제수용소를 찬양하였는데, 이 수용소는 잔인하고 비인간적인 곳으로 널리 알려져 있었다(Gifford 202-03). 제국주의자에 의한 원주민의 찬탈에 대한 이야기인『템페스트』를 찬양했던 르낭에 대해서와 마찬가지로 제국주의자에 의한 감금을 노래한 스윈번에 대한 비난이 엿보이는 대목이다.

이어서 스티븐은 스윈번의 소넷 일부분인 "그 누구도 아닌 우리가 목숨을 살려주었던 살인적인 적들의 어미들과 새끼들(whelps and dams)"(9.137-38)을 인용한다. 여기서는 수용소에 갇힌 보어인들의 처자식을 말하는데 문명인인 영국이 짐승 같은 존재들을 살려주었다는 의미가 함축되어 있다. "어미들과 새끼들"은 짐승을 가리킬 때 사용되는 단어이기 때문이다. 흥미로운 건, 카르텔리(Cartelli)가 지적하듯이, 강제수용소에 갇힌 어미들과 새끼들이『템페스트』의 캘리반과 그의 어머니인 사이코락스(Sycorax)를 암시한다는 것이다(23). 셰익스피어의 작품에서 "주근깨가 많은 새끼"(freckled whelp) 캘리반과 "사악한 어미"(wicked dam) 사이코락스(1.2.283, 321)가 프로스페로에게 섬을 빼앗기고, 캘리반은 "선한 본성을 가진 사람들이 함께 살 수 없는 저급한 종족(vile race)"

(1.2.359-61)에 속하기 때문에 바위에 갇히게 된다. 여기서 "vile race"는 인간의 경계선 밖에 있는 존재로 셰익스피어의 작품에서 이 부분을 말하는 미란다(Miranda)는 캘리반을 야만인으로 보고 인간과 구분하고 있다(Goldberg 121). 이러한 맥락에서 제국에 억압받고 있는 보어인과 아일랜드인이 동일한 지점에서 있음을 알 수 있다.[4] 보어인 아이들과 어머니들이 강제수용소에서 제국에 비인간적인 대우를 받듯이 아일랜드인들 역시 피식민지인으로 차별받고 있고 특히 오늘 스티븐은 도서관에서 그것을 뼈저리게 느낀다. 더욱이 캘리반이 아일랜드인을 가리킨다는 것은 그가 유럽인들이 야만성의 표지로 보는 의상을 입고 있고 그것은 또한 토종 아일랜드인의 전통적인 의상과 유사하다는 점에서 알 수 있다(Callaghan 289). 영국인들에게 아일랜드인들은 영국인과 인종적으로 다른, 캘리반처럼 야만적이고 인간 이하인 존재라고 생각되었다.

이어서 스티븐은 "색슨의 미소와 양키의 고함 사이에"(*U* 9.139) 놓여 있는 경계를 생각한다. "색슨의 미소"는 「텔레마코스」장 끝부분에서 헤인즈가 "야만적인 아일랜드인"(1.731) 스티븐을 향해 미소 지을 때 스티븐이 영국인의 미소를 조심해야 한다는 격언을 생각하는 부분을 상기시킨다. 또한 "고함 소리"는 휘트먼(Walt Whitman)의 시 「나 자신의 노래」("Song of Myself")로부터의 인용이다. "나도 조금도 길들어 있지 않다. 나도 번역될 수 없다. 나는 세계의 지붕 위로 나의 야만적인 고함을 지른다"(Gifford 202). 이에 대해 한 서평지가 이 행은 휘트먼이 아니라 캘리반이 나무를 던져 버리며 쓸 수 있는 부분이라고 한 건 주목할 만한 가치가 있다(Crockford 1856.4.1.). "야만적인" 고함을 지르는 길들어 있지 않은 존재는 다분히 원주민 캘리반을 떠올리기 때문이다. 그렇다면 고함을 지

4) 1901년 루스(Morton Luce)가 편집한 『템페스트』는 이미 캘리반을 "빼앗긴 인디언, 다소 고귀한 야만인"으로 보고 있었고, 그로부터 50여 년 뒤에 프랑스 학자인 마노니(Octave Mannoni)는 캘리반을 세상의 억압받는 민족들의 상징으로 보았다. 더 자세한 내용은 Vaughan 133을 참조할 것.

르는 "양키"는 앞에서 나온 "미국계 아일랜드인, 패치 캘리반"의 또 다른 이름일 것이다(Cartelli 23). 이렇게 위에서 논의한 바와 동일하게 대영제국/프로스페로/문명과 식민지/캘리반/야만 사이의 대립구조가 윤곽을 드러낸다. 특히 보어전쟁에서 많은 아일랜드 민족주의자가 보어 쪽을 지지했다는 점에서 스티븐이 아일랜드인과 보어인들을 하나의 범주로 묶는 건 충분히 이해할 만하다. 그런데 이때 문예부흥운동가들도 보어전쟁에 강력하게 반대했기 때문에(Eagleton 259), 그들이 대영제국과 동일시되는 셰익스피어를 우상화하는 게 잘못되었다는 걸 스티븐은 교묘하게 암시하고 있는 듯 보인다.5)

셰익스피어에 대한 스티븐의 이러한 관점은 이 극작가에 대해 가장 영향력 있는 전기를 저술한 도우든에 대한 도전이었다. 도우든은 셰익스피어가 프로스페로로 변장하여 마치 신의 위치에서 하듯이 절대명령으로 화해(reconciliation)를 가져온 『템페스트』에서 극작가로서 그의 경력이 최고점에 도달했다고 보았다. 도우든은 프로스페로를 외동딸을 잘 돌보며, 박학을 통해 조화를 가져오고, 그 자신에게 악행을 행했던 자들을 처벌하기보다는 용서하는 자애로운 현인으로 평가했다. 하지만 이건 노예 캘리반과 관련된 좀 더 복잡한 측면을 간과한 것이었다. 제국주의자의 찬탈에 대해서 식민지인 캘리반으로부터의 용서와 화해는 없었고(Lim 261), 또한 캘리반의 영토를 떠나겠다는 그의 약속은 결코 실행되지 않은 채 작품이 끝나기 때문이다(Cheyfitz 74). 내일 아침 떠나겠다는 약속의 실행이 영원히 미루어질 가능성도 배제할 수 없거니와 설령 떠난다고 하더라도 뒤에 남겨진 식민지의 혼란에 대해서 무관심하기 때문이다(Lim 261). 아이러니하게도 스티븐에 의하면, 셰익스피어는 유언에서 아내에게 "두 번째로 좋은 침대"를 상

5) 문예부흥운동가들의 이상과 평가 기준에 비추어 보았을 때 셰익스피어가 그들에게 모범이 될 수 없는 이유는 또 있었다. 셰익스피어는 그들이 이상화했던 시골의 농민계급 대신 그 자신이 속한 상류계급을 예찬했기 때문이다(Schwarze 37).

속으로 남김으로써(9.701-06) 그녀와의 화해를 이루는 데 실패했다. 이러한 자신의 실패는 화해 이론의 부적절함에 대한 증명인 듯이 보인다.

스티븐은 "화해가 있었다면 그보다 먼저 분리(sundering)가 있었겠지요" (9.334-35)라고 말하면서 도우든의 화해 이론에 정면으로 맞선다. 그것은 피상적으로는 앞선 비극 작품들에서 분리가 이루어졌기 때문에 마지막 희극들에서 결과적으로 화해가 있었다고 이야기한 것으로 볼 수도 있다. 그러나 이 에피소드의 맥락을 고려해 보았을 때 스티븐은 이 말을 통해 강한 정치적 메시지를 전달하고 있는 듯이 보인다. 『율리시스』가 출판된 해인 1922년에는 런던에서 아일랜드의 독립에 관한 협상이 진행되었다. 이 협상 테이블에 나서기라도 한 듯 스티븐은 분리를 통한 화해를 제시하고 있다고 할 수 있다. 하지만 도우든의 화해 이론은 이러한 "분리의 필요성을 무시하고 있었다"(Ellmann 27). 프로스페로가 통합을 강요하는 건 도우든의 합병주의와 밀접한 관계가 있다. 도우든은 편지에서 아일랜드는 셰익스피어를 배출할 수 없을뿐더러 "아일랜드인들이 여러 세대에 걸쳐서 내는 바보스러운 소음은 . . . 나귀들의 합창"이라고 쓰고 있다(Dowden *Letters* 24). 결국 아일랜드인을 "나귀" 같은 짐승에 비유하는 도우든에게 화해는 "셰익스피어의 영국과 통합하기 위해서 아일랜드 민족주의의 짐승을 몰아내는 문제"였다(Ellmann 28).

이러한 읽기를 하며 저항하는 스티븐은 프로스페로에게 노예의 반란을 일으킨 캘리반과 다를 바 없다. 캘리반은 스테파노(Stephano)와 트링큘로(Trinculo)로 하여금 프로스페로에게 제국주의적 상상력을 제공했던 지적 도구인 책을 훔치라고 교사한다. 카이버드(Kiberd)는 그들이 저항하는 이 책이 피식민지인, 특히 아일랜드인에게 "침범하는 기독교, 나중에는 침범하는 영어"의 상징이라고 지적한다(277). 스티븐에게는 아마 이 책이 셰익스피어의 작품에 해당할 것이다. 도우든은 셰익스피어 입문서 등의 저술을 통해 앵글로 색슨족의 가치관을 식민지에 전파하고자 하였다. 그에게 셰익스피어 연구는 "영국 제국주의자와 아일랜드 통합주의자"에게 필수적이었다(Wallace 803). 그렇다면 그의 셰익스피어론에 대한 스티븐의 반발은 곧 제국주의 지배에 대한 피니언의 저항에 다름 아니었다. 부당하게 영토를 찬탈당한 아일랜드 캘리반 스티븐은 이런 방법으로 제국주의자에게 항변하고 있는 것이다. 캘리반이 그의 첫 저항에서 프로스페로의 언어를 거부하듯이(1.2.365-67) 스티븐은 셰익스피어/도우든의 제국주의 담론을 거부한다. 그는 캘리반처럼 주인을 "욕하는 법"을 배웠기 때문이다. 도우든에게 셰익스피어는 제국의 문화적 권위를 나타내지만, 스티븐은 더블린과 스트랫포드의 동일시에서 알 수 있듯이(9.149-50) 그와 동등한 문인이 되기를 열망한다. 비록 피니언의 정치적 시각에서 셰익스피어의 가면을 벗기려 했지만 그의 문학적 가치를 의문시하지는 않았기 때문이다.*

---

* 『근대영미소설』 22권 3호 (2015) 93-114에 실린 논문을 수정하고 편집함.

인용문헌

Booker, M. Keith. Ulysses, *Capitalism, and Colonialism: Reading Joyce after the Cold War*. Westport: Greenwood Press, 2000.

Boyd, Ernest. *Ireland's Literary Renaissance*. New York: Barnes & Noble, 1968.

Brimacombe, Peter. *Tudor England*. Hampshire: Jarrold Publishing, 2004.

Callaghan, Dympna. *Who Was William Shakespeare?: An Introduction to the Life and Works*. Chichester: Wiley-Blackwell, 2013.

Cartelli, Thomas. "The Face in the Mirror: Joyce's Ulysses and the Lookingglass Shakespeare." *Native Shakespeares: Indigenous Appropriations on a Global Stage*. Ed. Craig Dionne & Parmita Kapadia. Hampshire: Ashgate, 2008. 19-36.

Cheyfitz, Eric. *The Poetics of Imperialism: Translation and Colonization from Tempest to Tarzan*. Philadelphia: U of Pennsylvania P, 1991.

Crockford, J. "Song of Myself." *The Critic, London Literary Journal*. 1 April 1856: Print.

Dobson, Michael. *The Making of the National Poet: Shakespeare, Adaptation and Authorship 1660-1769*. Oxford: Oxford UP, 1992.

Dowden, Edward. *Letters of Edward Dowden and His Correspondents*. Ed. Elizabeth Dickinson West Dowden and Hilda M. Dowden. London: J. M. Dent and Sons, 1914.

Eagleton, Terry. *Heathcliff and the Great Hunger: Studies in Irish Culture*. London: Verso, 1995.

Edwards, Philip. "Shakespeare and the Politics of the Irish Revival." *The Internationalism of Irish Literature and Drama*. Ed. Joseph McMinn. Savage: Barnes & Noble books, 1992. 46-62.

Ellmann, Maud. "James Joyce." *Joyce, T. S. Eliot, Auden, Beckett: Great Shakespeareans* Vol XII. Ed. Adrian Poole. London: Continuum, 2012. 10-56.

Foster, John Wilson. *Fictions of the Irish Literary Revival: A Changeling Art*. Syracuse: Syracuse UP, 1987.

Gibson, Andrew. *Joyce's Revenge: History, Politics, and Aesthetics in* Ulysses. Oxford: Oxford UP, 2002.

Gifford, Don & Seidman, Robert J. Ulysses *Annotated*. 2nd ed. Berkeley: U of California

P, 1988.

Goldberg, Jonathan. *Tempest in the Caribbean*. Minneapolis: U of Minnesota P, 2004.

Hartesveldt, Fred R. *The Boer War: Historiography and Annotated Bibliography*. Westport: Greenwood Press, 2000.

Joyce, James. *Ulysses*. Eds. Hans Walter Gabler, Wolfhard Steppe & Claus Melchior. New York: Random House, 1986.

Kiberd, Declan. *Inventing Ireland: The Literature of the Modern Nation*. London: Vintage Books, 1996.

Lim, Chee-Seng. "Crossing the Dotted Line: Shakespeare and Geography." *Shakespeare Without Boundaries: Essays in Honor of Dieter Mehl*. Ed. Christa Jansohn & Lena Cowen Orlin & Stanley Wells. Newark: U of Delaware P, 2011. 253-66.

Michels, James. "'Scylla and Charybdis': Revenge in James Joyce's *Ulysses*." *James Joyce Quarterly* 20.2 (1983): 175-92.

Ordish, Thomas. *Shakespeare's London: A Commentary on Shakespeare's Life and Work in London*. London: J. M. Dent & Co., 1904.

Platt, L. H. "The Voice of Esau: Culture and Nationalism in 'Scylla and Charybdis.'" *James Joyce Quarterly* 29.4 (1992): 737-50.

Poole, Adrian. *Shakespeare and the Victorians*. London: Bloomsbury, 2004.

Pope-Hennessy, Sir John. *Sir Walter Raleigh in Ireland*. Juniper Grove, 2007.

Putz, Adam. *The Celtic Revival in Shakespeare's Wake: Appropriation and Cultural Politic in Ireland, 1867-1922*. Basingstoke: Palgrave Macmillan, 2013.

Raleigh, Walter. *Shakespeare*. London: Macmillan, 1909.

Schwarze, Tracy Teets. *Joyce and the Victorians*. Gainesville: UP of Florida, 2002.

Valente, Joseph. "James Joyce and the Cosmopolitan Sublime." *Joyce and the Subject of History*. Ed. Mark A. Wollaeger, Victor Luftig, and Robert Spoo. Ann Arbor: The U of Michigan P, 1996. 59-80.

Vaughan, Alden T. & Vaughan, Virginia Mason. *Shakespeare's Caliban: A Cultural History*. Cambridge: Cambridge UP, 1991.

Wallace, Nathan. "Shakespeare Biography and Theory of Reconciliation in Edward Dowden and James Joyce." *ELH* 72.4 (2005): 799-822.

8.

아일랜드 민족주의의 편협성과 희생양 블룸
–「키클롭스」장을 중심으로

김은혜

I. 진정한 아일랜드?

아일랜드 역사는 영국 제국주의에 대한 저항과 실패, 그로 인한 좌절이 반복된다. 『율리시스』의 배경인 1904년의 아일랜드는 파넬(Charles Stewart Parnell)의 몰락을 둘러싼 입장차로 분열되고 있었다. 아일랜드 독립운동 지도자 파넬은 아일랜드의 토지 개혁과 자치를 쟁취하기 위해 활동하고 있던 여러 정치 세력을 규합하여 정치력을 키움과 동시에 영국 의회에서 아일랜드의 자치를 위해 활발히 활동하였다. 그 결과 1886년과 1893년 영국 수상 글래드스턴(William Ewart Gladstone)이 아일랜드 자치법안(Home Rule)을 발의하였다. 그러나 영국 의회에 상정된 자치법안이 부결되는 사이 파넬은 간통 사건으로 몰락하여 죽음을 맞이하였다. 가톨릭의 영향력이 강한 아일랜드에서 간통은 용납될 수 없는 일이었기에 가톨릭 사제들과 그들을 따르는 신도들의 강력한 항의로 파넬은 실각하게 된다. 하지만 파넬의 사생활 문제는 새로울 것 없는 공공연한 비밀이었기 때문에 파넬의 지지자들은 아일랜드의 자치라는 국가 명운이 파넬에게 달려있는데 그를 몰아낸 건 민족을 배신하는 행위라고 여겼다.

따라서 당시 아일랜드 민족주의 세력은 갈라져 있는 아일랜드인들을 단결시켜 영국에 대항하는 것을 목표로 하였다. 문예부흥운동(Literary Revival)과 게일 연맹(Gaelic League)은 아일랜드 사회에 큰 영향을 끼친 민족주의 운동으로, 예이츠(William Butler Yeats)가 중심이 된 문예부흥운동은 아일랜드의 정신을 담은 문학을 통해 사람들을 통합시킴으로써 파넬의 빈자리를 채우고자 하였다. 문예부흥운동은 아일랜드 고대 전설과 역사를 문학으로 각색하여 사람들에게 전파하였는데 이들은 문학과 애국심을 결합하여 아일랜드를 영국의 문화적 지배에서 해방시키고자 하였다. 게일 연맹은 게일어 문학을 증진시키고 더 나아가 게일어를 아일랜드의 국어로 보존하고 상용화하는 것을 목표로 하였다. 동시에 언어, 문학, 음악, 스포츠, 의상 등에서 영국적인 것을 거부하는 탈영국화(De-anglicisation)를 통해 아일랜드 민족이 문화민족이며 이로써 아일랜드가 하나의 민족국가의 자격이 있음을 주장하였다.

이러한 과정에서 민족주의는 점점 영국 제국주의의 작동 방식을 복제하는 모순을 보인다. 문예부흥운동을 비롯한 민족주의 운동은 초기의 주장과 달리 점점 더 편협해지는 양상을 띠게 되는데, 예를 들어 문예부흥운동은 문학을 통해 민족의 통일된 정신적 본질을 만들어간다는 취지로 배제와 생략의 과정을 거쳐 아일랜드의 정치적 역사를 재서술하였다. 아일랜드의 경우, 1601년 이후 체계적인 기록이 거의 남아 있지 않고 구전을 통해 전해졌기 때문에 이러한 경향은 두드러졌다(Kiberd 140). 이와 같은 방식으로 아일랜드 민족주의는 진정한 아일랜드 또는 '아일랜드성'(Irishness)을 강조하면서 영국이 만들어 낸 식민 지배 담론과 같은 방식으로 작동하게 된다. 영국은 아일랜드의 정체성을 영국과는 '다른 것'(Otherness)으로 만듦으로써 식민 지배의 타당성을 증명하려 하였다. 즉, 진귀하고 원시적인 아일랜드가 '진정한 아일랜드'(authentic Ireland)라는 개념을 만들고 피지배자를 타자화하는 담론을 전파함으로써, 지배국은 피지배국의 문화에 행해지는 잔혹한 지배와 폭력을 정당화하고 장려한다. 이 때문에 아일랜드 민족주의는 자신의 민족적 정체성을 스스로 정의하는 힘을 되찾는 걸 중요시하였다. 영국이 정의한 '아일랜드성'을 제거하고 아일랜드가 특별한 민족임을 증명하기 위해서 민족주의자들은 고대의 게일 운동과 게일어 그리고 아일랜드 태생 토박이를 진정한 아일랜드의 구성요소로 규정하였다.

민족주의가 제국주의와는 다른 정치적 입장에서 비롯되었다 할지라도 제국주의와 마찬가지로 '아일랜드성'을 '다른 것'으로 규정한다는 점에 그 위험성이 있다(Cheng 242-43). 아일랜드가 여타의 민족과 '다른' 특성을 지니고 있으며 그게 바로 '진짜' 아일랜드라는 개념은 '가짜' 아일랜드가 존재함을 내포한다. 따라서 이러한 민족주의는 식민 지배에 대한 비판의식을 높이고 지배 세력에 대한 전복을 꾀하는 기능을 하기도 하지만, "지배자의 억압적이고 배제적인 수사학을 복제하는 경향"을 띠게 된다(Schwarze 22). 『율리시스』 12장 「키클롭스」("Cyclops")의 바니 키어넌 술집(Barney Kiernan's)은 이러한 아일랜드 민족주의 양상이 뚜렷하게 재현되는 공간이다. 『율리시스』의 주인공으로 20세기의 대표적인 반영웅이자 소시민인 블룸(Bloom)은 그곳에서 아일랜드 민족의 결속을 다지기 위한 희생양으로 선택된다. 음주 문화에 동참하지 않는 유대인일 뿐 아니라, 다수와 다른 의견을 표하는 블룸은 술집 남성들에 의해 이방인 혹은 적으로 규정되고 희생양이 된다. 여기서 주목할 점은 희생양인 블룸을 통해 조이스가 비판하고자 하는 민족주의에 내재된 모순이 드러나는 것이다. 다시 말해 술집의 남성들이 블룸을 희생양으로 만드는 이유, 그리고 그들의 주장에 반박하는 블룸을 통해 아일랜드 민족주의의 문제적 속성이 드러난다고 할 수 있다. 이를 분석하기 위해 먼저 지라르(René Girard)의 희생양 이론을 간략히 살펴본 후 블룸이 희생양으로 선택된 원인을 분석함으로써 조이스가 문제시하는 민족주의 양상이 작품 속에서 어떻게 표현되고 있는지 고찰하고자 한다.

II. 희생양 블룸

지라르는 문명이 공동체를 형성하고 유지하기 위해 희생양 메커니즘을 만들었다고 본다. 공동체가 형성되는 과정에서 필연적으로 개인들 간 갈등이 발생하게 되는데 이를 잘 중재해야 진정한 공동체가 탄생할 수 있다. 그래서 문명은 집단이 한 개인에게 폭력을 전치시키는 것을 합리화하는 신화와 의식을 만든다. 이를 통해 희생양이 만들어지고, 공동체는 끊임없이 일어나는 상호 간 폭력과 갈등을 희생양 박해의 방향으로 전환한다. 그렇게 해서 공동체가 다시 화합하게 되는 일련의 과정을 희생양 메커니즘이라 할 수 있다. 이러한 과정에서 한 개인이 희생양으로 만들어지는 조건을 살펴보면 블룸이 희생양으로 선택된 이유를 추론할 수 있다. 지라르는 희생양이 "공동체가 비난하는 범죄 때문이 아니라 그들이 가진 희생양의 표지로 인해 선택된다"(Girard 24)라고 설명한다. 희생양이 사회의 혼란을 야기하는 문제를 일으켰기 때문이 아니라 인종적 • 종교적 소수파, 불구나 기형 같은 신체적인 결함을 가진 자, 가난한 소외 계층, 사회 부적응자 그리고 공동체의 주변인과 같은 특징을 지녔기 때문에 표적이 된다. 이들은 공동체에 속해있지만 공동체와 구별되는 특징을 지녔다. 그들은 사회 혼란기에 쉽게 눈에 띄고 취약할 뿐 아니라, 다수와는 다르기 때문에 박해의 대상이 된다. 이들이 지닌 차별성은 공동체가 이들에게 집단적 폭력을 전이시키는 타당한 근거를 제공한다.

쉬피겔(Michael Spiegel)은 사회적으로 모호한 위치에 있는 사람이 희생양이 된다는 지라르의 주장에 착안하여 모호성은 희생양의 필수 조건임을 주장한다. 희생양과 공동체의 상호 관계를 확고히 하기 위해서 희생양은 공동체의 구성원으로서 충분히 인식될 수 있어야 하지만, “희생자가 될”(the would-be victim) 사람이 자신의 희생에 대해서 보복하지 않을 정도로 충분히 공동체에서 이질적이어야 하기 때문이다(76-77). 블룸은 이러한 측면에서 희생양으로 선택될 조건을 갖췄다고 할 수 있다. 그는 아일랜드에서 태어나고 자랐지만 유대인이며 가톨릭에서 죄악시하는 프리메이슨에 소속되었다고 의심받고 있을 뿐 아니라, 보통의 아일랜드 남성들과는 다른 방식으로 살아가면서 끊임없이 다른 의견을 제시한다. 그는 더블린에서 거주하고 있으며 그곳의 사람들과 교류하고 있기 때문에 공동체의 구성원이라고 할 수 있지만, 주류에 속하지 않는 모호한 정체성의 소유자이기 때문에 더블린 남성 사회에서 희생양이 되었다고 할 수 있다.

블룸을 희생양으로 만드는 아일랜드 민족주의에 대한 조이스의 비판 의식이 어떠한 방식으로 투영되고 있는지 살펴볼 때, 먼저 「키클롭스」의 배경이 술집이라는 데 주목할 필요가 있다. 음주 문화가 발달한 아일랜드에서 술집은 일종의 광장과 같은 역할을 한다. 이곳은 사람들이 함께 모여 친교를 다지고 서로에게 정보를 전달하는 중요한 장소이다. 멀린(Mullin)에 따르면, 20세기 초 아일랜드에서는 술이 아일랜드 독립을 방해하는 장애물이기 때문에 음주 문화를 바꿔야 한다고 주장하는 세력과 이와는 반대로 음주 문화를 통해 영국에 저항하려는 세력이 양립하고 있었다(322-24). 후자의 경우, 음주 문화를 통하여 아일랜드인의 남성성을 부각시킴과 동시에 결속력을 다지고자 하였다. 또한 “토지 연맹”(Land League)과 “피니언”(Fenian) 같은 민족주의 단체들은 관례적으로 “모임, 단원 모집, 그리고 조직 구성” 등을 술집에서 행하였으며 술집은 “모임과 유포”의 중요한 장소가 되었다(Lloyd 141). 술집에서 대화를 주도하는 인물인 “시민”(citizen)은 아일랜드 스포츠 부활을 위해 활동한 게일 체육 협회(Gaelic Athletic

Association)의 창시자인 마이클 쿠색(Michael Cusack)을 모델로 창조된 인물이다. 그러므로 민족주의자 시민이 주도권을 잡은 술집의 모습을 그리는 「키클롭스」는 아일랜드 민족주의 저항 담론이 유포되는 양상을 상징적으로 보여줄 뿐 아니라 아일랜드 주류 사회의 축소판을 상징한다고 할 수 있다. 이곳에서 아일랜드 남성들은 음주를 즐기며 아일랜드의 고유한 문화와 언어를 칭송하고 그것을 부활시켜야 하는 당위성에 대하여 토론하며 그들의 주장을 확대 재생산하는 양상을 보인다.

술집의 남성들은 블룸에게서 이질적인 면을 찾아내고 그것을 비난받아 마땅한 죄로 만듦으로써 공동체의 연대감을 강화한다. 그들이 블룸을 희생양으로 만드는 데 사용하는 논리는 그가 아일랜드 음주 문화에 동참하지 않는 유대인일 뿐 아니라 다수의 의견에 동조하지 않는 이방인이라는 점에 근간을 둔다. 블룸은 과하게 술을 마시지도 않고 사람들에게 술을 사느라 돈을 낭비하지도 않으며 술을 마시면서 한목소리를 내는 사람들의 의견에 무조건 동조하지도 않는다. 서로에게 술을 내면서(stand) 친분을 나누고 유대관계를 형성하는 일종의 환대를 중시하는 아일랜드 문화에서 술에 취하지 않는 블룸은 믿을 만한 사람이 되지 못하며, 이는 사람들이 그를 이방인 취급할 근거가 된다. 번(Byrne)과 플린(Flynn)의 대화는 술을 마시지 않는 블룸을 바라보는 더블린 남성의 시각을 잘 보여준다. 그들은 블룸을 두고 "안전한 사람"(8.982)이라고 칭하는데 이는 긍정적 평가가 아닌 허튼짓을 하지 않는 사람이라는 뜻으로, 자신의 속내를 남에게 드러내지 않고 조심스럽게 행동하는 남자답지 못한 사람이라는 의미를 함축하고 있다. 그들은 술을 과하게 마시거나 흐트러짐 없이 항상 점잖은 블룸을 의심의 눈초리로 바라본다. 이처럼 블룸은 신뢰할 수 없는 이방인으로서 '우리'가 될 수 없는 사람으로 규정되고 있다.

더구나 블룸은 영국에 저항한 이들을 영웅시하고 그들의 죽음을 신화화하는 술집 남성들의 의견에 동조하지도 않는다. 남성들은 이러한 이야기를 반복하면서 집단기억(collective memory)으로 결속된다. 이를 통하여 사람들은 그동안 억눌려왔던 아일랜드의 전통과 정체성을 다시 떠올리게 되고 그 정체성 아래 하나가 될 수 있다. 그러나 앤더슨(Benedict Anderson)의 주장처럼, 집단기억을 강조하는 건 기억의 창조와 함께 망각도 수반한다. 구성원 모두가 집단기억에서 분열과 폭력의 기억을 망각함으로써 민족 공동체가 이루어질 수 있다(6). 따라서 이 기억은 과거 사실의 모음이면서 허구이기도 하다. 이와 같은 아일랜드 민족주의는 목숨을 내놓은 순교자들의 죽음이 슬프기는 하지만 피할 수 없는 것이라는 가정하에 폭력의 추악함과 그 대가를 망각한 채 폭력에 동조하고 감상적으로 다룬다.

「키클롭스」에서 목숨을 바쳐 영국에 저항한 사람들을 영웅으로 만들고 그들의 죽음을 신화화하는 가장 두드러진 예는 조 브러디(Joe Brady)의 교수형이다. 사람들은 아일랜드에서 자행되었던 극형의 "억제적 효과"(12.454)에 관하여 이야기하다가 극형도 억제시키지 못한 조 브러디의 열정을 언급한다. 영국의 고위 관리를 처참하게 암살한 '피닉스 공원 암살사건'을 공모한 조 브러디가 교수형을 당한 후 성기가 발기했던 일화에 대해서 그들은 "지배적 정열은 죽음에서 강하다"(12.463)라는 말로 미화한다. 즉, 극형이 사람들을 억제시키는 효과가 있다 하더라도 아일랜드의 독립을 바라는 애국자의 정열과 저항정신은 막을 수 없다는 점을 강조함으로써 애국자들을 신격화하고 그들의 희생을 고귀하게 만들고 있다. 페어홀(James Fairhall)에 따르면, 이와 같은 아일랜드 사람들의 사고방식은 실패한 영웅을 찬미하여 패배를 승리로 변화시킴으로써 패배에 대항하는 역사관이며, 이는 조이스의 주요 비판 대상이었다(34).

페어홀의 주장이 잘 들어맞는 예는 아일랜드에서 가장 유명한 영웅 신화 중 하나인 로버트 에멋(Robert Emmet)의 희생이다. 에멋은 1803년 나폴레옹의 도움을 얻어 영국 통치의 상징인 더블린성(Dublin Castle)을 점령하려 하였으나 나폴레옹과 아일랜드 내부의 원조를 받지 못하여 실패한다. 키(Robert Kee)는 에멧의 계획 자체는 합리적이고 실용적이었지만 그 계획의 실행은 익살극이라 할 수 있을 정도로 한탄스러웠으며 봉기는 폭동으로 와해되었다고 지적한다(164-67). 키는 또한 아일랜드가 독립할 때까지 자신의 묘비에 비명을 쓰지 말라는 에멧의 마지막 말로 인해 그의 봉기가 신화화되고 명성을 얻은 것에 주목하며, 폭동으로 끝을 맺은 이 끔찍한 사건이 아일랜드에서 가장 강력한 영웅 신화로 변모하는 과정에 대하여 다음과 같이 설명하고 있다.

> 다른 모든 것보다 에멧의 초상화가 한 세기가 넘도록 그리고 현재에도 여전히 아일랜드의 수많은 가정집에서 십자가와 함께 걸려있는 이유는 무엇일까?
>
> 십자가상 옆에 있다는 게 단서가 될 수 있을 것이다. 에멧의 신화를 가능케 한 것은 실패를 고귀한 것으로 만들어야 하는 바로 그 필요성에 있다. 왜냐하면 비극적인 실패는 아일랜드 정체성의 일부가 되었으며 목적 그 자체와 구별이 불가능한 것이 되었기 때문이다.

> Why was it Robert Emmet's portrait above all others that was to go up along with the crucifix in countless small homes in Ireland for over a century and may even be seen there still?
>
> The proximity of the crucifix may provide a clue. The success of the Emmet myth lay in the very need to ennoble failure. For tragic failure was to become part of Ireland's identity, something almost indistinguishable from 'the cause' itself. (169)

키의 주장대로, 인구 대부분이 가톨릭교도인 아일랜드에서 예수를 상징하는 십자가상 옆에 에멧의 초상화가 걸려있는 것을 볼 때, 그들이 에멧을 예수에 버금가는 인물로 여기고 있음을 유추할 수 있다. 영국과의 투쟁에서 반복적으로 실패를 겪은 아일랜드 사람들은 그들의 실패가 헛되지 않음을 증명하기 위하여 그에 의미를 부여할 필요가 있었기에, 예수의 실패에 견주어 에멋의 것을 이해한다고 볼 수 있다. 즉, 예수의 죽음과 부활처럼 에멋의 죽음도 실패가 아니라 아일랜드 독립을 위해 필수적인, 숭고한 것이 된다.

그러나 블룸은 애국자들의 죽음을 영웅적인 행위로 만들려는 술집 남성들의 주장에 동조하지 않는다. 그는 조 브러디의 일화를 과학적으로 설명할 수 있는 자연현상이라고 부르며 라틴어를 포함한 온갖 전문용어를 사용해서 저명한 과학자의 의견을 첨부한다(12.464-65). 블룸은 죽음에 의미를 부여하여 그것을 감상적으로 만들지 않는다. 조상들의 희생을 민족정신의 측면으로 이해하고 단합의 구심점으로 여기는 사람들은 블룸이 주제넘게 자신들을 모욕한다고 느낀다. 따라서 블룸의 말이 끝나기가 무섭게 시민은 "무적단"(the invincibles)과 "옛 수비대"(the old guard) 그리고 "67년의 용사들"(the men of sixtyseven)과 "누가 98년 사건에 대하여 말하기를 두려워 하는가"(who fears to speak of ninetyeight)에 대한 이야기를 쏟아낸다(12.479-81). "무적단"은 아일랜드 내의 영국 주요 인사를 암살할 목적으로 조직된 피니언 당의 분파로 피닉스 공원 암살을 수행하였다. "옛 수비대"는 초기의 피니언 당원들로서 아일랜드 독립을 위하여 항쟁한 청년 아일랜드(Young Ireland) 애국지사들이었다. "67년의 용사들"은 1867년 영국에 대항하여 반란을 일으킨 피니언 당원들을 일컫는 말이다. "98년 사건"은 1798년에 아일랜드 공화국 수립을 위해 울프 톤(Wolfe Tone)이 주도한 독립운동으로 "누가 98년 사건에 대하여 말하기를 두려워하는가"는 아일랜드의 시인 잉그럼(John Kells Ingram)의 「사자의 기억」("The Memory of the Dead")의 첫 행이다. 시민이 언급하고 있는 모든 건 무력을 사용하여 영국에 격렬하게 저항하였지만 실패한 아일랜드의 역사를 대표하는 것이다. 술집의 남성들은 시민의 말에 동조하며 블룸과 논쟁을 벌인다. 블룸과 술집 남성들의 논쟁에 관해서는 구체적으로 명시되고 있지 않지만, 「키클롭스」의 무명 화자가 블룸이 "번지르르한 얼굴로 허세를 부렸다"라고 묘사하는 것을 볼 때, 술집의 남성들 또한 블룸을 탐탁지 않게 여기고 있음을 알 수 있다.

특히 대화를 주도하는 시민은 블룸이 아일랜드를 자신의 조국으로 여기고 있음에도 불구하고 그가 유대인이라는 사실을 근거로 그를 이방인으로 몰아세운다. 블룸에 대한 시민의 비난은 유대인인 블룸이 보여주는 '차이'가 그들의 공동체의 단합을 위협하기 때문만은 아니다. 지라르의 희생양 이론으로 시민의 태도를 설명한다면, 시민이 블룸을 공격하는 건 내부의 단합을 이루기 위해 블룸의 차이를 부각시킴으로써 그를 희생양으로 만드는 것으로 이해될 수 있다. 이와 같은 시민의 선동에 사람들은 동조한다. 그들은 모든 증오와 불만을 블룸에게 쏟아부으면서 블룸을 제외한 모든 사람의 의견이 일치함을 확인하고 공동체 의식을 공고히 한다.

동시에 유대인으로서 블룸의 정체성은 아일랜드 남성의 남성적 자존감을 강화시키는 근거로 이용되기도 한다. 아일랜드 민족주의 운동은 피식민지인을 여성적이며 열등한 민족으로 정의하는 식민 지배 담론에 맞서 "남성주의 이데올로기"를 받아들였다(Schwarze 77). 민족주의자들은 아일랜드 민족성을 굳건하고 건강한 남성성과 동일시하는 게 독립에 필수적이라고 여겼다. 술집의 남성들도 블룸의 여성성을 과장함으로써 스스로의 남성성을 증명하고자 한다. 이때, 블룸의 유대인으로서의 정체성은 시민과 그의 무리가 블룸을 과도하게 비난하고 멸시하는 합당한 근거로 작용한다. 19세기 후반과 20세기 초반에 유행했던 와이닝거(Otto Weininger)의 이론에 따르면, 유대인성(Jewishness)은 다른 인종보다 열등한 마음의 상태인데, 남성과의 관계에서 여성도 열등한 존재이므로 유대인과 여성스러움은 밀접한 관련이 있다(Reizbaum 27-28). 그래서 이들은 블룸의 여성적인 혹은 중성적인 특성을 그의 유대인성과 연결시키고 블룸을 희생양으로 삼아 그들의 "집단적 남성성"을 확인한다(Schwarze 89). 예를 들어, 「키클롭스」의 무명 화자는 블룸이 경마로 5파운드를 벌었다는 잘못된 소문을 믿고, 돈이 있으면서도 "사내답게" 술을 사지 않는 블룸을 "멘스하는 소녀처럼 한 달에 한 번씩 두통으로 호텔에 누워있는" "중성"(mixed middlings)이라고 부른다(12.1658-63).

III. 블룸의 저항

술집 남성들의 비난과 공격에도 불구하고 블룸은 굴복하지 않고 자신만의 방식으로 저항하는데, 블룸의 저항은 아일랜드 민족주의가 내포하고 있는 편협성을 드러낸다. 술집의 남성들은 진정한 아일랜드인이 아니라는 이유로 블룸을 적대시하면서도 바로 그 차이점을 이용하여 자존감을 충족시키는 동시에 공동체의 결속을 다지려 한다. 그들은 블룸과 자신들의 차별성을 강조하기 위하여 블룸에게 어느 민족에 속하는지, 그리고 그가 생각하는 민족의 정의는 무엇인지를 묻는다. 블룸은 그들의 논리에 휩쓸리지 않고 자신이 아일랜드 태생이기 때문에 아일랜드 민족이라고 당당하게 말한다(12.1431). 그에게 민족은 혈통을 기준으로 하여 구분되는 것이 아니라 같은 지역 안에 사는 백성이기 때문이다.

더 나아가 블룸은 아일랜드 민족과 유대 민족이라는 개념을 오히려 자신과 사람들 사이의 차이를 없애기 위한 논리로 이용한다.

> — 그런데 나도 역시 한 종족에 속해요, 블룸이 말한다, 미움을 받으며 박해를 당하고 있지. 지금도 역시. 지금 바로 이 순간. 바로 이 시각에.
> [. . .]
> — 강탈당하고, 그는 말한다. 약탈당하고. 모욕당하고. 박해당한 채. 정당하게 우리

에게 속하는 것을 빼앗고 있는 거지. 지금 바로 이 순간에도, 그는, 주먹을 추켜올리며 말한다, 노예나 가축처럼 모로코에서 경매로 팔리고 있단 말이오.
— 당신은 새 예루살렘에 관해 이야기하고 있는 거요? 시민이 말한다.
— 나는 불의에 관해 이야기하고 있소, 블룸이 말한다.

— And I belong to a race too, says Bloom, that is hated and persecuted. Also now. This very moment. This very instant.
[. . .]
— Robbed, says he. Plundered. Insulted. Persecuted. Taking what belongs to us by right. At this very moment, says he, putting up his fist, sold by auction in Morocco like slaves or cattle.
— Are you talking about the new Jerusalem? says the citizen.
— I'm talking about injustice, says Bloom. (12.1467-74)

블룸은 영국의 손아귀에서 부당한 취급을 받는 아일랜드인들처럼 유대인도 지금 바로 이 순간 세계 곳곳에서 정당하게 부여받은 권리를 강탈당하고 있음을 강조한다. 그의 논리에 따르면, 아일랜드 민족과 유대 민족은 "미움받고 박해받는" 인종이라는 점에서 일치하게 된다. 슈바르츠는 이와 같은 블룸의 주장에 대하여, 술집 남성들이 차이를 강조함으로써 자신들의 정체성을 유지하기 위해 블룸의 민족성에 집착하지만, 블룸은 그러한 차이를 지우려고 결심한 것처럼 보인다고 설명한다. 민족에 대한 블룸의 정의는 차이가 아니라 "같은 것"에 근거를 두고 있다(90).

그뿐 아니라 블룸이 아일랜드 문제의 해결책으로 "사랑"(12.1485)을 제시하는 것도 영국에 대한 '증오'와 '복수'를 민족 공동체 단결의 구심점으로 제시하는 시민에 대한 도전이 될 수 있다. 시민과 술집의 남성들은 아일랜드를 수탈하는 모든 세력에 대하여 "힘에는 힘으로 대항"하여야 한다고 주장한다(12.1364).

아일랜드를 수탈하는 세력들 특히 영국에 대한 이들의 증오와 분노는 그들이 나누는 대화에서 명백히 드러난다. 그 예로 레너헌(Lenehan)은 건배사로 "영국 놈들을 경멸하라! 불신의 영국!"을 외치며 "적의 파멸"을 위해 술을 마신다(12.1209-14). 그는 아일랜드의 가정이 피폐해진 게 영국이 아일랜드의 자원을 수탈하고 산업을 몰락시켰기 때문이라고 여기고(12.1239-57), 대기근 동안 많은 아일랜드인이 굶어 죽거나 이민 중 배 속에서 죽어 아일랜드의 인구가 급감한 것은 영국이 의도하였거나 최소한 방관하였기 때문이라고 주장한다(12.1364-75).

시민은 한 단계 더 나아가 아일랜드의 순수성을 더럽히는 모든 걸 제거해야 할 대상으로 인식하며 축출의 대상으로 영국인과 유대인을 구분하지 않는다. 시민에게는 그저 이들이 모두 "아일랜드의 가난한 사람들을 착취하는" "이방인"일 뿐이다(12.1150-51). 시민은 그들이 아일랜드까지 건너와 "나라를 빈대로 득실거리게 한다"고 빈정거리며(12.1141-42), "우리 집에 더 이상 낯선 사람들이 있는 것을 원하지 않는다"라고 선언한다(12.1150-51). 예이츠의 희곡 『캐슬린 니 훌리한』(*Cathleen ni Houlihan*)에서 캐슬린이 영국인들을 가리켜 "우리 집의 낯선 사람들"이라고 한 말을 확장하여 시민은 유대인인 블룸도 축출 대상으로 만든다. 시민은 국가 독립을 위한 투쟁이라는 이유로 유혈이 낭자하는 폭력을 '피의 희생'으로 미화하고 낭만화하면서 그들의 폭력성을 정당화하는 양상을 보인다.

조이스도 「아일랜드, 성인들과 현인들의 섬」에서 시민이 주장하는 것처럼, 영국의 법이 아일랜드 국가 산업 특히 양모 산업을 피폐하게 하여 아일랜드가 가난해졌으며 감자 기근 동안 영국 정부의 방관으로 인해 사람들이 아사하였다고 설명하고 있다(*CW* 167). 이러한 조이스의 주장과 시민의 주장은 일치하는 듯 보인다. 그러나 에세이 후반부에서도 드러나듯이, 이 둘의 차이점은 조이스가 아일랜드 쇠퇴 원인을 영국에만 두고 있지 않다는 데 있다.

아일랜드에 만연한 경제적 · 지적 상황은 개인의 발전을 허락하지 않는다. 육체가 경찰, 세무서 그리고 주둔군에 의해 속박되어 있는 동안, 국가의 정신은 수 세기 동안의 헛된 투쟁과 파기된 조약으로 약화되었으며 개인의 진취성은 교회의 영향과 훈계로 마비되었다. 자존감이 있는 어떤 사람도 아일랜드에 머무르지 않는다. . . .

The economic and intellectual conditions that prevail in his own country do not permit the development of individuality. The soul of the country is weakened by centuries of useless struggle and broken treaties, and individual initiative is paralysed by the influence and admonitions of the church, while its body is manacled by the police, the tax office, and the garrison. No one who has any self-respect stays in Ireland, . . . (*CW* 171)

조이스는 아일랜드가 아닌 다른 곳에서 그리고 다른 환경에서라면 아일랜드 사람도 훌륭해질 수 있지만, 아일랜드의 경제적 · 지적 현실 아래에서는 불가능하다고 주장한다. 그는 영국의 탄압이 물리적인 측면에서 아일랜드인을 속박시켰고, 반복되는 투쟁 실패로 인해 정신적으로도 영향을 미친 것은 인정하지만, 아일랜드 교회 역시 사람들의 정신을 마비시키는 데 책임이 있으므로 아일랜드도 자신의 쇠퇴에 일조했다고 본다. 블룸도 모든 책임을 영국 탓으로 돌리는 술집의 남성들에게 "타인 눈 속의 티끌은 볼 수 있어도 그들 자신의 눈 속 들보는 볼 수 없다"라며 아일랜드 내부 문제는 없는지 돌아보아야 한다고 조언한다(12.1237-38). 이는 조이스의 주장과 상통하는 부분이 있으므로 그가 블룸을 통해 자신의 주장을 전달하고 있다고 볼 수 있다.

또한 블룸은 폭력을 사용한 저항 방식에 대하여도 단호하게 반대 의사를 밝힌다. 그는 "힘에는 힘으로 대항"하는 것과 박해가 "민족들 간의 민족적 혐오를 영구화시킬 뿐"이라고 믿는다(12.1418-19). 시민을 비롯한 사람들에게 민족을 위하는 길은 서로 단결하여 불의한 세력에 무력으로 맞서 싸우는 방식으로 정의를 실현하는 것이지만, 블룸은 "사랑"을 해결 방안으로 제시한다. 술집의 사람들과 동일한 공동체 일원임을 주장하면서도 그들이 주장하는 방식의 민족 통합을 거부하는 블룸의 주장은 이질적인 것들을 배제함으로써 강력한 단합을 이루려는 민족주의에 대한 저항이 될 수 있다.

아일랜드 민족주의의 폭력적 단면을 드러내는 시민에 대한 희생양 블룸의 대항은 「키클롭스」의 마지막 장면에서 상징적으로 묘사되고 있다. 술집의 분위기가 험악해지자 커닝햄(Cunningham)의 손에 이끌려 서둘러 자리를 뜨는 블룸을 향해 시민은 "크롬웰의 저주"를 퍼붓는다(12.1785). 이는 그가 아일랜드의 혁명적 봉기를 잔인하게 억압했던 영국인 크롬웰에게 느낄법한 분노를 블룸에게 느꼈다는 걸 보여준다. 블룸을 향한 온갖 악담에도 분이 풀리지 않은 시민은 "이스라엘 만세 삼창!"이라고 외치며 블룸의 유대인성을 비꼰다(12.1791). 그러자 마차에 오른 블룸도 계속해서 자신의 유대인성을 문제 삼는 시민의 태도를 참지 못하고 "멘델스존도 유대인이었고 칼 마르크스도 메르카단테도 스피노자도. 그리고 구세주도 유대인이었고 그의 부친도 유대인이었어. 당신의 하느님도"라고 응수한다(12.1804-05). 이 장면은 『율리시스』에서 블룸이 가장 격렬한 방식으로 자신의 주장을 드러내는 부분이다. "당신의 하느님"과 그리스도도 "나처럼" 유대인이었다는 그의 말은 아일랜드인들이 믿는 신이 유대인이라는 사실을 기억한다면, 유대인이라는 이유로 사람을 모욕하고 박해하는 게 얼마나 모순되는 행동인지를 항변하는 것으로 이해할 수 있다. 동시에 유대인 박해는 자신들이 믿는 신을 박해하는 것과 같다는 의미도 내포하고 있다.

"그리스도도 나처럼 유대인이었다"라고 항변하는 블룸의 말에 커다란 모욕감을 느낀 시민이 표출하는 엄청난 분노는 조이스가 비판하고자 했던 아일랜드 민족주의 운동의 단면을 상징적으로 보여준다. 시민은 분노를 참지 못하고 마차를 타고 떠나는 블룸을 향해 낡은 주석 상자를 던진다. 이때 시민이 던진 주석 상자는 땅에 떨어지면서 대지진을 일으키고, 저택들과 건물들이 파괴되어 도시는 폐허가 되는 것처럼 묘사된다. 더피(Enda Duffy)는 여기서 묘사되고 있는 더블린의 모습이 부활절 봉기 후 영국의 포화로 폐허가 된 더블린 시내의 모습을 암시한다고 주장하면서 「키클롭스」와 부활절 봉기의 연관성을 주장한다(123). 이러한 맥락에서 케너(Hugh Kenner)도 "한 미친 바보가 주도권을 잡은 어두운 술집은 봉기가 일어나기 12년 전 아일랜드 애국심의 상태에 대한 제유"라고 주장한다(93). 조이스가 부활절 봉기에 대하여 직접적으로 언급하고 있지는 않지만 그가 이 사건을 "쓸데없는"이라고 표현한 점을 고려하면(Ellmann 399), 그가 봉기의 "열정만 앞서" "많은 사상자를 내고 시내를 파괴한 무모한 '힘'"(민태운 88)을 풍자한다고 이해할 수 있다. 분노에 찬 시민이 던진 주석 상자가 일으킨 파장이 부활절 봉기의 폐허를 상징한다면, 자신과는 다른 것을 '적'으로 간주하고 무력을 행사하는 시민을 영국의 지배에 무력으로 항거한 부활절 봉기의 주도 세력인 민족주의자로 볼 수 있을 것이다.

블룸을 태운 마차는 수많은 인파의 선물과 축복을 받으며 서서히 출항하는 배로 묘사되고 있는 반면, 시민의 모습은 오디세우스 일행이 탑승한 배를 향해 큰 바위를 던진 폴리페모스(Polyphemus)[1]의 모습을 연상시킨다. 이는 외눈박이 거인 폴리페모스와 시민을 병치시킴으로써, 한 가지 관점만을 옳다고 여기고 단일한 공동체를 진리로 여기는 시민과 그가 상징하는 민족주의를 비판하려는 조이스의 의도로 읽힐 수 있다. 시민은 폴리페모스처럼 묘사되는 반면, 아슬아슬하게 시민의 공격을 피한 블룸은 하늘로 승천하는 예수의 모습으로 그려진다. 예수

1) 『오디세이』에서 외눈박이 거인 키클롭스는 각자 개인의 동굴에 살고 있다. 오디세우스와 그의 부하들은 키클롭스 중 하나인 폴리페모스의 동굴에 갇혀 잡아먹힐 위기에 처한다. 그러나 오디세우스는 취해 잠든 폴리페모스의 눈을 멀게 만들고 다음 날 아침 살아남은 부하들과 함께 양 떼 사이에 몸을 숨겨 위기를 모면한다.

의 승천을 연상시키듯 "밝음의 영광 속에 감싸인 채, 태양처럼 눈부신 의상을 걸치고"(12.1912-13) "천사들의 구름 사이 밝음의 영광을 향해 오르는"(12.1917-18) 블룸의 모습은 그가 예수처럼 정치적 이유로 희생양이 되었음을 암시한다고 할 수 있다. 지라르는 희생양 메커니즘을 감추고 희생양을 신화화하는 많은 텍스트와는 달리, 성서는 희생자인 예수의 시각에서 이것을 폭로하고 있다고 설명하고 있다(100-01). 그는 요한복음 사가가 묘사한 대사제들과 바리사이파의 회의는 희생과 그 기원을 폭로하고 있다고 본다(113). 그 회의에서 바리사이파 사람들은 예수가 많은 기적을 행하여 모두 그를 믿게 되면 로마인들에게 침략당하게 되리라고 걱정한다. 그러자 대사제 가야파는 온 민족이 멸망하는 것보다 한 사람이 백성을 대신해서 죽는 게 낫다고 주장하는데 이것은 예수가 정치적인 희생양임을 보여준다.

예수와 블룸은 정치적 희생양이면서 동시에 폭력적 복수의 방식에 저항한다는 공통점도 지니고 있다. 에반스(John X. Evans)에 따르면 예수는 전쟁과 정복의 맥락에서 영웅을 정의하려는 사람들에 의해 지속적으로 유포되는 전사적 영웅 이미지를 거부하고, 호머의 영웅이 보여주는 위대함이 아닌 혁명적인 위대함을 만들어낸 인물이다(191). 즉, 무력에 대해 사랑으로 저항한 예수의 방식은 그 이전에는 볼 수 없었던 혁명적인 종류이다. 예수가 사랑의 중요성을 강조한 것처럼, 블룸도 힘에 힘으로 맞서지 않고, 사랑으로 폭력과 증오가 되풀이되는 것을 막아야 한다고 주장하고 있다. 따라서 블룸을 예수와 같은 이미지로 묘사하는 조이스의 의도는 폭력을 미화하는 민족주의자들에게 새로운 패러다임을 제시한다고 이해될 수 있다.

IV. 맺으며

조이스는 「키클롭스」에서 민족주의자 시민이 주도권을 잡은 술집 장면을 제시하고 있다. 더블린 남성들이 모여 있는 이곳은 아일랜드 주류 사회의 축소판으로 보인다. 그들은 술을 마시면서 아일랜드의 고유한 문화와 언어를 칭송하고 그것을 부활시켜야 하는 당위성에 대하여 토론한다. 그러나 이들의 대화는 토론이라기보다 같은 논지의 주장을 확대 재생산하는 것에 가깝다. 이들의 이야기에서 아일랜드의 애국자들은 영웅으로 추앙되고, 그들의 죽음은 신화화된다. 반면 영국 지배의 잔혹성과 비열함은 강조되고, 영국 문화는 천박하고 부도덕하며 저열한 것이 된다. 이 자리에서 다른 의견을 말하는 유일한 사람이 블룸이다. 그는 과학적이고 객관적인 시선으로 사람들이 주장하는 내용에 대하여 설명한다. 그의 설명에 따르면 아일랜드 애국자의 죽음은 하나의 현상일 뿐이며, 영국 문화도 그 나름의 장점을 지니고 있다.

다수의 의견에 동조하지 않고 그들의 문화에 흡수되지 않는 유대인 블룸은 민족주의 양날의 칼과 같은 속성을 드러낸다. 아일랜드 민족주의는 영국으로부터 독립하기 위해 스스로 고유한 "아일랜드성"을 만들고 "진정한 아일랜드인"이라는 개념으로 사람들을 단합시키려 한다. 이들은 아일랜드의 언어와 전통을 간직한 순수혈통의 아일랜드인만을 "진정한 아일랜드인"으로 여기고 그렇지 않은 사람들은 모두 이방인 혹은 적으로 간주한다. 따라서 제국에서 벗어나기 위한 이들의 노력은 "타자"를 만들고 억압하는 제국의 방식을 그대로 따르는 결과를 낳았다. 그들은 사람들을 통합시킴과 동시에 블룸처럼 그들과는 '다른' 사람을 배제한다. 그러면서 사회의 주변부에 위치한 '다른' 이들을 갈등의 책임을 전가시킬 희생양으로 선택한다.

아일랜드는 서로 다른 민족 • 인종 • 문화 등이 얼기설기 얽혀서 이루어진 국가이기 때문에, 민족주의자들이 주장하는 것처럼 아일랜드를 문화적 • 인종적으로 정화하는 건 불가능하며 의미 없는 일이다. 데이비슨(Neil. R. Davison)은 가톨릭/민족주의자들이 주류를 이루는 더블린에서 존립 가능한 유대인으로서의 정체성을 위해 고투하는 블룸이 『율리시스』의 중심을 구성한다고 본다(185). 다양성을 수용하지 않는 더블린 사회 안에서 희생양으로 선택되지만, 다수의 강압적인 주장에도 불구하고 자신의 관점을 제시하는 블룸의 시도를 통해 조이스는 아일랜드 민족주의가 내포하고 있는 모순을 지적함과 동시에 아일랜드 민족주의가 받아들여야 할 태도를 제시하고 있다.*

* 『영어영문학21』 30권 3호 (2017) 53-71에 실린 논문을 수정하고 편집함.

인용문헌

민태운. 「부활절 봉기와 조이스―「키클롭스」장을 중심으로」. 『제임스 조이스 저널』 15.2 (2009): 75-92.

Anderson, Benedict. *Imagined Communities: Reflections on the Origin and Spread of Nationalism*. 1983; rev. ed. London: Verso, 2006.

Attridge, Derek, and Marjorie Howes, eds. *Semicolonial Joyce*. Cambridge: Cambridge UP, 2000.

Cheng, Vincent J. "Authenticity and Identity: Catching the Irish Spirit." Attridge and Howes 240-61.

Davison, Neil. R. *James Joyce, Ulysses, and the Construction of Jewish Identity: Culture, Biography, and "The Jew" in Modernist Europe*. Cambridge: Cambridge UP, 1996.

Duffy, Enda. *The Subaltern Ulysses*. Minneapolis: U of Minnesota P, 1994.

Ellmann, Richard. *James Joyce*. Rev. ed. New York: Oxford UP, 1982.

Evans, John X. "Jacques Maritain, Heroic Humanism and the Gospel." *The Failure of Modernism: the Cartesian Legacy and Contemporary Pluralism*. Ed. Brendan Sweetman. Washington, D.C.: The Catholic U of America P, 1999. 179-98.

Fairhall, James. *James Joyce and the Question of History*. Cambridge: Cambridge UP, 1993.

Girard, René. *The Scapegoat*. Trans. Yvonne Freccero. Baltimore: Johns Hopkins UP, 1986.

Joyce, James. *Ulysses*. Ed. Hans Walter Gabler, Wolfhard Steppe and Claus Melchior. New York: Vintage, 1986.

---. *The Critical Writing*. Ed. Ellsworth Mason and Richard Ellmann. New York: Viking P, 1959.

Kee, Robert. *The Green Flag: A History of Irish Nationalism*. London: Penguin, 2000.

Kenner, Hugh. *Ulysses*. Rev. ed. Baltimore: Johns Hopkins UP, 1987.

Kiberd, Declan. *Inventing Ireland: The Literature of the Modern Nation*. London: Vintage, 1996.

Lloyd, David. "Counterparts: *Dubliners*, Masculinity, and Temperance Nationalism." Attridge and Howes 128-49.

Mullin, Katherine. "'Antitreating is about the Size of It': James Joyce, Drink, and the Rounds System." *The Review of English Studies* 64.264 (2013): 311-28.

Reizbaum, Marilyn. *James Joyce's Judaic Other*. Stanford: Stanford UP, 1999.

Schwarze, Tracy Teets. *Joyce and the Victorians*. Gainsville: UP of Florida, 2002.

Spiegel, Michael. "'The Most Precious Victim': Joyce's 'Cyclops' and the Politics of Persecution." *James Joyce Quarterly* 46.1 (2008): 75-95.

9.

「태양신의 황소」장에서 제국의 위대한 전통 허물기

민태운

제임스 조이스(James Joyce)의 『율리시스』(*Ulysses*) 제14장 「태양신의 황소」("Oxen of the Sun") 에피소드는 퓨어포이 부인(Mrs. Purefoy)의 출산이 임박해 있는 국립 산부인과 병원(National Maternity Hospital)을 배경으로 일어난다. 스티븐(Stephen)과 블룸(Bloom)을 포함해서 의대생들이 토론을 벌이고 있다. 이 에피소드는 태아 단계부터 탄생에 이르기까지 태아의 발달과정과 고대부터 19세기 후반에 이르기까지 영국 산문 문체의 발달과정이 평형 관계를 이루는 구조로 되어 있다고 알려져 있다. 태아의 발달과정에 대해서는 탄생까지 아홉 단계로 나누어 각 단계가 정확하게 텍스트의 어떤 부분에 해당하는지 연구되기도 했다. 이처럼 영문학의 유기적 발전과 태아 성장의 유사성을 다룬 연구서로는 재너스코(Janusko)의 『제임스 조이스의 「태양신의 황소」의 출처와 구조』(*Sources and Structures of James Joyce's "Oxen"*, 1959)를 들 수 있다. 또한 고대부터 빅토리아 시대까지 다양한 작가의 문체를 다루다 보니 난해할 수밖에 없는 이 에피소드를 자세히 읽기(close reading)를 통해 해독하려는 시도도 또 다른 연구의 방향이었다. 예를 들면, 특히 이해하기 어려운 시작 부분과 끝부분에 대한 연구, 또한 취중 대화의 화자가 누구인지를 찾아내는 연구 등이 있었다. 예를 들면, 벤스톡(Bernard Benstock)의 「태양신의 황소 암중모색」("Decoding in the Dark in 'Oxen of the Sun'", 1991)가 이러한 연구의 범주에 속한다고 할 수 있다.

하지만 영국 산문 문체의 발달사 관련 논의는 피상적으로 보이는 것만큼 단순하지 않다. 왜냐하면 조이스는 대표적인 작가들의 글을 단순히 모방하는 데 그치지 않고 다양한 방법으로 변형시켜 제시하고 있기 때문이다. 초기의 많은 비평가는 조이스가 각 시대의 대표적인 산문들을 연속적으로 병치하여 제시함으로써 영국 문학사의 흐름을 보여주고 있다고 보았다. 연구가 축적되어 감에 따라, 조이스의 앤쏠로지(anthology)를 원문에 대한 패러디로 보는 학자가 많아졌고 이제 이는 학계의 정설이 되었다고 할 수 있을 정도이다. 물론 「태양신의 황소」와 영국 작가들의 글 사이에 존재하는 상호텍스트성에 대해서는 의문의 여지가 없다. 예를 들면, 헤링(Philip Herring)은 "조이스가 영문학의 저명작가들을 연대기 순서대로 패러디하고 있다는 건 명백하다"라고 말하고 있다. 그런데 여기서 주목할 점은 헤링이 바로 이어서 조이스가 "명백한 풍자적 악의(혹은 적의?)가 없이" (without any apparent satirical malevolence) 패러디한다는 말을 덧붙인 것이다 (30). 이는 헤링 외에도 많은 비평가가 주장해 왔던 것으로 패러디는 부인할 수 없지만 패러디의 의도가 무엇인지 알 수 없다는 말이다(Bazargan 273). 그렇다면 왜 조이스가 일부러 영국 문학 앤쏠로지[선집]의 편집자가 되려고 했을까? 우리가 알기로 조이스는 "문학적인 것이든 다른 것이든 영국적인 전통/관습에 대한 저항"을 보여 왔기 때문이다(O'Connor 107). 필자가 보기에 이 의문에 대한 실마리는 최근에 시작된 조이스에 대한 역사적 • 정치적 측면의 분석으로 제공된다. 조이스의 앤쏠로지를 영국 문학사 혹은 영국 산문사와 관련하여 연구한 대표적인 학자인 스푸(Robert Spoo)는 『율리시스』 제2장("Nestor")의 역사론과 이 에피소드에서 보여주는 역사적 관점을 비교 및 대조하고 있다. 더 나아가서, 깁슨(Andrew Gibson)은 『조이스의 복수』(*Joyce's Revenge: History, Politics, and Aesthetics in* Ulysses, 2005)에서 이 장을 정치적인 시각에서 분석함으로써 패러디의 의도가 부재하다는 비평가들의 생각에 도전하고 있어 주목할 만하다. 그는 앤쏠로지의 정치학이 이 장을 해석하는 데 중요한 주제가 된다고 보고 있다. 즉 그는 그 당시 앤쏠로지가 정치적으로 어떤 의미가 있었는지를 논의하면서 조이스가 이 에피소드에서 제시한 앤쏠로지는 영국인의 주류 앤쏠로지에 저항하는 "반 앤쏠로지"(anti-antholoy, 173)로 간주한다. 필자도 조이스의 패러디 의도가 영국의 위대한 문학 전통에 대한 도전이라는 데 동의하며, 구체적으로 어떻게 교묘하게 조이스가 그러한 전통을 허물고 있는지를 살펴보고자 한다. 특히 제국주의 시대의 대표적인 문필가이었던 카알라일(Thomas Carlyle)과 머콜리(Thomas Babington Macaulay)의 원문과 이를 모방한 조이스의 글을 집중적으로 비교분석함으로써 조이스의 교묘한 도전을 조명해 보고자 한다. 식민주의자에 대한 식민지인의 모방과 관련해서는 호미 바바(Homi Bhabha)의 모방 이론에 도움을 받을 것이다.

「태양신의 황소」에서 조이스는 영국의 위대한 산문작가들의 문체와 어휘 등을 대략 역사적인 순서대로 모방 혹은 패러디한다. 조이스 학자들은 그동안 조이스가 주로 두 권의 앤쏠로지, 즉 피콕(William Peacock)이 편집한 『영국 산문: 맨더빌부터 러스킨까지』(*English Prose: from Mandeville to Ruskin*, 1903)와 세인츠베리(George Saintsbury)가 편집한 『영국산문 리듬의 역사』(*A History of English Prose Rhythm*, 1912)를 참고해서 자신의 앤쏠로지를 만들었다고 보고 있다(Janusko 93). 이 둘을 포함해서 19세기와 20세기 초 영국의 앤쏠로지는 자주 영국의 장점과 자랑스러운 역사를 찬양하며 애국심을 함양하였다(Spoo 139). 퀸트릴(Esther Quantrill)은 이 시기에 민족적 정체성이 얼마나 문학적 전통과 점점 더 깊은 관련을 맺게 되었는지를 지적한다(215). 또한 앤쏠로지는 당시 세계 곳곳의 식민지에 흩어져 있는 영국인들뿐만 아니라 식민지인들까지 하나로 통합할 목적으로 쓰였다. 왜냐하면 앤쏠로지는 "외견상 단일한 전통을 제시해 주었고 다양한 배경과 믿음을 가진 독자들을 겨냥했기 때문이다"(Gibson 174). 1880년부터 1920년 사이의 영국 문화민족주의는 19세기 전반에 두드러졌던 정치적·종교적 분열을 극복하고 문화적 동질성을 확보하기 위한 것이었다. 산문 앤쏠로지는 이데올로기의 전달에 좀 더 효과적이었고 조이스가 사용한 앤쏠로지에는 영국 문화민족주의의 이데올로기적인 형성이 분명하게 드러나 있었다(Gibson 175). 조이스가 「태양신의 황소」에서 보여주고 있는 앤쏠로지도 외견상 이러한 흐름을 따라가고 있는 듯이 보인다. 왜냐하면 영국의 대표적인 작가들의 문체를 자랑하듯이 전시함으로써 그 위대함을 보여주는 듯하기 때문이다.

위대한 문학은 위대한 제국의 표현이었다. 조이스가 특히 많이 참조했던 피콕의 앤쏠로지는 제국의 위용을 보여주는 작품들을 많이 싣고 있다. 깁슨은 이러한 산문들이 "민족주의적이고, 군사주의적이며, 열정적으로 왕정주의적이고, 계급주의에 기반을 둔, 반민주적인 것"으로 평가한다(175-76). 작품들의 면면을 살펴보았을 때 이러한 평가는 설득력이 있다고 하겠다. 예를 들면, 말로리(Sir Thomas Malory)의 "Of King Rience"에서 영국의 아더왕은 11명의 왕을 굴복시켰다면서 아일랜드 왕을 무시하고 오히려 그가 굴복하지 않으면 처형할 것을 선언함으로써 대영제국의 왕은 여러 왕 위에 군림하는 통치자임을 암시하는 듯이 보인다(Peacock 8-9). 또한 버크(Edmund Burke)는 "Nature of England's Hold of her Colonies"에서 영국인 조상들이 "미개한 황무지를 영광스러운 제국으로 변화시켰다"라고 말하며 민족주의적인 자긍심을 심어줄 뿐만 아니라 제국주의를 미화하고 있다(Peacock 236). 나아가서, 영국인들이 "파괴 대신 인류의 부, 숫자, 행복을 증진함으로써 유일한 명예로운 정복"(236)을 했다며 제국의 식민지 정책을 정당화하고 있다.

조이스가 군국주의, 민족주의, 제국주의 등에 대해 보인 비판적 태도는 이미 많이 알려져 있다. 그렇다면 조이스가 이러한 정신을 고취시키는 듯이 보이는 앤쏠로지 산문을 모방한 이유는 무엇일까? 우선 그날 태어난 퓨어포이 아이는 아일랜드 태생이므로 아일랜드인이 분명하지만 감리교 신자 집안의 영국계라는 사실에 주목할 필요가 있다. 영국 정부는 신생아가 위대한 영국문화를 내재화한 명실상부한 영국인의 후손이 되기를 바란다. 비록 식민지 변방에서 태어났고 거기에서 거주하게 되지만 정신적으로만은 고대부터 카알라일에 이르기까지 발전되어 온 찬란한 영국 산문의 전통을 이어받기를 바라는 것이다. 조이스가 영국 문필가들의 문체로 영국계 아이의 출생을 서술한 이유는 일차적으로 이러한 제국의 의도를 드러내기 위한 것으로 보인다. 이와 관련하여 아이가 국립 산부인과 병원에서 태어났다는 사실도 주목할 만한 가치가 있다. 그 산부인과 병원은 주로 영국계의 기부금으로 세워졌고 이사장은 항상 영국 총독이었기에 영국의 아일랜드 통치와 밀접한 관련이 있다(Harris 376). 결국 출생을 포함한 식민지인의 "통제와 억압의 역사"를 나타내는 산부인과 병원에서 태어나는 아이가 영국계라는 건 아이러니이다(Harris 376). 하지만 이 병원이 가난한 분만 환자들을 위한 곳이었다는 점을 고려해 보았을 때(Harris 375), 퓨어포이 부모는 전형적인 영국계 아일랜드인과 달리 권력과 돈으로부터 멀찌감치 떨어져 있는 평범한 아일랜드인들이었음을 추측할 수 있다. 뒤에서 자세히 살펴보겠지만 영국 산문 전통에 대한 조이스의 모방이 완벽하지 않다는 건 이 아이에게 그 전통의 내재화가 불완전하다는 걸 암시하고, 나아가서 영국계이면서도 영국에 저항했던 톤(Wolf Tone), 에멧(Robert Emmet), 파넬(Charles Stewart Parnell) 등 민족주의 인사들처럼 영국의 간섭에 대항할 수 있는 식민지인이 될 수 있는 가능성을 열어두는 듯이 보인다. 아이는 영국 고유의 전통과 그 언어가 아니라 그것을 패러디하는 언어를 말하게 될 수 있기 때문이다. 이날 탄생한 식민지 아이는 비록 지연적으로는 아일랜드인이지만 영국이 원하는 대로 바로 영국문화 안으로 편입된다. 이는 식민지인의 영국인으로의 "귀화"(nationalization)에 해당한다고 볼 수도 있다(Gaipa 202). 가이파가 이러한 위대한 전통 속으로 태어난 신생아를 두고 "영국문화의 상속자"라는 지위를 부여한 건 다분히 영국 정부의 입장을 반영했다고 할 수 있다(202). 아이의 성 "Purefoy"는 어원적으로 "순수한 믿음"(fure faith)이란 뜻인데 그가 영국 문화에 대해 철저하게 충성스러운 태도를 취할 것인지에 대해서는 회의적일 수밖에 없다. 왜냐하면 조이스는 패러디 혹은 불완전한 모방을 통해 영국의 위대한 문화의 순종성(purity)을 훼손하고 있고 그러한 언어로 이 아이의 탄생을 서술하고 있기 때문이다. 앞으로 논의하겠지만, 아일랜드인인 그의 문화는 혼종성(hybridity)을 특징으로 하고 이는 저항의 요소를 내포하게 될 것이다.

이와 관련하여 조이스가 프랭크 버전(Frank Budgen)에게 이 에피소드를 설명하여 보낸 편지에 나오는 한 문장에 주목할 필요가 있다. 그는 위대하고 풍요로운 영국의 문학적 전통을 설명한 후에 "How's that for high?"(*Letters* I 139)라고 묻는다. 깁슨의 주장대로 여기서 조이스는 "high"를 부분적으로는 "high class"의 의미로 사용했을 것이고 아이로니컬한 어조로 말한다고 할 수 있다(166). 피상적으로는 "그야말로 높은 수준 아닌가?"의 의미이겠지만, 이러한 문화적 풍요는 고위층, 지배계층에 속하고 퓨어포이를 포함한 가난한 평민들에게는 해당되지 않는다는 것이 암시되어 있는 듯하다.

공교롭게도 앤쏠로지는 주변인이 주류사회에 진입하기 위해 고급문화를 받아들이는 통로였다. 크로포드(Robert Crawford)는 영문학의 제도적 연구는 애초에 식민지인들과 같은 문화적 국외자들이 자신의 방언으로 인해 받게 되는 사회적 제약을 극복하기 위해서 필요하게 되었다고 말한다(38). 앤쏠로지는 식민지인들이 문화적 동질성을 추구하는 데 필요한 도구였다. 특히 아일랜드에서는 영국인 대접을 받아도 영국에서는 아일랜드인 취급을 받는 영국계 아일랜드인으로서는 영국문화를 완벽하게 받아들이는 게 절실했을 것이다. 영국계 아일랜드인은 영국인과 아일랜드인 사이의 중재자로서 식민주의자이면서 동시에 식민지인이고(Wells-Lassagne 451), 또한 "아일랜드의 타자"(Irish other)로서 "영국인들과 근본적으로 다르기 때문이다"(Wells-Lassagne 452). 제국 편에서도 앤쏠로지는 중요한 수단이었다. 앤쏠로지로 대변되는 영국 문화를 내재화한 사람은 영국의 가치관을 수용하게 될 것이고, 따라서 앤쏠로지는 대영제국의 지배를 공고히 하는 데 공헌하게 되기 때문이다. 결국 앤쏠로지는 순종적인 식민지인을 형성하고 대영제국 내의 모든 사람의 단결을 위해 필수적이었다고 볼 수 있을 것이다. 「태양신의 황소」에서 유아의 탄생이 앤쏠로지의 언어로 서술되는 건 그가 주변부의 저항을 막으려는 제국의 전략으로부터 자유롭지 않다는 걸 암시한다.

아이의 부모가 현재 주변인으로서 얼마나 주류에 편입하기를 원하는지는 아이의 이름에서 암시된다. 그의 이름은 "총독부의 징수관이자 퓨어포이 씨의 영향력 있는 팔촌의 이름을 따서 모티머 에드워드로 지어질 것"이었다(14.1334-36). 부모들은 주류 권력에 가까이 있는 친척의 이름으로 아이의 이름을 지으면서 그 친척에게 아부하고 그렇게 함으로써 주류에 한 발짝이라도 가까이 가고 싶어 한다. 그것은 보어전쟁의 영웅 이름을 따서 지은 또 다른 아이인 밥시(Bobsy)의 경우도 마찬가지이다(14.1331-32). 로버츠 경(Sir Frederick Sleigh Roberts)은 아프가니스탄 등에서 뛰어난 무공을 세웠을 뿐만 아니라 보어전쟁 당시 사령관으로 활약하였다. 그는 식민지인 인도에서 태어났지만 자신을 영국계 아일랜드인으로 간주하였고 제국을 방어하고 확장시키는 데 공을 세우면서 제국의 인정을 받은 사람이었다(Gifford 438). 이처럼 아이의 이름에서라도 영국계 신분을 드러내려 안간힘을 쓴다는 건 현재의 사회적 위치가 전혀 그렇지 못하다는 것을 반증하고, 또 다른 관점에서 보면 부모는 신생아를 "사회적 신분이동의 도구"로 사용하고 있다고 할 수 있다(Osteen 236). 어쨌든 퓨어포이 아이는 이름만/무늬만 영국계 아일랜드인일 뿐 실제는 가난한 식민지인일 뿐이다.

대부분의 식민지인은 아무리 노력한다고 하더라도 제국주의자의 위치를 차지할 수 없다. 그들이 안간힘을 쓰면 쓸수록 영국인들은 그들의 우월성이 침해되지 않도록 "영국인인 것과 영국인화 되는 것 사이의 차이"(the difference between being English and being Anglicized)를 더 분명하게 보여주려 하기 때문이다(Bhabha 89-90). 그것은 완벽하지 않은 모방으로서 "영국인화 하는 것은 *명백하게* 영국인인 것과 다르기 때문이다"(Bhabha 87, 이탤릭체는 원문의 강조). 호미 바바는 식민지인의 모방에 대한 이론을 설명하기 위해 식민지 인도의 예를 든다. 머콜리 경(Lord Macaulay)이 1835년 언급한 이래로 식민지의 영국 행정가들은 인도인들이 영국의 언어, 태도, 예의, 관습 등을 모방하길 기대하였다. 바바에 의하면, 이러한 제국의 지식은 원주민과 영국인 사이에 있는 교육받은 식민지인, 즉 통역자(interpreter)를 통해 전달되어야 한다. 이러한 통역자는 "혈통과 피부색"은 원주민이지만 "취향, 의견, 도덕, 지성에 있어서는 영국인"인 혼종적인 계층이었다. 바바는 머콜리 경의 방법으로 나타나게 되는 식민지인은 "거의 동일하지만 완전히 같지는 않은"(almost the same, but not quite) 존재가 된다고 보았다(86). 그렇지 않으면 식민주의자의 우월성에 대한 이데올로기적인 정당성이 확보되지 않기 때문이다. 결국 식민지인들은 식민주의자의 요구, 즉 동일하면서도 동일하지 않은 타자가 되어야 하는 요구를 결코 충족시킬 수 없다. 식민지인은 모방하지만 그 과정에서 모방의 대상과는 질적으로 다르고 오히려 분열시킬 수 있는 "혼종"(hybrid)이 된다. 또한 식민지인은 식민주의자의 문화에 대한 나르시즘적인 환상을 가지고 있으면서도 타자로서의 인식에서 오는 저항감, 이러한 상반되는 감정이 역설적으로 병존하는 상태에 있게 된다. 뿐만 아니라 "흉내 내는 사람"은 식민주의자의 문화를 불완전하게 모방함으로써 암암리에 식민주의 담론의 권위에 의문을 제기하게 된다. 결국 "완전히 같지는 않은" 식민지인의 정체성은 제국에 위협적인 요소가 된다. 왜냐하면 제국의 문화를 모방한다는 것은 "조롱과 위협"을 내포하기 때문이다(Ashcroft 125). 특히 중요한 건 이러한 교육 결과 나타나는 식민지인의 글쓰기이다. 흉내 내기 혹은 모방의 위협은 가면 뒤에 진정한 정체성을 숨기는 데 있지 않고 "이중적인 시각"(double vision)으로부터 오는데, 이 시각이 제국의 권위를 붕괴시키기 때문이다. 이러한 모방에 내재된 "위협은 공공연한 저항에서 온다기보다는 식민주의자와 완전히 같지 않은 정체성을 끊임없이 암시하는 방법으로 온다"(Ashcroft 126).

"통역자"의 집단에 속하는 이 "흉내 내는 사람"(mimic man)은 분열된 식민지인으로 자아와 타자, 순종과 저항, 모방과 창조의 경계선상에 서 있는 사람이라 할 수 있다. 「태양신의 황소」에서 조이스는 영국 문학을 능란하게 흉내 낼 수 있을 정도로 그 내용을 잘 이해하고 있었다. 하지만 그에게는 영국인과 "거의 동일하지만 완전히 같지는 않은", 아일랜드인으로서의 정체성이 있었고 이는 영국 문학과 그것이 지지하는 제국에 대한 도전과 위협이 될 수 있었다. 사실상 조이스는 이 에피소드에서 영국인과 그 문화에 대해서 "되받아 쓰기"(write back)를 한다고 할 수 있다(Gibson 171). 이날 새로 태어난 영국계 아일랜드인 신생아는 조이스가 모방하여 보여주는 "완전히 같지는 않는" 영국문화를 상속하게 될 것이다.

조이스의 "불완전한" 모방의 잠재적 도전이 어떠한 것인지 알기 위해 먼저 영국 제국주의 시대의 대표적인 문필가 카알라일의 문체를 모방한 부분(14.1391-1439)을 상세히 살펴보기로 하자. 조이스는 피콕이 편집한 앤쏠로지에서 카알라일의 많은 단어를 차용하여 사용하고 있다. 앤쏠로지에서 카알라일은 제국의 현자 혹은 예언자에 어울리는 권위 있는 어조로 노동의 신성함을 설교한다. 하지만 「태양신의 황소」에서 들리는 그의 목소리는 제국의 위대함을 반영하는 어조와는 거리가 있다. 비록 조이스가 카알라일의 단어를 많이 가져왔지만 동일한 단어들이 동일한 어조를 만들어내지는 않는다. 다른 맥락에서 사용되고 있을 뿐만 아니라 거기에 새로운 단어들이 더해졌기 때문이다. 예를 들면, 두 텍스트 모두에서 가족을 위하여 "열심히 일하라"(toil on)라는 건 단어와 내용까지 동일하다. 하지만 카알라일은 "헤라클레스처럼 일하라"(work at it, like a Hercules!, 335)라고 하는데 조이스는 "꼭 쇠사슬에 메인 개처럼 일하라"(labour like a very bandog, 14.1414-15)라고 하면서 신화 속의 영웅 대신 개를 비유의 대상으로 삼고 있다. 물론 카알라일도 가족부양은 피할 수 없는 의무로서 땀을 흘려야 하기 때문에 자유가 없음을 말하고 있지만(333), 다른 단어를 선택함으로써 고상한 어조를 유지한다.

같은 단어를 사용하더라도 그 단어가 가리키는 내용이 동일하지는 않다. 카알라일의 경우 좀 더 추상적이고 고귀하며 이상적인 것을 가리키는 데 반해 조이스는 구체적이고 현실적인 것으로 끌어내린다.

> 노동은 생명이다: 노동자의 가장 깊숙한 곳으로부터 신이 주신 힘이 솟아오른다. 그 힘은 전능하신 신이 그에게 불어넣어 주신 성스러운 천상의 생명-정수(精髓)이다. 그의 가장 깊숙한 곳으로부터 그는 모든 고귀함에 눈을 뜨게 된다. 모든 지식, 자아 인식 그리고 그 밖의 많은 것에 눈을 뜨게 된다. . . . 지식? 노동할 때 효력을 갖게 될 지식, 그것에 매달리라. (Peacock 336)

여기서 카알라일은 노동자가 노동할 때 받게 되는 신적인 능력을 "성스러운 천상의 생명-정수"(the sacred celestial Life-essence)라고 한다. 노동이 타락한 인간을 정화시키는 능력을 지니고 있다고 믿는 카알라일은 "노동에는 영원한 고귀함 심지어는 성스러움이 있다"라고 말한다(Peacock 189). 이에 반해 조이스는 "비이슬의 습기"(raindew moisture)를 "천상의 생명 정수"(life essence celestial,

14.1407)라고 함으로써 성스러운 것을 자연현상으로 전락시킨다. 마찬가지로, 카알라일은 지식에 매달리라고 한 반면, 조이스는 퓨어포이에게 자신의 아내에게 매달리라(Cleave to her!, 14.1414)고 하며 추상적인 지식을 구체적인 인간으로 대체한다. 성스러운 지식과 달리 아내는 "빨간색의, 설익은, 피가 흐르는 소고기 스테이크"(14.1424)로 보신해야 하는 연약한 산모이다. 그녀는 또한 "온갖 질병의 복마전"(pandemonium of ills, 14.1425) 같은 부실한 몸을 하고 있다.

여기서 조이스가 "아내를 섬기라"(Serve!, 14.1414)라는 말을 덧붙이고 있다는 점을 주목할 필요가 있다. 이렇게 하면서 조이스는 카알라일의 사상에 반기를 든다고 볼 수도 있기 때문이다. 카알라일은 남녀의 본질적 차이를 강조하면서 남자는 가정의 주인으로서 명령을 내리고 여자는 순종하도록 태어났다고 믿는다(Hall 175). 바로 앞에 나온 "그녀에게 매달리라"라는 것도 여성의 주변성을 문제 삼는 말이지만, 뒤에 "나이 든 가부장이여 그녀에게 (매달리라)"(To her, old patriarch!, 14.1438-39)라고 하는 건 더 분명하게 가부장제에 대한 화자의 도전을 보여준다고 할 수 있다. 따지고 보면 카알라일이 주로 남성적인 노동(labor)을 찬양하는 데 비해 조이스는 다산, 나아가서는 퓨어포이 부인의 산고(labor)를 찬양하는 것도 이런 맥락에서 눈여겨볼 필요가 있다. 카알라일은 노동으로 거칠어지고 더러워진 손과 얼굴, 그리고 그 소유자인 남성 노동자를 찬양한다(333). 조이스의 경우, 물론 많은 아이의 아버지가 된 퓨어포이의 "용감한 행동"(14.1410)을 칭찬하고 있지만 실제로 육체적인 고통을 겪고 그로 인해 온갖 육체적인 병을 영광의 상처인 양 안고 있는 여성을 부각시키고 있기 때문이다.[1] 이런 맥락으로 앞에서 출산에 성공한 아내를 두고 "용감한 여자가 씩씩하게 협조했다"(14.1312)

---

1) 조이스는 17회의 임신과 과도한 출산 때문에 45세의 나이에 세상을 하직한 어머니를 목격하였기에 이 부분에서 지나치게 많은 출산에 대한 그의 잠재된 부정적인 시각을 숨기지 못하고 있는 듯이 보인다(Lowe-Evans 26, *Letters* II 48). 이데올로기적으로는 다산을 축복이라고 주장하면서도 잠재의식적으로는 유보적인 태도를 취한다고 볼 수 있는 이유이다.

라고 하는 표현은 주목할 만하다. 여자에게 "씩씩하게"(manfully)라는 단어를 적용시킴으로써 남성과 여성의 경계를 무너뜨리고 남성의 전통적/제국주의적 권위를 약화시키고 있기 때문이다.

카알라일은 "제국주의에 대한 강한 지지자"이었고, 영국민을 "선택된 백성"으로 간주하였다(Schapiro 106). 또한 영국이 우월한 인종과 민족으로서 열등한 인종들을 다스리는 걸 당연하다고 보았다(Schapiro 106-07). 아일랜드인들도 예외가 아니어서 카알라일에게 이웃 식민지인들은 "타락하고 혼란스러우며 . . . 질서가 없고, 무분별하고, 폭력적이고, 부정직한"(Schapiro 106 재인용) 민족이었다. 그는 개인과 인종 간의 불평등을 믿었기 때문에 유색인종을 열등하게 보고 영웅을 신과 같은 존재로 찬양하였으며(Schapiro 101), 평민을 경멸하였다. 카알라일만큼 평민을 멸시하고 상류층을 찬미한 사람은 거의 없었다고 할 지경이었다(Schapiro 102). 그런데 흥미롭게도 조이스는 카알라일을 패러디하면서 그가 멸시한 평민이며 그가 통치 대상으로 간주한 식민지인 퓨어포이를 찬양하고 있다. 조이스가 참고로 한 앤쏠로지에서 카알라일은 콜럼버스를 "나의 영웅"으로 찬양하고 있는데(338), 원주민/식민지인의 입장에서 보면 그는 제국주의자이며 정복자에 불과하다. 카알라일은 "위대한 인간" 콜럼버스가 "정복자로서" 거의 불가능한 일을 해냈다는 걸 기드온에 비유해 설명하고 있다(Peacock 337-38). 이스라엘의 지도자 기드온은 밤에 내리는 이슬을 표징으로 삼되 양털 뭉치를 타작마당에 두고 양털에만 이슬이 있게 해 달라는 요구를 했고 신이 그 기도를 들어주었다. 그것은 기드온을 통해 이스라엘을 구원하겠다는 신의 징표였다. 조이스는 기드온/콜럼버스라는 영웅의 자리에 소시민/식민지인 퓨어포이를 대체시킨다.

> 집에서는 푸주한의 청구서에, 직장인 은행에서는 (그대의 것이 아닌) 주형(鑄型)에 눌려, 그대의 무거운 짐 아래에서 고개를 숙이고 있는가? 고개를 들라! 그대는

> 각각의 새 아이에 대해서 익은 곡식을 거두게 될 것이다. 보라, 그대의 양털이 이슬에 젖었도다.
>
> Art drooping under thy load, bemoiled with butcher's bills at home and ingots (not thine!) in the countinghouse? Head up! For every newbegotten thou shalt gather thy homer of ripe wheat. See, thy fleece is drenched. (14.1416-19)

기드온의 양털과 마찬가지로 퓨어포이의 양털이 이슬에 젖었다는 건 그가 신의 축복을 받을 것이라는 뜻이다. 각각의 새 아이가 곡식을 가져다주리라는 생각은 그 당시 영국에서 널리 알려져 있던 맬서스(Thomas Rovert Malthus)의 이론에 반대되는 것이다. 맬서스에 의하면, 인구는 기하급수적으로 증가하나 식량은 산술급수적으로 증가하므로 인구와 식량 사이의 불균형이 필연적으로 발생할 수밖에 없으며, 여기에서 기근・빈곤・악덕이 발생한다. 맬서스는 식량 공급이 인구 성장을 따라잡을 수 없기 때문에 인구 증가를 가난으로 억제하지 않으면 안 된다고 보고 임금을 최저생계 수준으로 하향 조정해야 한다고 주장했다(Stein 206). 퓨어포이의 경제적 현실은 맬서스의 이러한 예언으로부터 크게 벗어나지 않는다. 딸린 식구가 많은 그는 "푸주한의 청구서" 등으로 경제적 어려움에 시달리고 있기 때문이다. 그러나 중요한 건 조이스가 맬서스의 이론에 맞서 퓨어포이가 구원받으리라고 예언한다는 것이다. 심지어 "맬서스주의자들은 뒈져야 한다" (14.1415)라고 외치기까지 하는데, 이것 또한 카알라일에 맞서는 목소리라 하지 않을 수 없다. 왜냐하면 맬서스의 시각을 카알라일은 "어두운"(dismal) 것으로 보았지만 그렇다고 그 진단이 부정확하다고 생각하지는 않았기 때문이다(Stein 206).

조이스가 맬서스의 이론에 정면으로 맞서는 건 영국에 맞서는 것에 다름 아니다. 영국인들 쪽에서 보았을 때 아일랜드인들(the Irish Catholic)은 매우 일찍 결혼해서 신속하게 아이를 많이 낳는 관습을 지니고 있기 때문에 인구가 증가하였다고 보았고 그것이 "아일랜드 문제"였다(Gibson 152-53).[2] 빈곤의 탓을 제국의 경제적 착취 대신 인구의 과잉에 돌리는 것이다. "문명인" 영국인의 시각에서 보았을 때 아일랜드인들은 산아제한에 있어서 절제가 결여된 "야만인"이었다. 또한 영국계 개신교 인구 대비 아일랜드 가톨릭 인구의 증가는 영국에 위협이 되었다(Gibson 154). 따라서 맬서스의 이론은 결국 영국의 입장을 대변한다고 할 수 있다. 반면에 조이스는 감자 기근 이후로 급격히 진행된 인구감소에 좌절감을 나타내었다. 그는 「법정의 아일랜드」("Ireland at the Bar")에서 영국의 지배 이후 아일랜드 인구가 8백만에서 4백만으로 감소한 데 대해서 불평했고(*OCPW* 146), 유사한 심정을 「자치 성년이 되다」("Home Rule Comes of Age")에서도 토로하고 있다(*OCPW* 144). 이러한 조이스의 입장은 「키클롭스」장에서 인구감소에 대한 시민(the Citizen)의 통렬한 비난을 통해 강조된다. 그는 "4백만 대신에 오늘날 여기에 있어야 할 사라진 2천만 아일랜드인들은 도대체 어디에 있는가? 사라진 종족"이라며 울분을 토한다(12.1240-41). 「태양신의 황소」도 아일랜드의 다산을 장려하는 단락으로 시작한다. 서술자는 두 번째 단락에서 "인구감소의 위협"(diminution's menace)에 대한 경고를 하면서 "지속적인 인구증가"(proliferant continuance)를 민족의 번영과 직접적으로 연결시킨다(14.16, 19). 특히 조이스가 이 에피소드에서 제국의 담론에 저항하여 "다산"을 번영과 연결시키고 있는 데 주목할 필요가 있다.

> 조안과 함께 살고 있는 다비를 부러워하는가? 자식이라곤 버릇없는 어치와 점막 눈병에 걸린 잡종 개뿐이야. 정말 바보 같으니라고! 그는 기력이나 스태미나가 없

---

2) 톰슨(William J Thompson)에 의하면, 1852년 감자 기근 이후 시행한 첫 번째 인구조사에서 아일랜드 인구는 약 20퍼센트 감소하였고 이후 조사에서도 지속적으로 감소를 나타내었지만 출생률은 영국과 달리 꾸준히 증가하였다(481, 483).

고 아무짝에도 쓸모없는 노새, 죽은 연체동물이야. 번식 없는 생식!

> Dost envy Darby Dullman there with his Joan? A canting jay and a rheumeyed curdog is all their progeny. Pshaw, I tell thee! He is a mule, a dead gasteropod, without vim or stamina, not worth a cracked kreutzer. Copulation without population! (14.1419-22)

50여 년 동안의 결혼생활 동안 자식이 없는 다비와 조안 부부는 다산의 퓨어포이 부부와 대조된다. 또한 이 발라드가 실제 영국인 부부를 모델로 만들어졌다는 점에서(Cryer 71), 다비 부부는 영국을, 퓨어포이는 아일랜드를 넌지시 가리킨다고 해도 지나치지는 않을 것이다. 맬서스가 인구 증가의 문제에 대한 해결책으로 금욕을 주장했다는 점에서 보았을 때(Stein 206), "번식 없는 생식"을 실천하고 있는 이성적인 쪽은 영국이고 통제되지 않는 쪽은 아일랜드라 할 수 있다. 이런 맥락에서 다산의 퓨어포이 부인은 이성적이지 않은 "불합리의 여신"(goddess of unreason 15.4692)이 되는지 모른다. 하지만 조이스는 카알라일의 목소리를 빌려 그가 지지하는 제국을 "바보"와 "노새"와 "죽은 연체동물" 등으로 마음껏 조롱한다.

제국에 대한 모방과 조롱은 머콜리에 대한 패러디에서도 분명하게 보인다. 그의 에세이 "Warren Hastings"에서 발췌한 부분은 재판이 열렸던 곳과 그 재판에 참여한 인사들을 열거하고 있다. 조이스가 아마 세인츠베리나 트레블(Treble)이 편집한 앤쏠로지에서 인용한 듯하다.

> 위대한, 자유로운, 문명화된, 번영하고 있는 제국의 방방곡곡에서 우아함과 여성적 사랑스러움, 위트와 지식, 모든 학문과 모든 예술의 대표자들이 함께 모였다. . . . 위대한 왕들의 사신들과 식민지에서 온 사신들은 이 세상의 어떤 다른 나라도 보

여줄 수 없는 장면을 감탄하며 응시하고 있었다. (Treble 368)

대영제국은 “위대하고”, “문명화되었으며”, 부유할 뿐만 아니라, 그 어느 나라도 할 수 없는 일을 성취한다. 이 부분은 곧 제국에 대한 찬양이라 하지 않을 수 없다. 또한 깁슨도 지적하듯이, 이 부분은 대영제국의 중심인물들에 대한 찬양으로 볼 수 있다(177). 조이스는 머콜리의 문체와 내용을 어느 정도 모방하여 동일성을 보이면서도 타자성을 드러낸다.

> 장소도 인사들도 위엄에 있어서 부족함이 없었다. 토론자들은 그 나라에서 제일 명민했고 그들이 다룬 주제는 가장 고상했고 가장 중대한 것이었다. 혼 저택의 높은 홀은 그처럼 대표적이고 그처럼 다양한 인사들의 모임을 본 적이 없었고 그 집의 오래된 서까래는 그처럼 박학다식한 언어에 귀 기울여 본 적이 없었다. 그것은 참으로 장관(壯觀)이었다. 크로터스는 테이블 다리 옆에 앉아 있었다. . . .
>
> Neither place nor council was lacking in dignity. The debaters were the keenest in the land, the theme they were engaged on the loftiest and most vital. The high hall of Horn's house had never beheld an assembly so representative and so varied nor had the old rafters of that establishment ever listened to a language so encycloaedic. A gallant scene in truth it made. Crotthers was there at the foot of the table. . . . (14.1199-1204)

둘의 본질적인 차이는 찬양의 대상에 있다. 머콜리의 경우, 제국이 찬사와 찬양의 중심이다. 사실상 거기에 모인 인사들도 찬사를 받고 있지만 그들의 우수함과 훌륭함은 제국의 위대함을 반영할 뿐이다. 그러나 조이스가 모방한 글에서는 이 제국이 제거된다. 또한 머콜리와 마찬가지로 모여든 인사들이 대단하다고 칭찬하고 있지만, 거기 모인 사람들의 면면을 보면 결코 그렇지 않다는 걸 알게 된다. 예를 들면, 린치(Lynch)의 "얼굴은 이른 나이의 타락과 조숙한 지혜의 표적"을 이미 보이고 있다(14.206-07). 뿐만 아니라 "괴짜"(14.1208) 의대생 코스텔로(Costello), 배논(Bannon) 등 모두가 영국 상류층의 제국주의자들과는 거리가 먼 아일랜드의 젊은이들이다. 조이스는 원문에서 보이는 위엄 있는 인사들의 근엄한 재판 장면 대신에 단점과 실수투성이인 젊은이들의 시끄러운 토론장을 보여줌으로써 제국의 위엄을 비웃고 있는 듯이 보인다. 혹은 제국의 권위를 붕괴시키는 듯 보인다.

바바가 암시하듯이, 식민주의적 담론은 "거의 같지만, 완전히 같지는 않은 . . . 교정된, 승인할 수 있는 타자"를 증식시키고 싶어 한다(86). 흉내 내기를 통해서 새로 교육받은 엘리트들은 동일성도 차이성도 부여받지 못하는 양의성(兩義性, ambivalence)의 영역에서 존재하게 된다. 식민지인은 모방 혹은 패러디를 하지만 이 과정에서 모방의 대상과 질적으로 다르고 위협적이기까지 한 혼종(hybrid)이 된다. 식민지에 문화적 동질성을 확산시키기 위해 제작된 앤솔로지는 식민주의 담론을 가리킨다고 할 수 있는데, 조이스가 패러디해서 보여주는 앤솔로지는 동질성 대신 혼종성을 담보한다고 할 수 있다. 영국 산문의 위대한 전통을 허물고 있을 뿐만 아니라 영국 문호의 문체에 식민지 아일랜드의 내용을 혼합함으로써 문화의 혈통적 순수성을 저해하고 있다. 이러한 현상이 극단적으로 나타나는 부분이 「태양신의 황소」의 마지막 열 개 정도의 단락이다. 그동안 이어지던 영국 대표적 문필가들의 위대한 문체 흐름이 갑자기 미국인 부흥사의 언어를 포함한 "방언과 속어의 파편들로 붕괴된다"(Gifford 441). 조이스 자신은 이 언어를 "피진 영어, 흑인 영어, 런던 사투리, 아일랜드어, 뉴욕(바우어리 지역) 속어, 엉터리 시로 이루어진 소름 끼치는 뒤범벅"이라고 쓴 바 있다(*Letters* I 138-39). 여기서 "뒤범벅"(jumble)이라는 단어에는 "혼란(상태)"이나 "동요"의 의미도 함축되어 있다. 식민주의 담론은 앤솔로지를 통해 모두가 동질적인 언어를 사용하기를 희망했지만 그와 반대로 혼합된 언어가 위협적으로 나타난 것이다. 그것은 흉내 내기가 내포하고 있는 위협적인 요소를 보여준다고 볼 수 있다. 조이스는 억압되어 온 주변(Periphery)이 권력의 중심(Center) 안에 비밀리에 존재할 수 있음을 보여주고 있다(Gaipa 205). 통합된 영국 문학 전통과 표준화된 영어는 영국인의 민족주의적 자긍심이었을 것이다. 그런데 이 마지막 부분은 그동안 억눌려 온 소외된 주변부의 존재를 드러낸다. 이러한 위협은 카알라일 문체 부분에서 그들의 목적지가 덴질 거리(Denzille Street)에 있는 버크(Burke's) 술집이라는 데에서도 암시되어 있다(14.1399). 덴질 거리가 이제 페니언 거리(Fenian Street)로 불리는 것에서도 알 수 있듯이 이곳은 과격한 민족주의 단체인 페니언단원들이 많이 살고 있는 거리였다. 그들이 민족을 배신한 대가로 영국 총독부(Dublin Castle)에서 고위직을 차지하고 있던 버크(Thomas Henry Burke)를 암살 대상으로 지목하고 결국 피닉스 공원(Phoenix Park)에서 행동에 옮겼다는 점에서 보았을 때(Gifford 94), 그들이 같은 이름의 주점으로 향하는 건 주목할 만한 가치가 있다. 또한 소란스러운 거리에서 누군가가 "덴질 거리의 아이들"(Denzille lane boys)이라고 하는데 이 표현은 버크를 암살한 당사자들인 페니언단의 분파인 무적대(Invincibles)를 가리킨다. 이런 점에서 이 에피소드의 마지막 부분은 주변화된 식민지인들의 잠재적인 위험성을 암시하고 있다고 할 수 있다.

결국 조이스는 영국 문학사의 "위대한" 작가들을 모방하는 듯하면서도 은근히 "되받아 쓰기"를 통해 제국에 저항한다. 조이스는 또한 영국 작가들을 흉내 내면서 교묘하게 아일랜드적인 요소를 삽입함으로써 "위대한" 문체를 왜곡한다. 마치 트로이의 목마처럼 적진에 들어가 적을 공격하는 것이다. 깁슨은 더글러스 하이드(Douglas Hyde)의 유명한 표현을 빌려 조이스가 단순한 모방을 넘어 사실상 "영국적인 것의 아일랜드화"(Irishisation of things English)를 하고 있다고 말할 정도이다(179). "흉내 내는 사람" 조이스는 제국주의자의 문화를 불완전하게 모방함으로써 식민주의 담론의 권위를 문제시한다. 이러한 모방은 제국과 식민지인의 관계를 애매하게 만들고 제국의 정체성과 권위를 약화시킨다. 제국은 위대한 문체의 모방을 통해 품위 있는 상류사회의 문화를 이어받은 순종적인 식민지인이 나오기를 기대하지만, 이 에피소드의 마지막 부분이 단적으로 보여주듯이 저항적이고 위협적인 주변부 문화의 분출을 막을 수 없다. 오늘 태어난 영국계 아일랜드인 퓨어포이의 아이도 앤솔로지 교육을 통해 위대한 문체를 교육받겠지만 그 안에 있는 아일랜드적인 요소가 그를 영국인과 완전히 같게 하지는 않을 것이다.*

---

* 『제임스 조이스 저널』 19권 1호 (2013) 89-109에 실린 논문을 수정하고 편집함.

인용문헌

Ashcroft, Bill, Gareth Griffiths, Helen Tiffin, Ed. *Postcolonial Studies: The Key Concepts*. Second Ed. New York: Routledge, 2007.

Bazargan, Suaan. "Oxen of the Sun: Maternity, Language, and History." *James Joyce Quarterly* 22.3 (Spring 1985): 271-80.

Benstock, Bernard. "Decoding in the Dark in 'Oxen of the Sun'." *James Joyce Quarterly* 28.3 (Spring 1991): 637-42.

Bhabha, Homi K. *The Location of Culture*. London: Routledge, 1994.

Crawford, Robert. *Devolving English Literature*. Oxford: Clarendon, 1992.

Cryer, Max. *Who Said That First: The Curious Origins of Common Words and Phrases*. Auckland: Exisle Publishing Limited, 2010.

Gaipa, Mark. "Culture, Anarchy, and the Politics of Modernist Style in Joyce's Oxen of the Sun." *Modern Fiction Studies* 41.2 (Summer 1995): 195-217.

Gibson, Andrew. *Joyce's Revenge: History, Politics, and Aesthetics in* Ulysses. Oxford: Oxford UP, 2005.

Gifford, Don and Robert J. Seidman. Ulysses *Annotated: Notes for James Joyce's* Ulysses. Rev. Ed. Berkeley: U of California P, 1988.

Hall, Catherine. "The Economy of Intellectual Prestige: Thomas Carlyle, John Stuart Mill, and the Case of Governor Eyre." *Cultural Critique* 12 (Spring 1989): 167-96.

Harris, Susan Cannon. "Invasive Procedures: Imperial Medicine and Population Control in *Ulysses* and *The Satanic Verses*." *James Joyce Quarterly* 35.2/3 (Winter/Spring 1998): 373-99.

Herring, Philip F., Ed. *Joyce's* Ulysses *Notesheets in the British Museum*. Charottesville: U of Virginia P, 1972.

Janusko, Robert. *The Sources and Structures of James Joyce's "Oxen."* Ann Arbor: UMI Research, 1983.

Joyce, James. *Ulysses*. Eds. Hans Walter Gabler, Wolfhard Steppe & Claus Melchior. New York: Random House, 1986.

---. *Occasional, Critical, and Political Writing*. Ed. Kevin Barry. Trans. Conor Deane. Oxford: Oxford UP, 2000.

---. *Letters of James Joyce*, Vol I. Ed. Stuart Gilbert. New York: Viking P, 1957. Vols II and III. Ed. Richard Ellmann. New York: Viking P, 1966.

Lowe-Evans, Mary. *Crimes against Fecundity: Joyce and Population Control*. Syracuse: Syracuse UP, 1989.

Murison, A. F., Ed. *Selections from the Best English Authors: Beowulf to the Present Time*. London: W. R. Chambers, 1907.

O'Connor, Ulick, Ed. *The Joyce We Knew: Memories by Eugene Sheehy, Will G. Fallon, Padraic Colum, Arthur Power*. Cork: Mercier, 1967.

Osteen, Mark. *The Economy of Ulysses: Making Both Ends Meet*. Syracuse: Syracuse UP, 1995.

Peacock, William, Ed. *English Prose from Mandeville to Ruskin*. London: Grant Richards, 1903.

Quantrill, Esther Maeve. *Anthological Politics: Poetry and British Culture 1860-1914*. PhD Dissertation. U of Texas at Austin, 1995.

Saintsbury, George. *A History of English Prose Rhythm*. London: Macmillan & Co., 1912.

Schapiro, J. Salwyn. "Thomas Carlyle, Prophet of Fascism." *The Journal of Modern History* 17.2 (Jun 1945): 97-115.

Spoo, Robert. *James Joyce and the Language of History: Dedalus's Nightmare*. Oxford: Oxford UP, 1994.

Stein, Herbert. *On the Other Hand: Essays on Economics, Economists, and Politics*. Washington: The AEI Press, 1995.

Thompson, William J. "The Development of Irish Census, and its National Importance." *Journal of The Statistical and Social Inquiry Society of Ireland* 12 (1911): 474-78.

Treble, H. A., Ed. *English Prose: Narratives, Descriptive, and Dramatic*. London: Oxford UP, 1917.

Wells-Lassagne, Shannon. "'He Believed in Epire': Colonial Concerns in Elizabeth Bowen's *The Last September*." *Irish Studies Review* 15.4 (2007): 451-63.

10.

「에우마이오스」장에서 블룸과 동성애의 완곡어법

박은숙

I. 서론

제임스 조이스(James Joyce)의 작품이 출판 과정에서 항상 혹독한 검열에 시달린 건 익히 알려져 있다. 가장 주된 이유는 그의 모든 작품이 당시의 "사회적 순결 이데올로기"(Mullin 83)에 부응하지 않았기 때문이었다. 멀린(Katherine Mullin)의 말대로 조이스는 그러한 사회 담론에 대해 끊임없이 "전복"(85)을 시도했다. 무엇보다 조이스의 이러한 작품세계를 추동한 건 당대의 순결성 운동이 단순한 사회정화 운동이 아니라 정치와 종교의 공모를 통한 식민사회의 주요한 억압 기제라는 날카로운 판단이었다. 조이스가 "사회적 순결 운동"(Mullin 85)에서 파생한 "진정한 남성성"(Mullin 85)의 문제를 매 작품에서 쟁점화한 것도 동일선상에서 이해할 수 있다. 『율리시스』(*Ulysses*)도 이로부터 예외가 아니다.

조이스는 그의 소설에서 "진정한 남성성"의 문제를 주로 당시에 금기시된 "동성애"(Valente 223)와 결부하여 다룬다. 『율리시스』에도 이러한 양상이 있다.

단, 조이스는 작품에서 "동성애"라는 표현을 직접적으로 언급하지 않고 철저한 "완곡어법"(Valente 223)을 사용한다. 이 점은 당시에 동성애가 전적으로 "비밀" (Levine 278)에 부쳐진 관계였음을 거듭 환기시켜 준다. 그럼에도 밸런트(Joseph Valente)를 위시한 다수의 조이스 비평가들은 이와 관련한 그의 완곡어법을 일찌감치 꿰뚫어 보았다. 밸런트 외에도 마하피(Vicki Mahaffey), 분(Joseph Allan Boone), 레빈(Jennifer Levine)을 비롯해 최근에는 라포인트(Michael P. Lapointe)에 이르는 학자들이 조이스 작품 속에 숨겨진 이 비밀스러운 관계를 주시해 왔다.

다만 상기한 연구들은 『율리시스』에 내포된 동성애의 주제를 주로 "젠더 문제"(Lapointe 173)나 "민족주의"(Lapointe 174)와 같은 주류문화의 이데올로기 차원에서 접근한다. 대표적으로 라포인트는 『율리시스』에 암시된 동성애를 당시 아일랜드 민족주의에 비추어 분석한다. 그는 아일랜드 남성들이 서로 간의 연대를 강조하면서 그들이 이상화한 남성적 규범에서 벗어난 자, 즉 동성애자는 "내부의 적"(174)으로 간주함으로써 그를 주변화한 점에 주목한다. 하지만 이 장에서는 역으로 사회적으로 이미 암암리에 동성애자로 낙인찍힌 블룸의 입장에서 그 사회에 만연한 동성애의 완곡어법을 주로 16장 「에우마이오스」("Eumaeus")[1]를 중심으로 재해석해 보고자 한다. 이로써 이 장은 당시 더블린 사회 속 국외자 블룸의 위치를 재조명해 볼 것이다.

---

1) 원전에서 에우마이오스는 오디세우스가 고향 이타카로 돌아와 처음으로 만난 벗이자 돼지치기이다. 위험에 싸인 그는 에우마이오스의 충직함을 확인하기까지 걸인 행색을 한 채 거짓 정체를 둘러대는데, 소설에서는 출신 불명의 선원 등의 모호한 정체가 이러한 분위기를 만든다. 소설에서 마부 쉼터는 원전에서 에우마이오스, 오디세우스, 텔레마코스가 극적 상봉한 에우마이오스의 오두막과 대응된다.

II. 본론

『율리시스』의 제12장 「키클롭스」("Cyclops")에서 블룸은 이름 없이 "시민"(Citizen)으로만 불리는 자와 그의 무리들과 더블린의 "지독한 괴짜"(12.1031) 드니스 브린(Denis Breen)에 대해 이야기한다. 브린은 자신의 남성성을 비꼬는 익명의 카드를 받고 그 발신자를 찾아내겠다고 아내와 함께 온 더블린 시내를 뒤지고 있는 인물이다. 그에 대한 시민 등 더블린 남성들과 블룸의 날 선 입장이 은연중 교차한다.

— 그것은 그자[드니스 브린]가 제정신이 아니란 뜻이지. . . .
— 그래도, 블룸이 말한다, 그 딱한 여자의 입장에서 보면, 내 말은 그의 아내 말입니다.
— [나도] 그녀는 동정하죠, 시민이 말한다. 혹은 반반인 자와 결혼한 다른 여성도.
— 어떻게 반반이라는 겁니까? 블룸이 말한다. 당신 말은 그[브린]가 . . . 란 뜻입니까?
— 어중간하다는 말이오, 시민이 말한다. 정체를 알 수 없는 사람 말이야.
— 이도 저도 아닌 사람, 조가 말한다.
— 바로 그 말이야, 시민이 말한다. 주문에 걸린 것 같은 사람이라고 할까, 당신이 그게 무슨 뜻인지 안다면. . . .

— It implies that he[Denis Breen] is not *compos mentis (sane in mind)*. . . .
— Still, says Bloom, on account of the poor woman, I mean his wife.
— Pity about her, says the citizen. Or any other woman marries a half and half.
— How half and half? says Bloom. Do you mean he . . .
— Half and half I mean, says the citizen. A fellow that's neither fish nor flesh.
— Nor good red herring, says Joe.
— That's what I mean, says the citizen. A pishogue, if you know what that is.

. . . (12.1043-59)

시민 등은 브린을 가리켜 "반반인 자", 곧 "어중간"해서 "정체를 알 수 없는" "이도 저도 아닌 사람"이라고 한다. 시민은 브린이 "남자도 아니고 여자도 아니다"(Gifford & Seidman 345)라는 의미로 비아냥댄 것이다. 표면적으로 이 말은 브린이 양성적이어서 완벽하게 남자답지 못하다는 뜻인데, 실상 이 발언은 그들의 바로 앞에 있는 유대인 블룸에 대한 노골적인 적대감의 표현에 다름 아니다. 왜냐하면 그들은 블룸의 남다른 가정성과 민족성에 관대하지 않기 때문이다. 이에 블룸은 대뜸 브린이 ". . ."이라는 뜻이냐고 반문한다. 블룸은 짐짓 태연을 가장하지만, 시민의 말을 자신이 이해한 대로 선뜻 말하지 못하고 반사적으로 그 부분을 생략해 되묻는다. 블룸의 이러한 태도는 블룸도 시민 등의 표현이 사실상 그를 겨냥한 성적인 조롱임을 애초에 알아차렸다고 짐작케 한다. 달리 말해, 블룸이 시민 등의 이야기가 다분히 그에 대한 성적인 모욕임을 간파하면서도 그렇게 내색하지 못한 것은 거꾸로 그에 대한 블룸의 내밀한 자의식을 반영한다.

모스(George Mosse)에 의하면 유대인들은 기독교 문화가 시작된 이래로 남성성의 전형(stereotype)에 대한 반유형(countertype)으로 주변화된 대표적인 민족이다. 반유형이란 출신, 종교, 언어가 사회 전반의 인구와 다르거나 그 규범에 순응하지 못해서 반사회적으로 여겨지는 사람들로 그 사회의 밖에 서 있거나 주변으로 밀려나 있는 사람을 지칭한다. 이러한 [전형에 대한] 반유형은 마치 볼록거울처럼 사회 규범을 거꾸로 비추는 사회적 "국외자들"이다. 근대사회에서는 이상적인 남성성을 정의하기 위해 그것에 반하는 이미지, 즉 이상적인 남성성에 대한 반유형이 필요했고 그 범주에 유대인을 첫째로 포함시킨 것이다(56). 이로써 서양 사회에서는 "신체적인 부드러움과 연약함, 수동성, 추정컨대, 수줍고 에두르는 행동"(Mosse 69) 등과 같은 유대인에 대한 정형화된 이미지와 기질적 성향으로 미루어 그들을 부단히 “여성화”(Mosse 83)해 왔다. 그 결과 유대인들은 “여성적인 남성들은 동성애자”(Mosse 83)라는 당대의 사회적 인식에 따라 “동성애자와 동화”(Mosse 70)된다.

「에우마이오스」도 유대인은 곧 동성애자라는 유대인에 대한 사회적 낙인과 그에 대한 블룸의 의식이 미묘하게 암시된 에피소드이다. 여기서 블룸은 스티븐과 함께 간단한 요기를 위해 일종의 커피하우스이기도 한 마부 쉼터(cabman's shelter)에 들른다. 여기에서 두 사람은 정체불명의 한 “선원”(16.367)을 만난다. 그는 자신의 이름을 “머피”(Murphy, 16.415)라고 밝힌다. 하지만 그에 대한 서사가 전개될수록 오히려 그의 정체는 더욱 “의심”(Levine 284)스러워진다. 레빈에 따르면 이 이름은 “Morpheo”라는 그리스어에서 파생하고, “얼굴 찌푸리기”, “꿈의 신”, “잠의 아들”이라는 뜻이 있다(283-84). 이러한 어원은 여기서의 전반적인 졸리는 분위기와도 연결된다. 선원의 과장된 어조뿐만 아니라 머피라는 이름 외에 “자칭 선원”(16.620)부터 “스키버린(아일랜드의 한 지역)의 아버지”(16.666)에 이르는 수십 가지의 수식어가 그를 좀처럼 신뢰하기 어렵게 한다. 레빈은 이처럼 서술에서 선원의 정체를 쉽게 드러내지 않는 것도 당시에 금기시된 동성애 문제와 관련이 있다고 본다(284). 레빈의 시각은 선원이 자신의 무용담을 청중에게 들려주며 보여준 “문신”(16.677)을 통해 한층 설득력을 얻는다.

> 그들이 모두 그의 가슴을 보고 있다는 것을 알고 그는 셔츠를 더 열어젖혀서 뱃사람의 그 유구한 희망의 상징[닻] 외에 나머지 숫자 16과 다소 찌푸린 듯 보이는 젊은 남자의 옆얼굴도 다 드러나게 했다.
> ―문신입니다, 보여준 사람이 설명했다. 우리[배]가 선장 달튼의 지휘 아래 흑해의 오데사 인근에서 바람이 없어 항해를 멈추고 있었을 때 새겼지요. 안토니오라는 친구가 그려줬습니다. 여기 있는 친구가 그 친구입니다, 그리스인이죠.

Seeing they were all looking at his chest he accommodatingly dragged his shirt more open so that on top of the timehonoured symbol of the mariner's hope[anchor] and rest they had a full view of the figure 16 and a young man's sideface looking frowningly rather-Tattoo, the exhibitor explained. That was done when we were lying becalmed off Odessa in the Black Sea under captain Dalton. Fellow, the name Antonio, done that. There he is himself, Greek. (16.673-79)

머피가 보여준 문신에는 "뱃사람의 유구한 희망의 상징"인 닻과 "숫자 16" 그리고 "젊은 남자의 옆얼굴"이 있다. 머피는 그 문신을 새겨준 사람이 바로 문신의 한 가지인 "젊은 남자의 옆 얼굴"의 주인공 "그리스인", "안토니오"라고 한다. 동성애의 문제와 관련해 여기서 주목할 점도 이 문신들이다. 로퍼와 오스본(Lyndal Roper and Robin Osborne)에 따르면 "동성애적 관계는 그리스인들과 분명히 연관"(115)되어 있다. 고대 그리스 남성들의 성애적 관계는 당시 그리스 문화의 일부분이다. 하지만 그 무렵 그리스인들의 성애적 관계는 비단 성적 관계만이 아니라 무성적(asexual) 관계까지 포함하는 보다 광범위한 개념이다(115). 칼리마흐(Andrew Calimach)도 그리스인들의 동성애를 유사한 맥락으로 설명한다. 칼리마흐에 의하면 당시 그리스문화에서 "남성 간의 사랑"은 단순히 아동성애(pedophile)와 같은 성적인 의미보다도 "교육적인 기능"(3)이 더 강조된 관계이다. 왜냐하면 당시 그리스는 "남성성을 숭배"하는 "전사 사회"였기 때문이다. 따라서 그 사회에서는 성년 이전의 소년들이 전장에 나가는 성년의 일을 보좌하는 도제로서 성년으로부터 "남성성"과 "무사도"뿐만 아니라 "교양"을 배우는 게 관례로 여겨졌다. 성년이 그의 전차를 끌어주는 소년의 잘못된 행동에 책임을 지고 처벌받은 것도 그 연장선상에서 볼 수 있다(3).

한편, 그리스인들의 남성 간 사랑에서 주목할 점은 성년이 되기 전 소년의

"나이"이다. 칼리마흐에 따르면 그리스에서 남성 간 사랑은 반드시 "적정한 방법"과 "적정한 시기"를 따라 형성되는 성인 남성과 소년의 관계이다. 칼리마흐는 그 "적정한 시기"를 신화에서 이올로스(Iolaus)[2]가 헤라클레스(Heracles)의 전차몰이 조수로서 그를 보좌했던 "열여섯 살"로 추정한다. 이 나이는 오비디우스(Ovid)에 의하면 "나르시서스(Narcissus)의 미모가 가장 정점에 달한 때"이자 플라톤(Plato)의 말대로 소년들이 "스스로에 대해서 생각할 수 있을 만큼 충분히 성장한 때"이기도 하다. 그래서 플라톤은 이 시기의 소년들과 사랑에 빠지는 성년들을 가장 높이 평가한 바 있다(3). 이렇게 볼 때 유독 "숫자 16"이 "유럽의 속어(slang)에서 동성애를 상징"(Gifford & Seidman, 544)하게 된 건 다름 아닌 그리스의 동성애 문화와 밀접한 관련이 있다고 할 수 있다. 따라서 작품에서 머피가 그의 가슴에 있는 "그 숫자[16]가 무엇을 상징"(16.695)하느냐는 질문에 내처 "한숨"을 쉬었다, "일종의 반미소"(16.696-97)만 모호하게 지어보이다 하면서 대답을 끝내 회피한 게 바로 이 동성애에 대한 미묘한 암시였음을 알 수 있다. 이때 머피가 재차 강조한 안토니오가 "그리스인"(16.699)이었다는 말은 이러한 유추를 더욱 구체화해 준다.

머피의 일화에서 동성애와 관련해 "안토니오"라는 인물도 살펴볼 필요가 있다. 머피의 "안토니오"가 동성애적 외연을 띠는 것은 전술했듯이 그가 "그리스인"인 탓도 있다. 거기에 더해 그가 『베니스의 상인』(*Merchant of Venice*)의 반유대주의자이자 동성애자인 "안토니오"[3]의 동명이인인 점도 그 외연을 확장한다. 레빈이 본 대로 『베니스의 상인』에서는 "동성애자와 유대인이 동일시"된다(291). 이는 주로 유대인 고리대금업자 샤일록(Shylock)과 안토니오의 친구 바사

---

2) 그리스신화에서 데베(Theban)의 영웅이자 헤라클레스의 전차몰이 조수(charioteer)이다.

3) 셰익스피어 극에서 안토니오는 유대인 고리대금업자 샤일록을 꺼리는 극심한 반유대주의자인 동시에 친구 바사니오에 대해 동성애적 감정을 가지고 있는 인물이다.

니오(Bassanio)에 대한 안토니오의 복합적인 감정을 통해 극화된다. 클라인버그(Seymour Kleinberg)는 안토니오가 샤일록을 혐오하는 가장 큰 이유는 "그[안토니오]가 사회에 결코 소속될 수 없는 유대인[샤일록] 안에서 그의 또 다른 자아를 발견"하기 때문이라고 본다. 안토니오는 "유대인 샤일록 안에 있는 그 자신, 그가 유대인과 상징적으로 동일시하게 된 동성애자로서의 자신을 혐오"하는 것이다(120). 클라인버그의 주장은 안토니오의 반유대주의에는 이미 유대인에 대한 동성애자로서의 정형화가 깊이 작용하고 있음을 말해준다. 더불어 안토니오가 그토록 절망스러워하는 것은 유대주의도 동성애도 당시 사회에서는 결코 용납되지 않는다는 자각에 기인한다.

상기한 맥락에서 보면 「에우마이오스」에서 선원에 대한 블룸의 태도는 셰익스피어의 샤일록에 대한 안토니오의 적대적 태도와도 대응된다. 표면적으로 선원이 블룸처럼 집 밖에서 떠돌다 집으로 돌아가는 길이라는 점과 아내와 자식과 떨어져 있는 처지인 점은 두 사람 사이에 미묘한 공통점을 부여한다. 블룸은 선원과의 첫 만남에서부터 스티븐이 선원과 이야기를 시작하려 하자 다른 사람들이 그들의 대화를 엿들을까 "어찌할 바를 몰라"(16.380)한다. 또한 블룸은 선원의 끝없는 무용담을 순진하게 듣고 있는 스티븐에게 "우리 공통의 친구[머피]의 이야기들은 마치 [의심스러운] 그 자신 같지 않나. . . . 자네는 그 이야기들이 진짜라고 생각하나? . . ."(16.821-22)라며 머피에 대한 강한 의심과 경계심을 드러낸다. 마침내 블룸은 스티븐을 쉼터의 조악한 음식을 핑계로 밖으로 데리고 나와서 머피로부터 벗어난다. 이러한 면에서 정체불명의 선원, 머피는 레빈이 주장하듯 블룸의 "동성애적 타자"(295)로 볼 수도 있다. 유대인 블룸은 자신의 모습을 비추는 동성애자를 혐오하고 있는 격이다. 왜냐하면 동성애자도 유대인도 당시 사회에서는 "이교도이자 이방인"이기 때문이다(Levine 295). 따라서 16장의 서술자가 선원의 정체를 직접적으로 밝히지 않은 채 한없이 우회한 것도 동성애가 그 이름을 말할 수 없는 사랑이었음을 빗대기 위한 일환으로도 풀이할 수 있다.

블룸은 선원으로부터 스티븐을 데리고 빠져나온 후 스티븐에게 "사람들이 구석에서 살고 다른 언어를 말한다고 . . . 그들을 싫어하는 것은 명백한 불합리. . . ."(16.1100-01)라는 생각을 털어놓는다. 덧붙여서 블룸은 "유대인들이 [세계를] 망친다고 비난을 받지 않나. . . . 그 말은 절대 진실이 아니라네. . . ." (16.1119-20)라고 한다. 여기서 주목할 점은 블룸이 이러한 말을 한 시점이다. 일차적으로 블룸이 이 논제를 꺼낸 건 이보다 먼저 바니 키어넌 주점에서 치렀던 시민 등과의 설전을 스티븐에게 언급한 다음이다. 블룸은 자기가 유대인이라고 공격해 오는 시민에게 그들의 신도 유대인이었다는 말로 보기 좋게 응수해주었다고 한다. 블룸은 그 곤욕을 겪은 지 얼마 지나지 않아 이번에는 쉼터에서 또 다른 복병을 만나 고전한다. 블룸은 "어딘가 이상(queer)"(Levine 289)하기 그지없는 선원으로 인해 연이어 곤경에 처해 있다 가까스로 풀려나자 거의 무의식적으로 곁에 있는 스티븐에게 자기 심중의 생각을 토로한다. 이는 시민과의 일화와 마찬가지로 블룸의 평정심 한편에 자리한 민족적 자의식에서 오는 불안감을 가늠케 한다.

한편, 작품에서 자주 볼 수 있는 숫자 16은 시종일관 블룸에 대한 동성애적 혐의와 맞물려 있는 게 사실이다. 가장 먼저 숫자 16은 "블룸의 날"(Bloom's Day)의 날짜인 "1904년 6월 16일"(10.376)과 연결된다. 또한 블룸과 몰리가 약혼을 한 것도 "16년 전"(18.1575)이다. 게다가 블룸과 스티븐의 나이 차이도 "16살"(15.3719)이다. 뿐만 아니라 "그녀[몰리]도 4시에"(*U* 11.309) 집에서 보일런을 만날 예정인데, 오후 4시도 24시간으로 셈하면 16시이다. 뿐만 아니라 『율리시스』에서 「에우마이오스」도 정확히 16번째 에피소드이다. 결정적으로 두 사람이 이 에피소드에서 만난 선원의 가슴 위 문신에도 "숫자 16"(16.676)이 있다. 그 밖에 9장 「스킬라와 카립디스」("Schilla and Charybdis")에서 셰익스피어의 작품에 대해 멀리건이 언급한 "남색에 대한 혐의"(9.732)도 16세기를 배경으로 한다. 레빈의 말대로 "남색"이 "중죄"로 다루어진 때도 공교롭게 엘리자베스조인 16세기이다(291).

멀리건은 셰익스피어 연구가인 도든(Edward Dowden)이 셰익스피어 작품 중 남색 "혐의"에 대해 "우리가 할 수 있는 말이라고는 오늘날에는 삶이 대단히 격해지고 있다는 것뿐"(9.734)이라고 말했다고 전한다. 이 말은 멀리건의 주장대로 도든이 셰익스피어 작품의 동성애에 대한 "혐의"를 미루어 쓴 것이다. 특히 이 말은 셰익스피어의 "소네트"를 의식했다(Gifford & Seidman 233). 케너(Hugh Kenner)에 따르면 도든은 기타 저서들에서도 셰익스피어의 글에 대한 "동성애 혐의"를 여러 차례 언급한다. 일례로 도든은 그의 아동용 셰익스피어에도 "16세기 말 영국에서의 삶은 격해졌다"라는 표현을 쓴다(113). 거기에서 도든은 "르네상스 시대의 격해진 . . . 삶의 자연스러운 산물의 하나는 남자와 남자끼리의 열렬한 우정"(Gifford & Seidman 233)이라고 부연한다. 요컨대, 도든이 사용한 "삶이 격해졌다"는 표현은 사회적 금기인 "남자와 남자끼리의 열렬한 우정"(ardent friendship of man with man), 즉 동성애를 의미한다.

하지만 공동체적 화합에 대한 이상을 가진 블룸에게 숫자 16은 "동성애"보다, "동성애"의 "성적인 요소가 배제된"(김지혜 20) "동성 간 연대"(homosocial)를 상징할 가능성이 더 높다. 이 개념을 주창한 세지윅(Eve Kosofsky Sedgwick)에 따르면 "동성 간 연대"는 "동성애와의 유사점으로 만들어졌으면서도 그 개념과 구분하기 위해 만들어진 신조어로, 같은 성(性)을 가진 사람들끼리의 사회적 연대"를 의미한다(1). 간략히 말해 동성 간 연대는 동성 간의 "사회적" 관계성이, 동성애는 "성적" 관계성이 핵심인 개념이라 할 수 있다. 따라서 동성 간 연대 활동의 한 가지 특징은 "동성애 혐오(공포)"(homophobia)로 나타난다(Sedgwick 1). 이와 같이 블룸이 동성애보다 동성 간 연대를 추구한다고 가정해 보면, 그가 유난히 동성애를 의식하는 것은 실제로 그가 동성애를 추구하기 때문이 아니라 역으로 "동성애를 경계"하는 "동성 간 연대"를 지향하기 때문이라는 해석도 가능하다.

물론 젠더 비평적 시각에서 "동성 간 연대"를 보면 이성에 대한 혐오나 차별과 같은 문제도 생겨난다. 동성 간 연대는 여성의 존재를 배제함으로써 가부장제를 강화하고 유지하는 필수 기제가 되기도 하기 때문이다. 하지만 블룸은 이러한 한계성에 있어서도 예외적이다. 블룸은 남성끼리의 연대를 원하지만 가부장제를 맹종하지 않는다. 블룸은 가부장제의 억압성을 부단히 경계하는 한편 특유의 가정성을 지닌 가장으로 여성을 타자로서 존중하고 공감한다. 이 논의에서 주목할 점도 여기에 있다. "동성애"에 대한 기존의 관념은 블룸에게 이르러 "동성 간 연대"라는 또 다른 개념과 혼용되는데, 그 새로운 개념도 블룸에게 있어서는 고정되어 있지 않고 매우 유동적으로 작용한다.

모스의 말처럼 당시에 동성애는 세기말의 "타락의 징후"로써 강력한 단속 대상이었다. 그 무렵 급속히 확산된 동성애 현상은 "근대성에 대한 불안을 고조" 시키는 주요인이었다. 그에 따라 사회에서는 "남성성을 강화"함으로써 이러한 "타락"을 막아보고자 한 것이다(98). 그래서 동성애는 "와일드(Oscar Wilde)의 사랑"(3.451)처럼 "감히 그 이름을 말할 수 없는 사랑"[4](9.659)이 되었고, 위에서 블룸도 차마 그 사랑의 이름을 말하지 못했다고 추론해 볼 수 있다. 그럼에도 이처럼 유독 블룸과 관련하여 동성애에 대한 암시가 두드러지는 것은 일차적으로는 "유대인은 동성애자"라는 사회적 편견에 기인한다. 더불어 이러한 편견은 역으로 그에 대한 블룸의 깊은 자의식을 투영함으로써 그의 주변성을 부각시킨다. 한 예로 「아이올로스」("Aeolus")에서 블룸은 더블린 남성들이 신문사 안쪽

---

4) "A love that dare not speak its name": 와일드와 연관된 알프레드 더글라스 경(Sir Alfred Douglas)의 「두 사랑」("Two Loves", 1892)의 결구로써 동성애에 대한 완곡어법으로 이해된다.

에 모여 담소하는 동안, 문 바로 앞에 서 있다가 그만 누군가가 밖에서 들어오는 바람에 "문손잡이에 등을 찧는다"(7.210). 사무실 정중앙이 아닌 문 발치는 곧 더블린 남성사회에서 블룸의 입지를 연상케 한다.

몰리의 약속 시간인 16시는 표면적으로는 그가 부정을 저지르는 아내에게 배신당한 희생자이자 그녀의 정부에게 남편의 지위를 찬탈당한 자가 되는 시간이다. 하지만 세지윅은 이처럼 "오쟁이 진 남편이 되는 것"을 "남성들이 다른 남성들과의 만족스러운 관계를 맺기 위한 통로"(49-50)로 이용한다고 본다. 이러한 시각은 블룸의 국외자로서의 자의식을 고려해 볼 때 그의 경우에도 충분히 적용할 수 있다. 세지윅에 따르면 남성들의 이성애적 관계는 남자들 사이의 궁극적 유대를 존재 이유로 삼는다. 또한 그 유대가 성공적으로 이루어지면 그러한 유대관계는 "남성성을 해치는 게 아니라 오히려 결정짓는 것"이 된다(50).

버전(Frank Budgen)은 블룸이 아내 몰리와 오페라 가수인 그녀의 콘서트 기획자 보일런(Blazes Boylan)의 사적인 만남을 묵인한 건 궁극적으로 블룸의 "동성애적 바람"의 표현이라고 본다(146). 하지만 버전이 이에 대해 제시하는 근거는 세지윅이 "동성 간 연대"로 정의한 맥락과 훨씬 유사하다. 버전의 시각에서 블룸은 "아는 사람들에게 둘러싸여 있지만 외로운 남자"이다. 왜냐하면 유대인인 그는 "남성적 동료애의 따뜻함을 결코 경험해 볼 수 없는" 운명이기 때문이다. 따라서 블룸은 몰리로 하여금 다른 남성을 만나도록 용인함으로써 간접적으로 그들과의 동료애를 경험하려는 것이다. 블룸에게 몰리는 그와 다른 남자들을 이어주는 일종의 "화합의 띠"(bond of union)와 같은 존재이다(146). 헤링(Phillip Herring)도 블룸의 공모를 더블린 남성사회에서 철저히 소외된 블룸이 "모순적이게도 다름 아닌 몰리를 통해 그들의 형제애를 경험"(25)하려는 것으로 해석한다. 이렇게 볼 때 버전이 블룸의 태도를 가리켜 사용한 "동성애"라는 표현은 실상 세지윅이 제안한 "동성 간 연대"의 맥락과 더 부합한다. 이와 관련하여 「태양신의 황소」("Oxen of the Sun")에서 스티븐이 의대생들과 주연을 펼치면서 취한 상태로 이어간 "동성애"에 관한 이야기도 되짚어볼 만하다. 흥미로운 건 그 이야기 속 주인공들의 삼각관계도 오쟁이 진 남편 블룸이 속한 삼각관계와 매우 흡사하다는 점이다.

> 그들[플레처와 보몬트]은 잘 만났어, 딕슨이 말했다, . . . 이름을 아름다운 산[비너스의 산][5]과 호색가로 바꿨으면 더 좋았을 텐데, 단연코, 그렇게 뒤섞인 교제는 많이 일어날 테니. 스티븐은 자기가 최대한 잘 기억하기로 그들은 그 당시의 삶이 매우 격해졌고 나라의 관습도 그것을 허락했기에 사랑의 즐거움 속에 변화를 주기 위해 한 여성을 같이 교제했다고 말했다. 친구를 위해 자기 아내를 내어주는 남자의 사랑보다 더 위대한 사랑을 하는 남자는 없다. 너도 가서 그렇게 행하라. 짜라투스트라는 그렇게 말했다. . . .

> Well met they were, said Master Dixon, . . . better were they named Beau Mount[Mount of Venus] and Lecher for, by my troth, of such a mingling much might come. Young Stephen said indeed to his best remembrance they had the one doxy between them and she of the stews to make shift with in delights amorous for life ran very high in those days and the custom of the country approved with it. Greater love than this, he said, no man hath that a man lay down his wife for his friend. Go thou and do likewise. Thus or words to that effect, saith Zarathustra. . . . (14.355-63)

스티븐은 술자리의 화제가 결혼식으로 옮겨가자 "존 플레처(Master John Fletcher)와 프란시스 보몬트(Master Francis Beaumont)"(14.349-50)라는 영국의 극작가들이 쓴 결혼 축가의 한 소절을 흥얼거린다. 그런데 그 축가는 "연인들의

5) 극작가 보몬트(Beaumont)와 이름이 같은 아일랜드의 산.

뒤섞임"(14.351)을 묘사하는 상당히 외설스러운 내용이다. 이에 의대생 딕슨(Dixon)은 두 사람의 이름을 가지고 음탕하게 장난친다. 스티븐도 이를 맞받아 "당시의 삶이 매우 격해졌다"라는 표현을 쓰면서 두 사람이 한 여성을 통해 동성애를 나누었을 것이라고 한다. 뿐만 아니라 그는 그게 "나라의 관습도 허락"한 풍속이라고 허풍을 친다. 그러면서 그는 "친구를 위해 자기 아내를 내어 주는 남자의 사랑보다 더 위대한 사랑은 없다"라고 하면서 "엄청난 취중불경"(Blamires 142)을 저지른다. 스티븐은 "친구를 위해 자기 목숨을 내어주는 사랑보다 더 위대한 사랑은 없다"(Gifford & Seidman 418)라고 한 성서의 원문을 "짜라투스트라"가 말했다고 함으로써 그 맥락을 완전히 뒤바꿔버린 것이다. 그러자 밖에서는 "천둥"(14.408)이 치고 스티븐은 이내 겁을 먹고 주춤한다.

과거 "동성애"는 금기로 정해질 정도로 지독한 골칫거리였다. 위의 인용에서 주목할 점도 바로 그 문제이다. 스티븐은 "친구를 위해 자기 아내를 내어 주는 남자의 사랑보다 더 위대한 사랑은 없다"라고 단언함으로써 "동성애"에 대해 거침없이 발설한다. 무엇보다 "당시의 삶이 매우 격해졌다"라는 말이 스티븐이 "동성애"를 빗대고 있음을 분명히 해 준다. 관건은 이처럼 스티븐이 다분히 "동성애"를 암시하여 "친구를 위해 자기 아내를 내어 주는 남자의 사랑"이라고 한 말이 사실상 세지윅이 오쟁이 진 남편을 통해 정의한 "동성 간 연대"의 핵심이라는 사실이다. 스티븐의 취중 언사는 표면적으로는 "동성애"를 패러디하고 있지만, 오히려 그 요지는 절묘하게 남성 간 연대, 즉 남성끼리의 동료애를 위한 조건에 훨씬 부합한다. 이 경우에도 여성은 두 남성의 동료 의식을 매개하는 존재로 볼 수 있고, 두 남성은 그녀를 통해 그들의 유대관계를 더욱 돈독히 한다. 이처럼 플레처와 보몬트의 일화에도 버전의 경우처럼 동성애와 동성 간 연대 개념이 혼용되어 있다. 결정적으로 여기서 스티븐은 그 오쟁이 진 남성의 사랑보다 "더 위대한 사랑은 없다"라고 한다. 이러한 관점에서 보면 비록 스티븐은 블룸이 오쟁이 진 남편이 된 처지를 모르지만, 부지중에 그의 형편을 옹호하는 셈이 된다.

플레처와 보몬트의 발라드는 쉼터에서 블룸이 스티븐에게 몰리의 사진을 보여주면서 그려진 블룸과 몰리 그리고 스티븐의 삼각구도를 연상시킨다. 환언하자면, 이 노래는 이후 블룸과 스티븐의 연대에 대한 전조로도 볼 수 있다. 두 사람이 밤거리에서 조우하여 마침내 블룸의 집으로 향하는 장면이 16장의 결말인 점과 사실상 두 사람의 나이 차이가 16살인 점만 해도 그 가능성이 전혀 희박하지는 않다. 현재 스티븐은 "22살"이고 "16년 전 그[블룸]의 나이도 22살" (15.3718-19)이었으므로 블룸은 현재 38살이다. 하지만 기억할 건 블룸과 스티븐은 블룸과 다른 더블린 사람들의 관계와 마찬가지로 전혀 친숙한 사이가 아니라는 점이다. 다만, 아들에 대한 상실감이 큰 블룸만이 스티븐을 정신적 아들처럼 특별히 여겨오고 있다. 그 탓에 스티븐의 친구 멀리건은 블룸을 보고 "아동성애자"(Gifford & Seidman 223), 곧 "그리스인보다 더 그리스인 같다"(9.614-15)라고도 한다. 그러던 중 이날 우연히 블룸은 스티븐과 동행하게 된 것이다. 피상적으로 스티븐과 블룸은 그리스인들의 동성애 문화에서 추구하는 성년과 소년의 관계에서 성적 관념이 제거된 사제 관계와 더 근접해 보인다. 무엇보다 16장에서 두 사람의 대화 내용이 이를 뒷받침한다. 이러한 우연성을 통해 암시된 두 사람의 인연은 같은 장에서 그들이 함께 블룸의 집이 있는 에클레가 7번지(# 7 Ecclés)로 발길을 옮기는 뒷모습을 통해 오묘하게 묘사된다.

> 블룸은, *뜻하지 않은 사고로* [오히려] 이익을 얻어서, . . . 스티븐과 나란히 가디너 거리 아래쪽으로 갔다. . . .
> 청소 마차의 마부는 좋다, 나쁘다, 한마디도 하지 않았다, 아니면 무관심했거나, 하지만 [마부는] *등이 낮은 의자에 앉아서*, 두 사람이, 두 사람 다 검은 옷을 입고 있었고, 한 사람은 뚱뚱하고 한 사람은 홀쭉했던, *마치 신부에 의해 결혼하기 위해* 철교 쪽으로 걸어가는 것을 보기만 했다. . . . 그들은 걸으면서 이따금 멈췄고 다

시 걸었다. . . . 그사이 청소 마차에 있던 마부는 그들이 너무 멀리 있어서 아무것도 들을 수 없었기에 단지 가디너 거리 아래쪽의 말단 근처에 있는 그의 마차 좌석에 앉아서 *그들의 등받이 낮은 마차가 가는 것을 바라보았다.*

> Side by side Bloom, profiting by the *contretemps*, . . . with Stephen . . . went across toward the Gardiner Street lower, . . .
> The driver never said a word, good, bad, or indifferent, but merely watched the two figures, *as he sat on his lowbacked car*, both black, one full, one lean, walk towards the railway bridge, to be married by Father Maher. As they walked they at times stopped and walked again . . . while the man in the sweeper car in any case couldn't possibly hear because they were too far simply sat in his seat near the end of lower Gardiner street *and looked after their lowbacked car.* (16.1880-94)

이 장면은 상당히 난해하다. 왜냐하면 원문에서 글씨체를 달리 하여 표시된 부분들은 어떤 노래의 가사 중 일부분인데, 조이스는 그 가사를 실제 서술과 합성해 매우 모호하게 블룸과 스티븐이 함께 밤거리를 헤쳐 나가는 모습으로 묘사하고 있기 때문이다. 이탤릭체로 쓰인 문구들은 원래 사무엘 러버(Samuel Lover)의 「등받이가 낮은 마차」("The Lowbacked Car")라는 발라드에서 발췌한 가사이다. 이 노래는 "한 쌍의 연인이 마차를 타고 신부 앞에서 결혼"(Tindall, 195)하러 간다는 내용이다. 그런데 여기서 조이스는 그 노랫말을 블룸과 스티븐이 동행해 가고 있는 모습을 기술하는 데 이용하고 있다. 틴달(William York Tindall)에 의하면 이 장면은 블룸과 스티븐이 서로 만나서 합의한 뒤, 마침내 다음 에피소드에서 (특히 삼위일체에서 아버지와 아들이) 동체(consubstantial)로서 합일을 이루는 과정을 묘사한다. 틴달은 이 장면의 핵심이 두 사람의 "[아버지와 아들로서의] 결합", 즉 그들이 각각 "스툼"(Stoom, 17.549)과 "블레픈"(Blephen,

17.551)이 된 사실에 있다고 본다(195).

무엇보다 위와 같은 결과는 블룸이 "뜻하지 않은 사고로 [오히려] 이익을 얻어" 도출된다. 말하자면 평소 도덕적인 장소를 선호하는 블룸은 아들처럼 여기던 스티븐을 뒤따라 사창가까지 들어오는 모험을 하는데, 거기에서 블룸은 스티븐이 이날 돌아갈 집이 없음을 알게 된다. 이로써 블룸은 스티븐을 자기 집으로 초대할 절호의 기회를 얻은 셈이다. 여기에서 동성 간 연대의 이미지가 떠오르는 것은 전술했듯이 블룸이 스티븐에게 "그의 현재 합법적 아내인 여인의 사진" (16.1442-43)을 보여주는 장면의 영향이 크다. 버전의 말대로 블룸에게 이 사진이 "개인적으로 응시하기 위한 것이 아니라면"(146), 블룸도 다른 남성들이 술과 담배를 공유함으로써 서로 친밀해지는 것처럼 몰리의 사진을 통해 그러한 유대를 시도한다고 할 수 있다. 하지만 더 구체적으로 블룸과 스티븐의 유대는 단순한 남성 간 연대보다는 틴달도 지적한 바 있듯이 아버지와 아들로서의 연대에 더 무게가 실린다. 블룸은 외적으로 반유대주의 속에서 분투하고 있는 한편, 내적으로는 깊은 참척의 고통이 있다. 그래서 블룸은 스티븐을 통해 태어나자마자 세상을 떠난 그의 아들 "루디(Rudy)"(6.75)의 부재를 상쇄하기를 바라왔다. 웅가르(Andras P. Ungar)는 블룸이 루디의 부재를 이처럼 깊이 의식하는 건 무엇보다 그것이 블룸에게는 유대인들에게 중요한 혈통의 "단절(hiatus)"을 의미하기 때문이라고 설명한다("Among the Hapsburg" 487). 이렇게 볼 때 블룸과 스티븐의 동체성도 단절과 소외가 아닌 화합과 지속을 지향하는 동성 간 연대의 일면으로 볼 수 있다.

III. 결론

이제까지 고찰한 블룸의 남성 연대적 태도는 그의 공동체적 욕구를 반영한다는 점에서 중요한 논지를 제공한다. 카이버드(Declan Kiberd)는 호머의 서사가 국가 탄생을 위해 모든 위험을 감수하는 영웅을 그린다면, 조이스의 서사는 "[그렇게 탄생한] 공동체의 가치를 구현하는 영웅"을 그린다고 본다(343). 이를테면 소외를 극복하고 연대를 도모하려는 블룸의 의지와 스티븐을 통해 루디의 부재를 상쇄하고자 하는 바람은 공동체적 "전통의 붕괴"에 직면하여 그것의 "지속을 꾀하는 각고의 노력"으로 해석할 수 있다(Ungar, *Joyce's* Ulysses 104). 엘만(Richard Ellmann)의 말처럼 "블룸"(Bloom)이라는 이름은 평범한 유대인의 이름인 동시에 "꽃"을 의미한다. 블룸은 한 송이의 꽃만큼이나 "총체적인" 인물이다(302). 풀어 말해 블룸은 고립과 단절보다 화합과 연대를 상징하는 주인공이라 할 수 있다. 스티븐을 제외한 대부분의 더블린 남성은 그 사회에 팽배한 동성애의 완곡어법을 블룸을 타자화할 언어적 기제로 삼는다. 블룸 또한 이를 부단히 의식하고 경계한다. 하지만 궁극적으로 블룸은 그들의 경계 짓기를 교묘히 비틀어 그들의 피동성을 되비칠 뿐 아니라 그의 공동체적 이상을 굽히지 않는다. 블룸이 동성애자의 혐의 아래 추구하는 동성 간 연대는 당시의 남성들이 집착하는 남성성이 사실 그들이 지배적 담론을 다분히 수동적으로 내면화한 결과임을 보여준다.*

---

* 『제임스 조이스 저널』 26권 1호 (2020) 7-27에 실린 논문을 수정하고 편집함.

인용문헌

김지혜. 「TV 드라마에 나타난 연애각본의 변형과 젠더/섹슈얼리티 재현에 대한 연구: 『커피 프린스 1호점』(2007)과 『난폭한 로맨스』(2012)를 중심으로」. 『젠더와 문화』 7.2 (2014): 7-40.

Blamires, Harry. *The New Bloomsday Book*. Methuen, 1966.

Budgen, Frank. *James Joyce and the Making of* Ulysses. Indiana UP, 1960.

Calimach, Andrew. *Lovers' Legends: The Gay Greek Myths*. Haiduk, 2002.

Ellmann, Richard. *James Joyce*. Oxford UP, 1982.

Gifford, Don and Robert Seidman. Ulysses *Annotated: Notes for James Joyce's* Ulysses. 2nd ed. U of California P, 1988.

Joyce, James. *Ulysses*. Eds. Hans Walter Gabler, Wolfhard Steppe and Claus Melchior. Vintage-Random House, 1984.

Herring, Phillip. *Joyce's* Ulysses *Notesheets in the British Museum*. UP of Virginia, 1972.

Kenner, Hugh. *Ulysses*. Johns Hopkins UP, 1987.

Kiberd, Declan. *Inventing Ireland: the Literature of the Modern Nation*. Vintage, 1996.

Lapointe, Michael Patrick. "Irish Nationalism's Sacrificial Homosociality in *Ulysses*." *Joyce Studies Annual* vol. (2008): 172-202.

Levin, Jennifer. "James Joyce, Tattoo Artist: Tracing the Outlines of Homosocial Desire." *James Joyce Quarterly* 30.3 (1994): 277-99.

Mosse, George L. *The Image of Man: The Creation of Modern Masculinity*. Oxford UP, 1998.

Mullin, Katherine. *James Joyce, Sexuality and Social Purity*. Cambridge UP, 2003.

Roper, Lyndal and Robin Osborne. *Studies in Ancient Greek and Roman Society*. Cambridge UP, 2004.

Sedgwick, Eve Kosofsky. *Between Men: English Literature and Male Homosocial Desire*. Columbia UP, 1985.

Seymour Kleinberg, "The Merchant of Venice: The Homosexual as Anti-Semite in Nascent Capitalism." *Essays on Gay Literature*. Ed. Stuart Kellogg. Routledge, 2011. 113-26.

Tindall, William York. *The Literary Symbol*. Indiana UP, 1967.

Ungar, Andras. "Among the Hapsbourgs: Arthur Griffith, Stephen Dedalus, and the Myth of

Bloom." *Twentieth Century Literature* 35.4 (1989): 480-501.
—. *Joyce's* Ulysses *and National Epic: Epic Mimesis and the Political History of the Nation State*. UP of Florida, 2002.

제2부

1.

문학적 윤회

강윤숙

제임스 조이스(James Joyce)의 『율리시스』(*Ulysses*)를 읽는다는 것, 무엇보다도 반복해서 읽는 활동이 우리에게 주는 의미는 무엇일까? 물론 수많은 조이스 연구자와 열혈 독자들이 부여하는 다양한 의미는 여기에서 굳이 언급할 필요도 없을 것이다. 완독 실패율이 높기로 유명한 이 난해한 소설을 독회에 참여해 읽기 시작한 지 어느덧 십여 년이 흘렀다. 나의 『율리시스』 책은 커피 얼룩과 깨알같이 빼곡하게 채워진 글자들로 지나간 시간의 흔적을 오롯이 담고 있다. 십 년이라는 결코 짧지 않은 시간 동안 나는 아직도 이 소설을 단 한 번도 제대로 읽지 못했다. 그럼에도 불구하고 내가 이 지난한 읽기를 멈추지 못하는 이유는 무엇일까?

단 하루 동안의 더블린(Dublin)을 배경으로 쓴 『율리시스』는 고대 그리스와 중세로부터 소환된 다양한 인물과 당대의 더블린 시민들의 이야기가 한데 어우러져 있다. 시간을 초월해 무한대로 확장된 시공간으로서 『율리시스』의 하루는 수천 년을 넘나들며 때로는 우주의 시원으로까지 우리를 이끈다. 그 공간에서 마주하는 인물들은『율리시스』를 읽는 독자들을 매혹시키는 요소 중에 하나임이 분명하다. 주인공인 몰리(Molly)와 블룸(Bloom) 그리고 스티븐(Stephen)을 중심으로 더블린 거리를 온종일 헤매는 정신이상자, 장애를 가진 자, 구걸하는 자, 아첨꾼, 성직자, 약탈자, 정치인, 배신자, 교육자, 기식자, 매춘부, 음악가, 문인 등등 헤아릴 수도 없이 다양한 배경의 인물들이 등장한다. 조이스는『율리시스』에 등장하는 인물들을 그만의 특유한 악의성이 느껴지는 신랄함과 온정 어린 측은함이 동시에 깃든 단선적이기보다는 양가적인 시선으로 그려낸다. 때문에『율리시스』를 읽는 독자들은 조이스가 창조한 작품 속 인물들을 다층적 시선으로 이해하는 즐거움을 결코 놓치지 않는다. 읽기를 반복하는 동안 인물들에 대한 새로운 해석을 지속적으로 이끌어내고 마치 자신의 내부에 있는 그 무엇을 발견한 것처럼 즐거워한다.

나 역시『율리시스』읽기를 거듭할수록 작품 속 인물들에 대한 다양한 해석과 그들이 가진 매력을 새롭게 발견하고 공감하며 동일시되는 경험을 한다. 요컨대 몰리가 발음하는 데 곤란을 겪는 단어인 윤회(Metempsychosis)처럼 나는 읽기를 통해 작품 안에서 다른 인물로 무한히 재탄생한다. 선형이 아닌 원형적 구조로 짜인 순환되는 텍스트 안에서 나는 각양각색의 인물들과 조우하며 '문학적 윤회'를 거듭하고, 새로운 내가 되어 보기를 반복한다. 이러한 작업을 통해 나는 배신자와 배신을 당하는 자가 동시에 되어 봄으로써 상대적 관점을 이해하고 타인에 대한 공감 능력을 성장시킬 기회를 갖는다. 나와 다른 이들의 입장에서 전혀 다른 시각으로 나를 낯설게 바라보기는 다름 아닌 성찰의 시간이며 세상에 대한 따스한 이해심을 갖기 위한 수행의 과정이다.

2012년 가을학기가 막 시작하던 9월의 어느 토요일 아침 나는 처음으로『율리시스』독회에 참여했다. 영문학 석사과정 2학기를 막 시작할 무렵이었던 나는 독회의 분위기에 압도되어 숨조차 고르게 쉬지 못하고 그 자리에 그냥 앉아 있었다. 그렇게 시작된 독회와의 인연으로 나는 2016년에 조이스 작품 연구로 석사학위 논문을 썼고, 박사과정을 수료한 2023년 2월 현재까지도 독회에 참여 중이다. 『율리시스』 독회가 주는 의미들이 내 안에 자리하고 있음을 이제야 겨우 깨닫기 시작했다. 앞으로의 또 다른 십 년 동안에 율리시스를 통해 운명 지어질 '윤회의 수레바퀴 속 인물'을 떨리는 마음으로 교망하며 다음 독회를 준비한다.*

---

* 전남대학교에서 2020년 박사과정을 수료하였고, 10여 년 동안 율리시스 독회에 참여하고 있다.

2.

장애를 가진 사람들에게 조이스가 던지는 따뜻한 시선

기현진

『율리시스』는 1904년 6월 16일 아침 8시부터 다음 날 오전 2시까지 하루 동안 세 명의 주요 등장인물인 블룸(Leopold Bloom)과 그의 아내 몰리(Molly Bloom) 그리고 스티븐 데덜러스(Stephen Dedalus) 사이에서 일어난 일을 의식의 흐름에 따라 서술한다. 따라서 독자는 "의식"의 변화나 영혼의 발전, 혹은 문체의 실험에 주목하지만, 이 작품이 "인간의 몸에 관한 서사시"라는 점을 간과하기 쉽다.

『율리시스』에는 수많은 사람의 몸이 등장한다. 그의 작품 속에서 등장인물들은 거리를 걷고, 농담을 하고, 식사를 하고, 노래를 부르고, 장을 보고, 세탁을 하고, 전철이나 마차를 타고, 성행위를 하고, 예배를 드리기도 하고, 목욕을 하고, 심지어는 용변을 보는 모든 일상적인 행위를 보여준다. 그뿐만 아니라, 조이스는 몸의 여러 모습을 제시한다. 위풍당당하고 포동포동한 벅 멀리건(Buck Mulligan), 임종 직전까지 담즙을 토했던, 병들어서 메마른 스티븐의 어머니, 아침에 우유를 배달해 주었던 주름투성이의 노파, 바다의 정복자다운 푸른 눈매를 가진 하인즈(Haines), 정신이상 증세를 보이는 브린 부인(Mrs Breen)의 남편, 지팡이로 땅을 두드리며 걷는 젊은 장님, 난쟁이 유대인 허조그(Moses Herzog), 술집에서 근무하는 귀가 들리지 않는 패트(Pat), 절름발이 거티(Gerty)에 이르기까지 소위 사람들이 생각하는 정상적인 몸과 장애인의 몸을 차별 없이 묘사한다.

조이스는 몸을 가지고 있는 다양한 사람의 삶을 그의 작품에서 재현하고 있는데, 소위 비정상적인 몸이라고 여겨지는 장애인의 몸을 정상인들과 함께 꼼꼼하고 자세하게 기록하고 있다. 그의 이러한 시각이 독특한 이유는 한창 우생학(Eugenics)이 번영하고 있던 당시 시대적 배경 때문이다. 우생학이 유럽 전역에서 기세를 떨치고 있을 때 조이스는 오히려 "몸에 관한 서사시"라고 선언한『율리시스』를 통해 정상의 몸뿐만 아니라 소위 정상에서 벗어나고 일탈된 장애를 가진 사람들의 몸도 재현한다. 조이스는 장애를 개인의 비극이나 동정의 대상으로 여기는 일반적인 장애 담론을 따르지 않는다. 오히려 블룸을 통해 삶을 살아가는 다양한 모습 중 하나라는 시각을 제시할 뿐 아니라 장애를 지니고 있지만 당당하게 자신의 삶을 영위하는 사람들을 소개함으로써 독자들이 현대의 장애학적인 관점으로 작품을 읽을 수 있도록 유도한다. 이는 작가 자신의 병력, 즉 약한 시력과 녹내장으로 인해 수차례 수술을 받은 경험이나 관절염으로 평생 지팡이를 짚고 다녀야 했던 형편뿐만 아니라, 사랑하는 딸 루치아(Lucia)의 정신분열증이라는 장애가 큰 영향을 끼친 것으로 보인다. 조이스가 삶을 통해 얻은 장애에 관한 예리한 통찰력과 작품을 통해 정상과 비정상이라는 이분법을 무너뜨리는 시도는, 데이비스의 지적처럼 장애 문제가 장애를 가진 사람에게 있는 게 아니라 오히려 정상성이 구성되는 방식에 있다는 점을 상기시킨다.

『율리시스』에서 소개하는 장애를 지닌 사람들은 정형화된 특이한 존재가 아니라, 자신만의 역사와 정체성을 가지고 있는 고유한 인물들로 묘사된다. 누구나 언제든지 장애인이 될 수 있다는 장애의 가능성과 침투성은 독자에게 장애에 대한 관심과 새로운 사유를 요구한다. 댄티 부인이나 스티븐의 어머니, 블룸의 아버지, 브린 부인의 남편 그리고 도런 부부 등 장애를 겪는 사람들도 비장애인이었던 적이 있었다. 세계보건기구의 장애 보고서에 따르면 전 세계적으로 13억 이상의 사람들이 장애를 갖고 살아가며 그중 거의 2억 명의 사람들은 상당한 정도의 기능상 어려움을 경험하고 있다. 장애의 출현율은 지속적으로 증가하고 있는데 이는 전 세계적으로 당뇨, 심혈관 질환, 암, 정신건강 장애 등 만성적인 건강 상태의 문제들이 증가하고 있을 뿐 아니라 인구의 고령화와 노년층의 장애 발생 위험도의 증가로 인한 것이다. 이러한 추세는 그동안 의료적인 관점에만 초점을 두었던 장애에 관한 인식을 넓혀서 누구나 장애인이 될 수 있음을 자각하는 상호작용적인 접근법이 필요하다는 사실을 보여준다.

조이스가 장애인을 재현하는 특이한 방식 중의 하나는 그들이 장애인이라는 사실을 상대방이나 독자가 나중에야 알아차리도록 하는 것이다. 이는 조이스의 전략으로써 한 개인이 "장애인"인 경우, 보통 사람들이 갖고 있는 선입견과 편견이 그 사람의 장애를 알기 전과 알고 난 후의 완전히 다른 반응을 통해 적나라하게 드러난다. 그때야 비로소 본인이 장애에 관한 고정되고 편협한 사고방식에 사로잡혀 있었다는 사실을 깨닫고 자신의 사고를 수정할 수 있다. 사람들은 보통 표준적으로 여겨지는 것과 다른 걸 차별하거나 차이를 이상하게 여길 수 있지만, 패트의 경우처럼 편견 없이 장애를 대할 때 그들의 차이나 다름은 오히려 그 사람의 개성을 드러내거나 독특한 장점이 될 수 있다. 장애인의 장애에 초점을 맞추는 건 그가 가지고 있는 잠재력과 가능성을 처음부터 배제하거나 무시할 수 있기 때문에 조이스는 독자로 하여금 장애인을 이해하고 다름을 존중할 수 있는 열린 시각을 갖기를 요청한다.

블룸은 유대인이라는 정체성과 여성적인 성격으로 인해 장애인과 마찬가지로 결점이 있는 사람으로 낙인찍힌 인물이다. 이는 오히려 그가 장애를 다각적인 관점으로 볼 수 있는 기회를 제공한다. 캐설 보일 오코너 피츠모리스 티스털 파렐은 더블린의 미치광이로 통하지만 블룸은 그가 살아가는 방식 또한 삶의 여러 방법 중 하나라고 생각한다. 피아노 조율을 하면서 경제적인 활동을 하는 젊은 장님 청년을 길에서 만났을 때도 블룸은 그가 볼 수 없다는 이유로 동정하는 대신 오히려 다른 감각이 발달하여 다른 사람들과는 다른 방법을 통해 세상을 접하게 되리라는 시각을 제시하기도 한다.

여성장애인은 장애인으로서 그리고 여성으로서 이중 차별을 받는 존재로 사회 약자라고 부를 수 있다. 당시 더블린에 살고 있는 정상적인 몸을 가지고 있는 여성조차 결혼하기 어려운 시기에 절름발이인 거티는 자신을 사랑해 줄 남자를 만나 아담한 집에서 남편과 매일 아침을 함께하는 꿈을 꾸는 처녀이다. 일반적으로 장애 여성은 재생산을 수행하거나 성적 쾌락을 누릴 수 있는 존재라기보다는 타인의 보살핌을 받아야 하는 무기력한 존재로 규정된다. 하지만 조이스는 타자화된 존재로 자신의 욕구와 잠재력에 관한 인식의 기회를 박탈당하고 스스로 억압할 수밖에 없는 여성장애인 거티에게 목소리를 부여함으로써 자신의 시선과 언어로 본인의 욕망을 표현할 기회를 제공한다. 거티는 정상적인 몸을 가지고 있는 에디나 시시보다 오히려 본인이 더 여성스러우며 자신을 가꾸고 돌볼 줄 아는 여성임을 적극적으로 표현한다. 실제로 해변에 나온 블룸에게 세 여성 모두 자신의 여성성을 내보이지만 블룸은 물리적으로 더 접근할 기회를 가졌던 시시나 에디가 아닌 거티를 눈여겨본다. 블룸과의 성적인 경험을 통해 여성으로서 자신감을 회복한 거티는 그동안 감추었던 장애를 블룸에게 당당하게 보여주고 자신의 장애가 우연히 생긴 사고의 결과일 뿐, 특별하고 별난 게 아님을 상기한다. 조이스는 거티의 예를 통해 여성장애인에 대한 일반인의 장애 담론이 비윤리적임을 지적할 뿐 아니라, 장애 여성에게도 성을 누릴 권리와 여성과 인간의 자존감을 제공해야 한다고 제안한다.*

* 2019년 전남대 석사학위 논문 『「율리시스」의 장애인들』 3-4, 66-68을 일부 수정하여 편집함. 『율리시스』 독회에 참여하면서 제임스 조이스와의 인연이 지속되다가 석사 때 우연히 "소설 속에서 보이는 장애"에 대한 강의를 듣게 된다. 석사 논문 주제를 고르지 못해 머리를 싸매고 있던 차에 마치 "에피퍼니"처럼 『율리시스』에서 보았던 수많은 장애인들이 그림처럼 스쳐 지나갔고 논문의 주제는 『율리시스』에서 제임스 조이스가 그리는 장애를 가진 사람들의 이야기가 되었다.

3.

조이스의 『율리시스』에 드러나 있는 융의 양성합일

김명숙

20세기 전반에 걸쳐 모더니즘 문학을 주도한 제임스 조이스는 첫 작품에서부터 마지막 작품까지 환상과 무의식의 세계, 다층적 세계관, 독창적인 단어의 창조, 신화적 상징, 서술기법의 끊임없는 변화를 독특한 실험정신으로 보여준 작가이다. 그는 "현현"(Epiphany), "의식의 흐름"(Stream of consciousness)이라는 용어를 문학 사전에 등장하게 하였고, 소설 속 인물들로 하여금 주관적 세계에서 은밀한 내면의 세계로, 억눌려 있던 무의식의 세계로 발전해 나가도록 한다. 그래서 등장인물의 내면 의식 또는 잠재의식을 서술의 표층으로 드러나게 함으로써 그들의 무의식 세계까지도 들여다볼 수 있게 한다.

심층 깊숙한 곳에 억눌려 있는 원형을 서술의 표면으로 드러나게 해서 현실세계에서 일어나는 그들만의 이야기를 이해할 수 있게 하는 것이다. 또한 그는 객관적으로 이해되는 사실주의 문학보다는 개인의 주관 안에 내재된 삶의 진실을 표현하고자 한다. 따라서 그의 작품을 정신분석학적 관점에서 연구하는 건 흥미로운 작업이라고 생각한다.

이러한 조이스 인물의 심리 분석에 있어 칼 융(C. G. Jung)의 무의식 원형(Psychological Archetype)인 그림자(shadow), 아니마(Anima), 아니무스(Animus), 콤플렉스(Complexity), 개성화 과정(Processof Individuation) 이론을 기반으로 하는 것은 지금까지의 분석과는 다른 차원에서 새로운 의미가 있다고 본다.

아니마와 아니무스 원형은 「페넬로페」(“Penelope”)장의 몰리(Moly Bloom)와 블룸(Leopold Bloom)의 조화롭지 못한 부부관계에서 분명하게 드러난다. 이들은 일반적인 가정에서 보이는 성 역할 모습과는 거리가 있는 특이한 양상을 보이고 있기 때문이다. 어떻게 보면 아침 식사를 준비하는 블룸의 모습과 침대에 누워 있는 몰리의 태도는 그들의 내면을 도식화한 장면이기도 하다. 일반적인 가정의 가부장적인 형태가 아닌 블룸이 주부 역할을 하고 있는 것이다. 부부가 반대되는 성의 모습을 모순적으로 드러내는 것은 융의 말대로 “대극의 합일”(coincidenstia opposittorum, union of opposites) 혹은 양성적 통합을 향하려는 전 단계라 볼 수 있다. 역설적인 성의 입장을 수행함으로써 블룸과 몰리가 온전한 합일을 향해 나아가는 동시에 궁극적으로 자웅동체라고 인식하는 개성화 과정의 근저에 도달하기 때문이다.

이 과정에서 몰리는 블룸에 대한 애정이 다시 생겨나게 되며 서서히 화합의 분위기가 시작됨을 느낄 수 있다. 이들의 화해와 용서는 남녀 양성의 통합이자 합일로서, 만개한 꽃의 이미지로도 형상화된다. 그녀가 기억하는 호우드 언덕의 꽃은 만다라의 상징으로 그녀의 무의식 세계 안에서 심리적 변화가 시작되었음을 나타내며, 서로 간의 현실적 대립과 몰리의 부정적인 감정은 남편과의 첫 데이트 장면을 회상하면서 서서히 사라져 가기 때문이다. 만다라의 상징을 소설 안에서 더 찾아보자면 완전한 세계를 나타내는 숫자 4가 있다. 블룸과 몰리가 함께 누워있는 침대 역시 그들만의 공간으로 동서남북 네 개의 귀퉁이를 가진 완전한 우주라 할 수 있다. 외부 세계와 온전하게 차단된 침상에서 몰리가 남편의 아이를 잉태해 보려는 상념은 블룸에 대한 사랑의 회귀임을 증명한다. 그녀가 순환의 상징인 우로보로스나 태극처럼 블룸과 반대되는 위치에 거꾸로 누워있는 모습은 이를 상징화하고 있다. 이처럼 하나의 원을 이루고 있는 이들은 다시 합일을 이루게 되고, 마침내 부부간 별거의 여정을 끝내게 된다. 몰리의 이러한 심상들은 소설 말미의 황혼과 다양한 색감, 꽃의 이미지가 어우러져 찬란하게 만다라로 피어난다.

이와 같이 조이스는 몰리에게 시종일관 당당한 목소리를 부여함으로써 여성을 남성의 성적 욕망을 충족시키는 도구가 아닌, 개별적이고 독립적인 존재로 이해한다. 그는 남녀 양성 사이에 차별화된 간극은 있으나 여성 특유의 열등함은 없다고 믿었으며 오히려 여성성을 긍정적으로 인정한 휴머니스트 작가이다. 조이스가 여성을 생물학적 측면만이 아니고, 지성과 모성을 지닌 존재로 인식하고 있었다는 점은 『율리시스』의 「페넬로페」장에서 분명히 보여주고 있다. 이것은 그가 이미 아니마와 아니무스라는 원형이 남녀 모두의 내면세계에 내재되어 있음을 인식했다는 의미일 수도 있다. 남성과 여성이 갖는 성 역할의 고정관념을 탈피해야 함은 물론, 양성 동체(Androgynous)의 원리를 옹호하려는 조이스의 모습이 엿보이기 때문이다.

그에게 있어 의식과 무의식, 자아와 그림자, 페르소나와 아니마, 아니무스의 화합을 이끄는 것은 자기실현을 향한 의지이다. 그렇기 때문에 이 소설은 블룸과 몰리의 부정에 초점을 맞춘 게 아니라, 오히려 서로에 대한 열정(몸)과 사랑(정신)을 다시 찾아가는 과정을 보여준다고 봐야 할 것이다.*

---

* 2020년 전남대 박사학위 논문 『조이스의 작중인물에 나타난 개성화 과정 – 융의 이론을 중심으로』 81, 102-11을 일부 수정하여 편집함. 광주대학교에서 겸임교수, 강사로 가르쳤다.

4.

블룸의 사회적 죽음 —「하데스」장을 중심으로

김종미

제임스 조이스(James Joyce)는 죽음이라는 주제에 관심이 많은 작가이다. 조이스의 저작으로 세간에 알려진 작품들은 죽음이라는 주제를 심도 있게 다루고 있다. 단편집『더블린 사람들』(*Dubliners*)의 첫 작품인「자매들」로 시작하여 마지막 작품「망자」에 이르기까지 죽음, 죽은 사람에 대해 생각하는 인물이 등장하는 것은 우연이 아니다. 그의 마지막 작품이 된『피네건의 경야』(*Finnegan's Wake*)에서도 제목이 보여주듯이 죽음이라는 주제는 비껴가지 않는다. 그의 전기를 쓴 리차드 엘만(Richard Ellmann)의 주장을 보면 "사실 조이스의 작품은 시작에서 끝까지 죽음이라는 주제"를 다루고 있으며 죽은 사람이 무덤에 묻힌 채로 가만히 있지 않고 삶의 현장에 수시로 등장한다. 바로 이어지는 내용에서는 "피네건만이 유일하게 죽음에서 부활하게 될 시체는 아니다"라고 언급한다. 더불어 조이스가 로마에서 역사적 유물과 폐허가 들어찬 시가지를 보며 죽음과 죽은 사람들이 가시적, 비가시적으로 삶의 공간에 침범해 들어와 살아 있는 사람들과 탐욕스럽게 경쟁하고 있는 것 같다는 인상을 받고 가톨릭 신자가 다수를 차지하는 더블린을 바라보는 관점에도 영향을 미쳤다고 주장한다(244). 엘만의 이러한 언급은 조이스가 다루고 있는 죽음이 단순히 생물학적인 것만을 의미하지 않고 도시 안에 들어찬 죽음의 이미지가 가톨릭과 비물질적인 죽음과도 연관되어 있음을 시사한다.

이에 본 에세이는 『율리시스』(*Ulysses*)의 「하데스」장에 나타난 죽음의 이미지를 중심으로 블룸이 경험하는 사회적 죽음의 양상을 분석하는 것을 목적으로 한다. 먼저 더블린이라는 사회적, 문화적, 종교적으로 배타적이고 폐쇄적인 공간에서 살아가고 있는 유대계 아일랜드인 블룸의 사회적 정체성의 불안함을 살펴본다. 더불어 주변 인물들이 블룸을 응대하는 방식과 이에 대한 블룸의 태도를 분석함으로써 그가 더블린이라는 사회에서 어떻게 살아가고 있는지를 분석한다.

먼저 블룸이 겪는 사회적 죽음에 영향을 미치는 요인을 살펴보기 위해 블룸이 어떤 인물인지 살펴볼 필요가 있다. 그는 가톨릭 도시 더블린에서 헝가리계 유대인 아버지와 아일랜드인 어머니 사이에서 자랐지만 유대인 취급을 받는다. 작품의 시간 배경이 되고 있는 1904년 6월 6일 현재 블룸의 내면에는 죽은 사람들이 빈번하게 등장하며 고인이 된 사람들과의 과거 기억은 그를 죽음의 세계에서 벗어나지 못하게 한다. 아버지 루돌프 레오폴드가 1886년 6월 27일에 죽었고, 아들 루디가 죽은 지 10년 정도 되면서 아버지로부터 아들로 이어지는 가부장제의 가계도 안에서 그는 혼자가 되었다.

라이즈 봄(Marilyn Reizbaum)에 따르면 유대인 전통에서는 상속자로서의 아들에게 특별한 의미를 부여한다. 유대인은 아들을 낳지 못하는 남성을 남성으로 간주하지 않는다. 그들은 남성으로 간주되지 않고 심지어는 여성적인 존재로 여겨진다. 자신의 핏줄인 아들의 탄생은 남자에게 아버지로서의 사회적 위치를 부여하며 동시에 그들은 남자의 정체성을 입는다("When the Saints" 재인용 172). 이를 통해 판단할 때 루디의 사망은 단순한 어린 자식의 때 이른 죽음을 넘어 블룸을 남성이게 만드는 남성적 정체성을 앗아간 사건인 셈이다. 따라서 혈통적으로 유대인의 가계를 이어받고 있는 블룸의 입장에서는 아들을 낳았지만 그 아들이 얼마 살지도 않고 죽어버렸기 때문에 유대인의 관점에서 그는 남성도 아니고 여성도 아닌 모호한 성정체성을 갖게 된다.

게다가 더블린의 남성들은 영국에 의한 식민지를 경험하며 영국에 의해 타자화되고 상대적으로 여성화된 존재들이다. 남성이면서도 여성화된 그들의 남성성은 더블린 사회에서 민족주의적이고 문화적 측면에서 국외자의 위치에 놓인 블룸과의 관계에서 상대적인 남성성의 우위적인 위치를 누리려고 한다(민태운 63). 블룸은 대다수 더블린 사람들의 정체성을 구성하는 가톨릭교도도 아니고 민족주의자도 아닌 이방인에 불과하다. 이를 토대로 판단할 때 파워, 커닝엄, 데덜러스가 블룸과 같은 마차를 타고 간다는 점에 주목할 필요가 있다. 이들은 적어도 더블린 사회에서 국외자 취급을 받고 있는 블룸을 친구 혹은 아는 사람으로서 말 대접 정도는 해주는 사람들이다. 마차 안에서 그들이 블룸과 나누는 대화, 블룸에 대한 태도, 무의식적으로 드러나는 그들의 행동 속에는 블룸이 더블린 사회에서 어떻게 대접받는지를 판단할 만한 근거가 담겨있다.

「하데스」장에서 블룸은 철저하게 고립된 존재로 묘사된다. 그는 사람들과 함께 무리에 속해 있지만 친구들과의 관계에서마저도 소외되어 있다. 「하데스」장의 첫머리에서 글래스네빈 묘지로 향하는 마차에 차례로 오르는 광경은 블룸의 사회적 존재성을 드러내는 데 시사하는 바가 크다.

> 마틴 커닝엄이 먼저 실크 모자를 쓴 머리를 삐걱거리는 마차로 집어넣어 재빠르게 들어가 앉았다. 파워 씨는 그 뒤를 따라 조심스레 몸을 구부리며 들어갔다.
> — 어서 타게나, 사이먼.
> — 먼저 타세요, 블룸이 말했다.
> 데덜러스 씨가 급히 모자를 쓰고 마차에 올라타며 말했다.

— 예, 예.
— 자 이제 모두들 탔는가? 마틴 커닝엄이 물었다. 블룸 어여 타시게.

> Martin Cunningham, first, poked his silkhatted head into the creaking carriage and, entering deftly, seated himself. Mr Power stepped in after him, curving his height with care.
> — Come on, Simon.
> — After you, Mr Bloom said.
> Mr Dedalus covered himself quickly and got in, saying:
> — Yes, yes.
> — Are we all here now? Martin Cunningham asked. Come along, Bloom. (6.1-8)

마치 블룸은 언제나 가장 마지막에 타야 할 사람이라고 모두들 인정하는 분위기를 연출한다. 마틴 커닝엄에 이어 파워가 그리고 사이먼이 탄 뒤에 마지막으로 블룸이 마차에 오른다. "자 이제 모두들 탔는가?"라는 표현은 그들이 먼저 올라탄 뒤에야 블룸이 탈 차례가 되었다는 걸 넌지시 알리는 듯이 들린다. 게다가 그들이 사이먼 데덜러스를 호칭할 때는 그의 이름인 사이먼을 부르는 반면 레오폴드 블룸을 부를 때는 블룸이라는 성을 부른다. 그들이 관계에서 사용하는 호칭은 관계의 친밀함이나 거리를 나타낸다는 점에서 그들이 블룸을 상당히 배타적으로 수용하고 있다는 점을 알 수 있다.

마차에서 커닝엄이 "단 도슨의 연설문" 얘기를 꺼내자 듣고 있던 데덜러스는 블룸이 이야기에 관심을 보이며 그의 양복 안주머니에서 신문을 꺼내어 기사를 읽으려 하자 "재빠르게" "아니, 아니"라고 대답하며 블룸의 행동을 제압하는 태도를 취한다. 이는 데덜러스가 블룸을 동등한 성인 남성으로서 존중한다면 쉽게 할 수 없는 오만한 행동이며 블룸이 자신들과 다른 처지에 놓인 사회적 약자라는 암묵적 편견에 근거하고 있음을 알 수 있다. 이야기에 동참할 수 있던 기회를 제지당한 블룸은 어색한 상황을 넘기려는 듯 신문 상단에 놓인 부고란으로 눈길을 돌린다(6.154-55).

그리고 다른 세 사람이 마차 밖으로 지나가는 하얀 챙의 밀짚모자를 쓴 보일런을 보고 아는 체하며 인사를 건넬 때 블룸은 다시 마음이 불편해진다.

> 블룸은 그의 왼손 손톱을 살피고는 오른손의 손톱을 살폈다. 손톱들, 맞아. 그에게는 그들과 그녀가 보는 뭔가가 더 있는 걸까? 마력. 더블린에서 최고로 나쁜 놈인데. 그게 저 녀석을 살아있게 하는 거야. 그들은 때로 사람들이 어떤 부류의 사람인지를 (바로) 느낀다. 본능이지. 그런데 저따위 녀석이라니. 내 손톱. 나는 다만 그것들을 보고만 있을 뿐이지. 잘 깎였다.
>
> Mr Bloom reviewed the nails of his left hand, then those of his right hand. The nails, yes. Is there anything more in him that they she see? Fascination. Worst man in Dublin. That keeps him alive. They sometimes feel what a person is. Instinct. But a type like that. My nails. I am just looking at them: well pared. (6.200-05)

이때 블룸은 자신의 손톱을 내려다보는데 손톱이라는 단어와 못이라는 단어가 일으키는 동음이의어에 의한 연상 작용은 이 상황을 겪고 있는 블룸의 심정을 마치 십자가에 못 박혀 죽은 예수의 이미지와 겹치게 만든다. 집에서 출발하기 전에 보일런의 방문을 확인한 블룸으로서는 몰리의 외도 대상인 보일런이 더블린에서 가장 몹쓸 남자이며 가장 마주치고 싶지 않을 남자일 텐데 자신이 가까이 지내는 사람조차도 블룸의 기분은 아랑곳하지 않고 그에게 보일런의 존재를 일깨워준 것이다. 왼손의 손톱을 살피고 오른손의 손톱을 살피는 건 마치 마차에 타고 있는 지인들이 자신을 데려다가 십자가에 올려놓고 왼손부터 차례로 못을 박는 듯한 고통을 준다는 걸 의미한다. 블룸은 자신이 처한 상황이 난감하고 당혹스러워 그저 잘 다듬은 손톱을 들여다보고 있을 뿐 그의 내면에는 더더욱 불안한 소외감만 증폭될 뿐이다.

이와 같은 상황을 겪고 침묵 속에 생각에 잠겨있는 블룸에게 파워 씨가 건넨 질문 또한 심상치가 않다. 파워는 분위기를 전환하기 위해 몰리의 순회공연으로 화제를 돌린다. 그들이 몰리를 부르는 "마담"(*Madame*)이라는 호칭은 묘한 뉘앙스를 풍기며 몰리를 창녀의 상징처럼 몰아가는 분위기를 자아낸다(6.237). 그들이 사용한 마담이라는 호칭은 정중함이나 예의에서 나온 높여 부른 말이 아니다. 그들이 가까운 친구 사이라면 친구 아내인 몰리를 응당 '자네 부인'이라고 부르는 호칭이 자연스러울 테지만 그들은 몰리를 가리켜 마담이라고 부른다. 이러한 말투에는 블룸을 향한 묘한 조롱이 섞여 있다. 게다가 몰리가 보일런과 만나기로 되어 있다는 사실을 알고 있는 블룸이 "11시에서 20분이 지났군"(6.237)이라고 표현하는 건 블룸의 불안한 심리상태를 드러낸다. 파워는 난처한 상황에 놓인 블룸을 돕기 위해 화제를 전환하였지만 결과적으로는 블룸의 불안을 가중시키고 그를 조롱하는 상황으로 귀결된다.

이에 더하여 10장에서는 블룸의 면전에서 술에 취한 몰리를 성적으로 농락했던 과거 한때를 르너헌이 들려주는 부분이 등장한다.

> ― 나는 내내 그녀의 엉덩이 아래로 무릎 덮개를 밀어 넣어 주기도 하고 흘러내린 보아 목도리를 고쳐주기도 했어. 내 말이 무슨 말인지 알지?
> 그의 손이 공중에 풍만한 곡선을 만들었다. 그러고는 쾌감에 쌓여 눈을 감고 몸부림을 치더니 달콤한 것을 핥는 소리를 내며 입맛을 다셨다.
> ― 아이, 고 녀석이 똑바로 서 있더란 말이지, 그는 한숨을 쉬며 말했다. . . . 아니 내가 그만 길을 잃어버린 거야, 그러니까, 그녀의 젖무덤에서 말이야.

> ― I was tucking the rug under her and settling her boa all the time. Know what

I mean?

His hands moulded ample curves of air. He shut his eyes tight in delight, his body shrinking, and blew a sweet chirp from his lips.

— The lad stood to attention anyhow, he said with a sigh. . . . But, by God, I was lost, so to speak, in the milky way. (10.562-70)

이 장면은 남편인 블룸이 동석한 마차 안에서 르너헌이 그의 아내인 몰리를 상대로 성적으로 유린에 가깝게 행동했던 장면을 친구에게 자랑삼아 떠드는 장면이다. 같은 공간에 있던 블룸은 아마 이를 알았을 것이고 남자로서의 자존심에 상처를 입었을 텐데 못 본 척하고 넘어간다. 르너헌이 이와 같은 행동을 서슴지 않고 할 수 있었던 건 더블린 사회에서 블룸의 입지가 어느 정도인지를 짐작케 하며 블룸이 같은 공간에 있으나 존재하지 않는 사람과 같은 취급을 받고 있다는 사실을 알 수 있다.

마차가 "거대한 외투를 걸친 해방자의 동상 아래"(under the hugecloaked Liberator's form)를 지나갈 때는 마틴이 지나가는 루벤 J. 도드(Dodd)를 가리키며 최근 그들 부자간에 있었던 사건 이야기를 꺼낸다. 루벤에 대한 데덜러스의 반응은 유대인을 향한 분노의 정도를 나타내준다.

악마가 네 등골을 부수어버리지!
파워 씨가 웃으면서 무너져 내리며. . . .
— 우리들 다 거기에 가봤지, 마틴 커닝엄이 노골적으로 말했다.
그의 눈이 블룸의 눈과 마주쳤다. 그의 수염을 부드럽게 쓸며, 덧붙이길:
— 뭐 우리들 거의 다가 말이야.

The deveil break the hasp of your back!
Mr Power, collapsing in laughter. . . .

— We have all been there, Martin Cunningham said broadly.
His eyes met Mr Bloom's eyes. He caressed his beard, adding:
— Well, nearly all of us. (6.256-61)

데덜러스의 루벤에 대한 저주 섞인 말과 마틴 커닝엄의 유대인에 대한 반응은, 옆에 있는 블룸도 의식하지 못할 정도로 그들의 무의식에 유대인을 향한 반감이 저장되어 있음을 말한다. 커닝엄이 블룸이 마차에 함께 타고 있다는 상황 파악을 하고 "모두"라는 단어를 "거의 모두"라고 표현하는 것은 그가 적어도 기본적인 예의는 차리는 인물이라는 점을 보여준다.

그러나 블룸이 루벤 부자의 사건에 대해 "갑작스러운 열의"(6.262)를 가지고 이야기할 때 그의 이야기를 중간에 "무례하게" 가로채버리는 커닝엄의 행동이나 루벤 J. 도드(Dodd)가 그의 아들을 살려 준 대가로 지불한 금액인 "은화 한 닢"에 대해 "1실링 8펜스라니 너무 많이 쓴 거 아냐?"라고 유대인의 인색함을 드러내는 데덜러스의 반응은 유대인인 블룸에게 노골적으로 조롱을 가한 셈이다. 물론 데덜러스의 반응은 유대인의 인색함을 농담거리로 삼기 위한 행동으로 그들이 나누는 대화 속에는 직접적으로 블룸을 욕하거나 블룸을 향해 빈정대는 표현은 없다. 그러나 문제는 그들의 행동이 의도적이든 아니든 나름대로 예의를 차린다고 하는 사람들의 친절하지 못한 행동이라는 점에서 블룸이 불편한 감정을 느낄 만한 장면으로 마무리된다는 데 있다.

작품의 후반부에서는 블룸이 자신의 이름을 알려주었는데도 철자가 잘못 쓰여 블룸의 원래 이름은 신문 기사의 조문객 명단에 오르지 못하는 결과를 낳는다. 장례식에 참석하지 못한 맥코이(M'Coy)와 『율리시스』 전체 장에서 누구인지 정체도 드러나지 않는 비옷 입은 사나이는 "13번째"(6.825) 조문객 명단에 있는데 정작 블룸은 문상객 명단에 오르지 못했다는 점은 의미심장하다.

블룸과 주변 사람들의 사회 문화적 • 종교적 차이는 그들 사이에 커다란 간극을 형성한다. 더블린 사회의 구성원으로서 블룸은 더블린에서 다른 사람들과 함께 살고 있지만 그들에게 블룸은 잘 보이지 않고 보이더라도 왜곡되어 보인다는 사실을 알 수 있다. 이 사회에서 블룸은 어느 곳에도 속하지 못하는 국외자이며, 그는 살아있으나 죽은 것이나 다름없는 삶, 즉 "생중사"(In the midst of death we are in life, 6.759)의 삶을 살고 있다.*

인용문헌

민태운. 『더블린 사람들 또다시 읽기』. 서울: 신아사, 2022.

---. 『조이스, 제국, 젠더 그리고 미학』. 광주: 전남대학교 출판부, 2014.

Blamires, Harry. *The New Bloomsday Book*. New York: Routledge, 1993.

Ellmann, Richard. *James Joyce*. Oxford: Oxford UP, 1983.

Gifford, Don and Robert Seidman. Ulysses *Annotated: Notes for James Joyce's* Ulysses. 2nd ed. U of California P, 1988.

Joyce, James. *Ulysses*. Eds. Hans Walter Gabler, Wolfhard Steppe & Claus Melchior. New York: Random House, 1986.

* 전남대학교에서 2017년 박사과정을 수료하였다. 율리시스 독회는 석사과정 중에 처음으로 참석하여 10년이 넘는 기간 동안 함께 해오고 있다.

5.

『율리시스』는 Stately라는 단어로 시작한다

정상우

문학작품의 첫 문단, 첫 문장, 첫 단어는 고심 끝에 결정한다. 제임스 조이스의 『율리시스』도 그랬을 것이다. 더구나 『율리시스』는 의식의 흐름을 언어로 묘사한 '언어 흐름'의 작품이지 않은가. 이 글은 『율리시스』를 여는 첫 단어 stately의 의미에 대한 글쓴이의 어원론적 견해이다.

> 짐짓 근엄하게, 통통한 벅 멀리건이 거울과 면도기가 서로 엇갈려 놓여 있는 비누거품 용기를 들고 계단 꼭대기에서 나왔다. 노란 실내복이, 허리끈이 풀린 채, 온화한 아침 공기 중에 그 뒤에 살며시 매달려 있었다. 그는 용기를 높이 들어 올리고 외쳤다.
> — 내가 하느님의 제단으로 나아가리라.

> Stately, plump Buck Mulligan came from the stairhead, bearing a bowl of lather on which a mirror and a razor lay crossed. A yellow dressinggown, ungirdled, was sustained gently behind him on the mild morning air. He held the bowl aloft

and intoned:

—*Introibo ad altare Dei.* (1.1-5)

첫 단어 stately는 명사 state에 접미사 -ly가 붙은 state-like라는 형용사이다. 드물게는 부사로 전용한다. 『율리시스』에서는 stately와 형용사 plump 사이에 구점이 있는 것으로 보아 부사로 사용되었으리라고 본다. 작가는 어떤 이유로 어떤 의미에서 이 첫 단어를 선택하였을까? stately의 사전적 의미는 '위엄 있는, 당당한, 느긋한, 신중하고 침착한, 품위 있는'이다.

『율리시스』의 '언어 흐름'에서는 군데군데 작가의 어원론적 깊이를 들여다 볼 수 있다. '*Stephanos*, my crown'(9.947)에서 스티븐은 파리 라틴구에서 산 모자를 보면서 왕관이라는 뜻의 그리스어 *stephanos*를 떠올린다. 스티븐의 이름이 초기 그리스도교 순교자인 성 스테파노스의 이름에서 비롯하기 때문이다. 'in the economy of heaven'(9.1051)은 '천국의 경제'가 아니라 '천국의 구원 계획'을 뜻한다. economy는 그리스어로 집이라는 뜻의 *oikos*와 관리라는 뜻의 *nomos*가 만든 합성어이다. 'Do ptake some ptarmigan'(8.886)의 바닥에는 take 대신 ptake를 쓴 작가의 냉소가 깔려 있다. 게일어 tarmachan이 그리스어 흉내를 내면서 ptarmigan으로 멋 부렸기 때문이다. 'Swiftly rectly creaking rectly rectly he was rectly gone'(9.969)이라고 directly 대신 rectly을 쓴 것은 direct의 접두사 di-가 분리의 뜻을 가지므로 필요치 않거나 오해를 일으킨다고 작가는 생각했음 직하다.

『율리시스』의 첫 단어 stately의 어원은 라틴어 status로서 '서 있는 상태', '상황'이다. 이를 작가가 놓쳤을 리 없다. 작품 중에 professional status(16.292), social status(17.1606)라는 표현도 나온다. 따라서 작가는 stately를 '상황에 어울리게'라는 뜻으로 썼을 개연성이 높다. 즉 벅 멀리건이 첫 문단의 상황에 어울리는 동작으로 마텔로 탑의 계단을 통해 옥상으로 올라서는 것이다. 그렇다면 첫 문단의 상황은 무엇일까?

호머의 『오디세이』는 뮤즈를 향한 주문(invocation)으로 시작한다.

> 오 뮤즈시여! 지혜의 여러 면모로 이름 높고
> 오랜 비탄 가운데서 단련된 사내를 노래하소서;
>
> The man for wisdom's various arts renown'd,
> Long exercised in woes, O Muse! Resound; (Alexander Pope 번역, 1725)

의사 서사 작품(mock-epic)으로 볼 수 있는 『율리시스』도 주문으로 시작한다고 말할 수 있다. "*Introibo ad altere Dei*"(나, 하느님의 제단으로 들어가겠나이다).

『율리시스』의 주문은 가톨릭교회의 사제가 미사를 시작하기 전 제단 밑에서 머리를 조아리고 드리는 기도문이다. 첫 문단의 상황은 미사 시작 때의 상황이고 stately는 그 상황에 맞는 '경건한 태도로'가 될 것이다.

그러나 『율리시스』의 작가는 처음부터 의사 서사 작품다운 뒤틀기를 보인다. 성스러운 제단의 계단 대신 포대가 있던 마텔로 탑의 계단, 경건한 사제 대신 조소적이고 통통한 벅 멀리건, 제의 대신 띠를 두르지 않은 노란 가운, 빵과 포도주 대신 면도 그릇, 머리를 숙이고 겸허히 기도하는 대신 면도 그릇을 쳐들고 큰 소리로 외치는 기도문 등이다. 따라서 이 상황에 맞는 stately는 '경건한 태도로'가 아닌 '짐짓 근엄하게'가 될 것이다. 그래야 이어 나오는 멀리건의 '엄숙하게 하는 세 번의 축복 의식'과 맞물려간다(1.9-11).

『율리시스』를 여는 첫 단어 stately를 어원에 비추어 '상황에 어울리게', 즉 '짐짓 근엄하게'라고 볼 수 있다. 그러고 보면 작품의 첫 부분이 더 쉽게 주문으로 읽히고, 『율리시스』가 『오디세이』의 의사 서사 작품임이 더 잘 드러난다. 작품의 맨 처음에 단어 stately를 배치한 작가의 의도가 여기에 있지 않을까?*

인용문헌

Joyce, James. *Ulysses*. Eds. Hans Walter Gabler, Wolfhard Steppe & Claus Melchior. New York: Random House, 1986.

YBM English-Korean Dictionary. 서울: 시사영어사, 2000.

---

* 전남대학교 율리시스 독회 회원이다. 전남대학교 의과대학 명예교수이자 『의학어원론』의 저자이기도 하다. 1968년 *Ulysses* 원서를 구입해 혼자 읽다가 첫 페이지에서 주저앉았던 기억이 있다. 50년 후 전남대학교 '율독회'에 들어와 지금은 조이스의 언어를 '무척' 즐기고 있다.

6.

조이스가 그려내는 여성주체의 가능성 – 거티 맥도웰

주재하

제임스 조이스(James Joyce)는 『율리시스』(*Ulysses*)를 통하여 식민지와 여성이라는 두 가지 굴레를 짊어지고 살아갈 수밖에 없는 더블린의 보통 여성의 모습을 보여주고 있다. 사회적 상황 및 대외적인 상황에서 더블린의 여성들은 어떤 출구도 찾지 못하는 모습을 보인다. 당시 여성들은 탈출구 없이 수동성만을 강요당하며 살고 있었고, 남성이 폭군처럼 지배하는 사회에서 여성은 마비될 수밖에 없는 것이 그들의 현실이었다. 『율리시스』의 「나우시카」("Nausicaa")장에 등장하는 거티(Gerty) 역시 이런 더블린의 전형적인 여성임에는 틀림없지만 그녀는 다른 일반적인 더블린 여성과는 달리 남성 응시의 객체로만 남아 있지는 않다. 즉 그녀 나름의 해방구를 모색하는 모습을 보여준다.

『율리시스』의 「나우시카」장에서 독자들은 이 작품에서 처음으로 여성 시점에서 글을 읽게 된다. 이 장은 해 질 무렵 샌디마운트 해변을 배경으로 시작되는데 거티라는 한 여성이 친구들과 함께 그 해변의 바위에 앉아 여름의 해 저무는 광경을 즐기고 있다. 몰리(Molly)와 보일런(Boylan)의 불륜 정사를 상상하며 낮 동안 짓눌려 있었던 블룸(Bloom)에게 거티는 일종의 도피처이다. 그에게 거티의 존재는 은밀한 욕구의 해소 대상으로 적격이다. 「나우시카」장은 두 개의 독백으로 이루어져 있는데 「나우시카」장의 전반부를 서술하고 있는 언어는 거티의 목소리이며 중반 부분에 남성인 블룸의 목소리가 드러나기 시작한다.

그 당시 아일랜드 여성의 정체성은 보통 가족, 연인, 종교로 부과되었고 조이스는 이 장에서 거티의 정체성을 구성하는 데 이것들과 더불어 대중잡지와 광고라는 문화적 관점을 부여한다. 가부장제와 부르주아 이데올로기에 물들어 있는 거티에게 부유한 남자와 결혼하여 양육과 가사일로 헌신하는 현모양처는 꼭 이루고 싶은 소망이자 꿈이다. 거티는 누구나 보고 싶어 할 정도의 아름다운 모습을 한 "매력 있는 아일랜드 여성의 전형"(13.81)으로 칭송받고 있다고 서술되는데, 더 정확히 말하면 그렇게 칭송받고 싶은 그녀 내면의 욕망이 서술에 반영되어 있다고 볼 수 있다.

그 당시 아일랜드의 비참한 상황에서 여성 인물들은 "집안의 천사"라는 빅토리아 조의 이데올로기는 자기희생적인 여성을 내면화하며 이상화한다. 거티 역시 이미 가정에서 희생적인 역할을 맡고 있는 "제2의 어머니"(13.325)와 "시중드는 천사"(13.326)로 묘사되어 있고, 그 당시 더블린에서의 이상적인 여성상은 딸로서 어머니로서 가정에 자신을 희생하는 여성들이다. 거티 역시 그 이상에 머무르며 응당 그러한 존재가 되어야 한다고 생각한다고 볼 수 있다. 11월에 22세가 되는 거티는 1904년의 더블린에서는 혼기가 지난 여성이었고 그녀가 이상적인 남자와의 결혼을 "바랄 수 없는 중에도 바라고 있지만"(13.179-80), 그것을 실현하기란 사실상 불가능에 가까웠다. 거티는 자신을 숭배하듯이 응시함으로써 그녀의 가치를 인정해 주는 정체 모를 남성인 블룸을 낭만적으로 이상화한다. 그녀는 "그의 검은 눈과 창백한 지적인 얼굴에서 그가 외국인임을 알 수 있었고, 또한 그 모습은 그녀가 지니고 있는 인기배우 마틴 하비(Martin Harvey)와 닮은 것이었다"(13.415-17). 하비는 여성들의 우상인 인기배우이자 동시에 영국인이었다. 남성이자 영국인은 그 당시 아일랜드에서 지배적인 담론을 형성하고 있었으므로 거티는 블룸을 하비와 동일시함으로써 자신의 존재감을 인정받고 싶은 것이라 할 수 있다.

「나우시카」 장의 전반부가 거티의 의식 흐름을 3인칭 시점에서 간접적으로 서술했다면, 후반부는 블룸의 의식 흐름을 1인칭 시점에서 직접적으로 서술하는 방식으로 변경된다. 거티를 바라보면서 성적 욕망을 육체적으로 발산한 이후에 블룸은 여성 성욕의 원천을 궁금해 하지만 다른 남성들과 마찬가지로 여성을 남성의 응시 대상으로만 보고 있다. 블룸은 온종일 거리에서 책과 잡지에서, 육안과 심안으로 여성을 대상으로서만 응시해 왔기 때문이다. 그런데 거티가 이렇듯 전적으로 남성의 응시 대상으로만 남아 있는 것이 아니다. 여성의 입장에서 거티는 실제로 블룸을 관찰하며 자신의 노출증을 만족시키는 대상으로, 정복의 대상으로 삼고 있는 면도 분명 존재한다. 그녀는 "보지 않고서도 그가 자신에게서 눈을 떼지 않고 있다는 것을 알고 있었지만"(13.495-96), "차양 밑으로 보기 위해서 모자를 썼다"(13.515). 다시 말해 그녀는 드러내 놓고 블룸을 응시하지는 않았지만 보고 있었고, 그의 흥분이 고조됨에 따라 자신의 쾌락을 즐긴다. 거티가 굳이 모자를 쓴 이유는 여성은 수동적이어야 하고 자기 쾌락을 즐겨서는 안 된다는 사회의 불문율을 지키는 척하기 위함이며, 실제로는 몰래 그것을 어기고 있다. 즉 그녀는 가부장제가 요구하는 여성의 행동 방식을 지키려고 하고 있지만 수동적 객체로서 단지 남성의 욕망 대상으로서만 존재하고 있지는 않다. 그녀가 블룸을 성욕의 대상으로 바라본 게 그 이전의 "희생을 감수하리라 그와 생각을 나누기 위해"(13.653-54)라는 결심 이후였음에 주목한다면 이제 그녀가 다분히 주체적이고 적극적인, 보는 자의 위치에 서 있음을 드러낸다. 분명 블룸과 거티는 서로의 눈길이 마주치는 순간이 있었기 때문이다.

또한 거티는 전형적인 빅토리아 소설의 주인공이지만, 순진한 천사는 아니다. 물론 그녀의 묘사 부분에서 "상아 같은 순수함"(13.88)이라던가 "순금처럼 가치 있는"(13.326)처럼 성모마리아를 나타내는 단어들이 많이 등장하며, 블룸이 그녀를 숭배하듯이 바라보고 있을 때 근처에 있는 성당에서 성모에 대한 기도가 울려나오는 장면에서 유추할 수 있듯 거티와 성모마리아 간의 연결은 자연스럽다. 반면 거티에게서 유혹자, 혹은 창녀로서의 면모도 분명하게 드러난다. 그녀는 블룸이 자신의 다리를 바라보고 있다는 데 만족을 느낄 뿐만 아니라 더욱 자신을 노출시키고 싶어 한다. 또한 거티가 블룸의 마스터베이션을 알고 있었다는 사실은 그녀가 순진함과는 거리가 먼 인물임을 알 수 있다.

이러한 거티의 창녀와 성모마리아의 양면적 이미지는 사회가 여성에 가한 이중적 잣대를 드러낸다. 실제로 이 장을 조이스의 여성 혐오가 극명하게 드러난 장이라고 분석한 비평가들도 존재한다. 그렇지만 조이스는 「나우시카」장에서 거티를 통해 여성의 수동성에 대한 고정관념을 전복시키고 있다. 거티는 그 당시 여성으로서는 상상할 수 없는 미친 짓을 꾸미게 되는데 그것은 자신의 은밀한 페티코트 속을 노출하는 것이었다. 그녀는 자신의 미친 짓을 통해 블룸을 유혹하여 여성을 기다리는 존재만으로 한정하는 조직적 질서를 사실상 전복시킨다.

더구나 자신의 목소리를 거의 내지 못했던 당시 여성들의 입장을 고려한다면 조이스는 거티와 블룸에게 동등한 공간을 허용하고 있는 게 분명한 사실이다. 거티는 자신을 남성과의 관계를 통해서만 규정하려는 가부장제 사회에서 어쩔 수 없는 한계를 드러냈지만, 한편으로 자신의 욕망을 정확히 알고 추구하려고 시도한 인물로, 『젊은 예술가의 초상』에서의 말 없고 오직 스티븐의 눈에만 비친 바닷가 소녀와는 달리 남성의 응시 대상에서 주체로서의 가능성을 보여주고 있다. 조이스는 거티를 응시의 주체가 되게 하면서 중심과 주변은 언제나 변할 수 있는 시각이고 고정적인 위치의 문제가 아니라는 점을 확인시켜 주고 있다. 즉 남성은 중심이고 여성은 주변이라는 고정관념이 실은 얼마나 그릇됐는지를 입증해 주고 있는 것이다. 이렇듯 조이스는 그동안 남성의 영역으로 여겨졌던 응시의 주체를 여성에게 옮겨 놓으면서 그들의 입지를 주체적인 것으로 만들고 있다. 결국 『율리시스』의 마지막 장인 「페넬로페」("Penelope")장에서 응시의 주체가 된 몰리는 그것을 독백 형식으로 풀어내면서 여성적 화술의 선구자가 된다.

마비된 아일랜드 사회에 비판의 칼날을 들이대고 그러한 사회를 살아가는 인물에게 연민의 시선을 보낸다는 점에서 조이스는 남성적 권력에 대항하는 힘없는 여성 입장에 선 작가라 할 수 있다. 그리고 그 편들기는 권력의 편에 서 있는 사람의 여유 있는 동정심의 표현이 아니라, 권력의 지배 구조를 해체하는 방향으로 수행되고 있다. 따라서 조이스는 결코 여성에게 부정적인 시각을 가지지 않았을 뿐만 아니라 오히려 여성 주체로서의 가능성을 인정한 면이 돋보인다고 할 수 있다.*

---

* 2006년 전남대 석사학위 논문 『율리시스의 여성들: 남성담론의 대상에서 여성주체로』 21-33을 일부 수정하여 편집함. 필자는 전남대학교에서 2012년에 『마가렛 애트우드의 소설과 생존의 정치학』으로 박사학위를 취득하였고, 현재 전남대학교와 목포해양대학교에서 강의하고 있다.

율리시스는 나에게...

민태운 ...

율리시스는 **내게 겁나게 까칠한 오랜 친구** 같다.
손절하고 싶을 때도 있지만 안 보면 보고 싶으니까.

기현진 ...

율리시스는 **잘 담가둔 장**이다.
왜냐하면 어떤 책을 만나든지 문학적인 호기심과 상상력을 제공하는
소스가 되어주니까.

김명숙 ...

율리시스는 나에게 있어 **친정어머니가 물려주신 귀한 접시**와도 같다.
왜냐하면 책장에 꽂혀있는 여러 책 중에서도
가장 아끼며 간직하고 있으니 말이다.

김미라 ...

율리시스는 나에게 **어린 시절의 학교 앞 문방구**와 같다.
설렘과 호기심으로 자꾸 들여다보게 만드는 작품이기 때문이다.

김은혜 ...

율리시스는 **여행**이다.
왜냐하면 항상 새로우니까.

김종미 ...

율리시스는 내게 **베일을 쓰고 비스듬히 돌아서 있는 신부** 같은 존재이다.
엷은 미소를 띤 얼굴로 보여줄 듯 보여주지 않으며 내 애를 태우기 때문에.

박은숙 ...

율리시스는 나에게 아직도 **물음표**다.
아무리 생각해도 한마디로는 답을 할 수가 없으니까.

서은정 ...

율리시스란 **인생 그 자체**이다.
우리 삶 전반에 걸친 모든 이야기가 들어있기 때문에.

이미경 ...

율리시스는 나에게 **"꽤 매력적인 썸남"** 이다.
왜냐하면 아직 잘 모르지만 좋은 감정으로 천천히 계속 알아가고 싶기 때문이다.

오세린 ...

율리시스는 내게 **자석**이다.
언제나 나를 끌어당기기 때문에, 운명처럼

정상우 ...

율리시스는 **요술렌즈**이다.
왜냐하면 심상한 일상의 모습에다 갖다 대어도
비상한 언어표현으로 드러내니까.

주재하 ...

율리시스는 나에게 **첫사랑**이다.
왜냐하면 영문학을 사랑하게 만든 첫 작품이면서
날카로운 쓰디쓴 기억을 남겨준 작품이지만
그럼에도 나에게는 여전히 계속 아름다운 작품이기 때문이다.

민태운 | 서강대, 서울대 대학원을 거쳐 미국 남일리노이 대학교에서 조이스 연구로 박사학위(1991)를 받았다. 전남대학교 교수로 있으면서 오랫동안 『율리시스』를 가르치고 독회를 이끌어 왔다. 한국제임스조이스학회 회장(2011-2013)을 역임했다. 저서로는 『제임스 조이스의 소설』(2001), 『조이스, 제국, 젠더 그리고 미학』(2014), 『더블린 사람들 또다시 읽기』(2022) 등이 있다.

김은혜 | 2016년에 전남대에서 「『율리시스』에서 반영웅상의 사회비판」이라는 논문으로 박사학위를 받았다. 현재 영어권문화기억큐레이터양성교육연구단 학술연구교수이다.

박은숙 | 2017년에 전남대에서 「『율리시스』에서 보이는 환대와 배신」이라는 논문으로 박사학위를 받았다. 조이스와 아일랜드 문학에 많은 관심을 가지고 있으며 다수의 조이스 관련 논문이 있다.

오세린 | 2020년에 전남대에서 「제임스 조이스 소설에 나타난 죽음– 역사 및 예술과 관련하여」라는 학위논문으로 박사학위를 받았다. 현재 전남대학교 영어영문학과 강사이다. 다음 연구 논문 주제는 「『율리시스』와 사진」이다.

율리시스 함께 읽기

초판 발행일 2023년 2월 28일
민태운 · 김은혜 · 박은숙 · 오세린 엮음

발행인 이성모
발행처 도서출판 동인
주 소 서울시 종로구 혜화로3길 5 118호
등 록 제1-1599호
TEL (02) 765-7145 / **FAX** (02) 765-7165
E-mail donginpub@naver.com
Homepage www.donginbook.co.kr
ISBN 978-89-5506-890-0
정가 20,000원

※ 잘못 만들어진 책은 바꿔 드립니다.